LES

MONTAGNARDES.

TROYES. — TYPOGRAPHIE CARBON,

rue Moyenne, 2.

LES

MONTAGNARDES,

SATIRES POLITIQUES

PAR

A. EUDE-DUGAILLON.

1848 - 1849

PARIS,

BALLARD, ÉDITEUR,

Rue Neuve-des-Bons-Enfants, n° 1.

—

1850

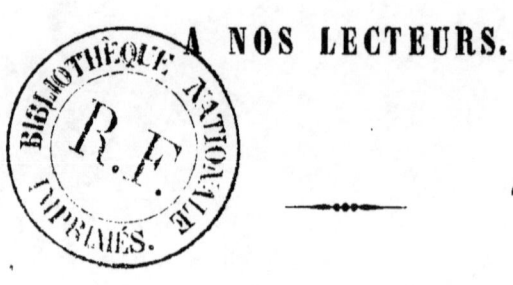

A NOS LECTEURS.

Dans le cours de l'hiver de 1848 à 1849, nous avons publié, à Paris, en collaboration avec quelques-uns de nos amis politiques, plusieurs journaux mensuels. Le feuilleton de chacune de ces feuilles contenait presque toujours une satire intitulée MONTAGNARDES. Elle nous était inspirée, tantôt par quelque épisode de notre jeune révolution, tantôt par quelque méfait, par quelque infamie de la Réaction.

A l'époque où apparaissaient nos journaux éphémères, dont l'un avait pour titre LA MONTAGNE, la presse populaire jouissait encore de la plupart de ses franchises. La vente publique des brochures et feuilles politiques n'était point interdite, et les bureaux où les crieurs et marchands de journaux venaient s'approvisionner n'avaient point été cadenassés par la griffe de la police.

Le peuple lisait; donc le peuple s'instruisait.

Or, la Réaction est de la race des hiboux : elle ne peut vivre là où rayonne la lumière. En conséquence, la Réaction se rua, à grands coups d'aîle, contre le journalisme pour en éteindre le flambeau. La presse populaire d'abord, la presse à cinq et à dix centimes, fut attaquée, harcelée, traquée, pourchassée. La presse quotidienne et cautionnée devait, elle aussi, plus tard avoir sa Saint-Barthélemy.

Notre journal LA MONTAGNE se recommandait suffisamment par son titre, pour ne point échapper aux sbires de la Réaction; il fut donc poursuivi et condamné par la justice correctionnelle, sous prétexte que, feuille mensuelle, il s'était transformé en feuille hebdomadaire, affectant un titre différent à chacun de ses numéros où se produisait la série de nos MONTAGNARDES.

Bref, après une lutte de quelques semaines, la presse républicaine fut complétement proscrite et les journaux réactionnaires, paternellement favorisés par M. Carlier, furent, comme ils le sont aujourd'hui, seuls, colportés sur la voie publique, mais, hélas ! non vendus, faute d'acheteurs.

Le peuple, qui lisait beaucoup en 1848 et en 1849, n'ayant presque plus de journaux quotidiens, hebdomadaires et mensuels, ne lit-il plus en 1850?

Rien n'est attrayant comme le fruit défendu; rien

ne vulgarise la foi autant que la persécution : le peuple
a trouvé le moyen de lire ; le peuple lit beaucoup,
encore et toujours, en dépit des Carlier, des d'Haut-
poul, de toute la meute policière, bassets, limiers et
chiens couchants.

Qu'est-ce que cela prouve? Que la liberté a jeté
dans nos mœurs politiques des germes féconds et que
l'ivraie du Montalembertisme ne saurait étouffer.

La liberté, c'est la lime : les serpents et serpenteaux,
aspics et vipères useront à la mordiller leurs dents et
leur venin, mais ils ne l'entameront pas.

Quoi qu'il en soit, faute de journal qui leur donnât
l'hospitalité, nos MONTAGNARDES cessèrent de paraître.
Encouragé depuis par les sympathies de [nos conci-
toyens, et pour qu'il ne soit pas dit que notre œuvre
brutalement interrompue, mutilée, brisée à son origine, n'aura eu ni passé, ni lendemain, nous essayons,
en recourant à un autre mode de publication, de la
raviver, de la coordonner. Oui, ajoutant à plusieurs
de nos satires déjà connues des pages inédites, nous
allons dérouler quelques-uns des principaux drames
politiques dont la France et l'Europe révolutionnaire
ont été le théâtre depuis 1848. Chemin faisant, et sans
pitié comme sans peur, nous flagellerons, dans ses
hommes et dans ses actes, la Réaction, la grande
prostituée, la Dalila des temps modernes, qui, après
après avoir brisé sur le front du peuple confiant le
diadème de ses libertés, le livre, nouveau Samson,

aux coups et à la risée de ses ennemis, les jésuites et les adorateurs du veau d'or.

La Révolution de Février a eu ses héros, ses soldats, ses apôtres et ses martyrs; elle doit avoir ses poètes pour la chanter et pour la venger. Continuateur obscur, mais intrépide, d'une œuvre de ce genre commencée, délaissée, puis reprise et définitivement abandonnée par son auteur qui, s'il fut un grand poète, ne sut pas, hélas! être un grand citoyen, nous essaierons de prouver que, dans cette lutte solennelle où l'idée guide notre génération à la conquête des réformes sociales, la poésie peut être l'utile auxiliaire de la prose philosophique ou révolutionnaire. A défaut d'une œuvre littéraire, d'un monument aux proportions grandioses, aux lignes toujours correctes et pures, ceux qui nous lirons trouveront au moins, dans ces satires, les empreintes des personnages et des faits saisies sur le vif, palpitantes des émotions de l'actualité.

Voué par le malheur et la honte des temps présents à maudire et à stigmatiser, puissions-nous, sous une meilleure et prochaine République, ne plus avoir qu'à louer et à bénir!....

LE VINGT-QUATRE FÉVRIER

UNE IMPROVISATION DU PEUPLE.

LE VINGT-QUATRE FÉVRIER

ou

UNE IMPROVISATION DU PEUPLE.

I

Ainsi que dans le ciel annoté par Laplace,
Mais que Dieu seul créa ; chaque sphère a sa place,
Son mouvement, ses lois de gravitation,
Son degré de chaleur, sa part d'attraction :
Chaque peuple, ici-bas, à l'œuvre d'harmonie
Que mûrit le progrès, apporte son génie,
Sa science, ses mœurs, sa part d'activité ,
Son inspiration et sa longévité.
A la France, aujourd'hui, de l'initiative
Les périls! Oui, la France est la locomotive
Du train des nations : il s'arrête ou bondit
Selon que Paris chauffe ou qu'il se refroidit.
Mais non, l'humanité, qui semble douter d'elle,
Sinon de Dieu, n'a pas le vol de l'hirondelle,

Et son bras, pour le bien, se montre irrésolu,
Quand partout et toujours le mal est absolu :
Elle usa trois mille ans à briser l'esclavage,
Douze cents ans au moins à dompter le servage ;
Or, du joug de la faim et du salariat,
Combien, pour affranchir le prolétariat,
Lui faudra-t-il de temps ? Imageons notre style :
Dans les airs qu'il divise, ainsi qu'un projectile
Au bond parabolique, en approchant du but,
Sent croître la vîtesse acquise à son début,
De même le progrès, dans l'immense carrière,
Après avoir franchi la première barrière,
Et déblayé le sol des obstacles rivaux,
Voit s'agrandir l'essor ouvert à ses travaux,
Champ libre aux novateurs ! La vapeur et l'idée
Vont rajeunir le monde à la face ridée !...
Depuis quatre-vingt-neuf en l'an quarante-huit,
Que d'abus refoulés vers l'éternelle nuit !
La République meurt, mais l'Empire s'écroule ;
Le Bourbon nous revient, mais dans l'abîme il roule ;
A toi qui l'épiais de ton regard de lynx,
A toi le trône, enfin, Valois, au front de sphinx !
Tu l'as rêvé : bâtis un empire à ta race !...
Pareil au dur héros esquissé par Horace,
D'un triple airain Philippe apparaît revêtu,
Tour à tour opposant, à défaut de vertu,
De l'esprit, de l'astuce et de la persistance,
Aux mobiles destins, selon la circonstance,
Le mobile rempart. Certes, cet homme est fort ;
Des partis et du siècle il lassera l'effort ;

Eh! s'il ne suffisait au poids du diadême,
N'a-t-il pas, pour soutiens de son pouvoir suprême,
De grands hommes d'Etat, d'éloquents orateurs,
Des financiers experts et de rusés docteurs,
Les Guizot, les Molé, les Dupin, les Broglie,
Le clergé, le blason, une armée ennoblie
Par de récents exploits sur le sol africain,
A sa tête Bugeaud, l'anti-républicain?...
Lorsque du Parlement il franchit le portique,
En des jours solennels, de l'arbre dynastique
Les nombreux rejetons ombragent la splendeur,
N'a-t-il pas, quant à lui, sa taille et sa verdeur?
De tous les potentats, c'est, dit-on, le plus riche :
Les banques d'Albion, d'Amsterdam et d'Autriche
Recèlent ses trésors : spéculateur prudent,
A la Bourse, au conseil, il est plus fin qu'ardent.
Grâce à l'indemnité dont chacun sait l'histoire,
Il est le possesseur d'un quart du territoire ;
A lui tous les palais, les forêts pour joyaux ;
A ses fils pour hochets les testaments royaux.
Sur son cœur a glissé le fer du régicide ;
Il brava de Fieschi la machine homicide ;
A ses pieds il a vu, dompteur des factions,
Expirer le torrent des insurrections !.....
Sous son règne, il est vrai que la France avilie,
Buvant au déshonneur, y boit jusqu'à la lie,
Et que Philippe a dû, par un pacte de fer,
Ainsi que les maudits s'enchaînaient à l'enfer,
S'enchaîner aux tyrans!... Qu'importe! au loin, on vante
De son gouvernement la tactique savante.

Soutenu par Baal et les rois absolus,
Son trône cimenté pour dix siècles et plus,
Brave de l'avenir la brise accidentelle...
Que vois-je!... tout-à-coup, sur sa riche dentelle,
Notre-Dame a jeté des tentures de deuil;
Un funèbre cortége a dépassé le seuil
De sa gothique enceinte!... Hélas! un fils de France,
De ses nobles parents l'orgueil et l'espérance;
L'héritier présomptif, le personnage, enfin,
Qu'on nommait autrefois Monseigneur le Dauphin,
Bourgeoisement, après joyeuse matinée,
Aux pavés de la route a vu sa destinée
S'accrocher et se rompre! — Oracle, arrêt de mort,
Au trône de Juillet envoyé par le sort! —
Je le dis et chacun rit au nez du prophète...
La tombe se referme..! après le deuil la fête.....
Le temps fuit et Paris, volage en ses amours,
Sourit à la Régence, à monsieur de Nemours :
La Régence! *Vivat!* comme au temps de la Fronde,
Palsambleu! nous rirons, chanterons à la ronde,
Et s'il nous faut après le bal ou l'opéra,
Jouer de la rapière, eh bien! on en jouera.
Maintenant il n'est bruit, à la cour, à la ville,
Chez monsieur de Rothschild, chez monsieur de Joinville,
Que des excursions que fait, *extra-murós,*
La Gauche si féconde en paisibles héros;
Oui, c'est à qui rira des banquets où Lherbette,
Et Pagnerre, et Barrot, à table sur l'herbette
Ou dans quelque préau, quelque hangard étroit,
Par de piquants discours réchauffent le veau froid;

Où le libéralisme, indulgent pour la forme,
Bégaie *à bas Pritchard!* et *vive la Réforme!*
Et Bertin le Cassandre, et Dupin le badin,
De comparer Barrot au triste paladin,
Soupirant et chantant : ô Réforme, ma mie!
Mais ne voilà-t-il pas que la France endormie,
A ce mot de Réforme, à ce cri dont l'écho
Glaçait le Vatican, moderne Jéricho ;
Se réveille, s'émeut, s'agite, s'illumine ;
Et, fi donc! a dit Thiers, banquète et s'enlumine
Avec du vin clairet, prenant pour échanson
Le progrès que conduit le toste ou la chanson!
Aujourd'hui; ce n'est point Paris qui dit au monde :
Il faut que des abus le vieil arbre s'émonde!...
C'est des départements que nous vient cette voix;
Sur cent points elle vibre, elle éclate à la fois.
Mais bientôt du progrès la vague irrésolue
Gagne, ainsi qu'à la mer toute eau qui court afflue,
Paris, qui, tout honteux de son tardif banquet,
Prépare à la Réforme un colossal bouquet.
Or, la cour ne rit plus. — La Réforme et sa bande,
Eh! c'est la République entrant, par contrebande,
Dans Paris, dit Philippe au héros d'Excideuil,
A Bugeaud, dont Molé porte aujourd'hui le deuil;
A cette aventurière, ami, fermons la porte :
Paris murmurera, se fâchera... qu'importe! —
Par le donjon de Blaye, où nous fûmes portier,
Elle n'entrera pas! — Et Paris tout entier
Réplique : — Elle entrera! de sa voix irritée;
Pour aller au-devant de l'auguste invitée,

Que la Gauche nous guide : en avant! en avant!
Barrot à notre tête et bannières au vent! —
Si la cour ne rit plus, Barrot ne songe guère,
Imitant Malborouhg, à s'en aller en guerre;
Ces vains ambitieux, tous ces tribuns châtrés
Qui péroraient hier, contre Pritchard outrés,
Sont d'une extinction de voix et de courage
Subitement atteints pour affronter l'orage.
Vous tremblez, avocats, vous fuyez, mais le gant
Que vient de vous jeter le pouvoir arrogant,
Sur le champ du défi, le Peuple le relève!
Si fier, que le vieux roi, portant la main au glaive,
Qui sait! redoutant d'être ou victime ou bourreau,
Hésite à le tirer, aujourd'hui, du fourreau.
L'engagement, d'abord, est moins une bataille
Qu'une lente escarmouche, où d'estoc et de taille,
Jouant avec le fer, au choc des premiers coups,
Le Peuple et ses tyrans aiguisent leur courroux.
Une trêve intervient : on s'abouche, on discute;
Soit prudence, ou frayeur, Philippe s'exécute,
Et l'illustre proscrite, — en croirai-je mes yeux! —
La Réforme apparaît au Peuple tout joyeux;
Oui, tandis que la Gauche, ô pudique mystère!
Après quinze ans d'attente, épouse un ministère,
Et Paris de sourire à cet hymen crotté
Que sa lenteur condamne à la stérilité.
La paix est faite? Non : la guerre recommence;
Car le sang a coulé, trahison ou démence!...
L'une et l'autre. En effet, les chefs de nos Etats,
Ministres, rois, se font, tout d'abord, apostats,

Puis le Ciel les rend fous, pour les livrer ensuite,
Si ce n'est à Satan, aux griffes d'un jésuite.
Le sort en est jeté; de l'infâme bazar
Où l'on vendit la France et la Pologne au tzar
Sur la foule ruisselle une grêle de balles:
Vingt cadavres sont là, palpitants sur les dalles.
Ah! vous voulez la guerre! ah! vous voulez du sang!
Aux armes donc! hurrah! dit Paris rugissant.
De sa poitrine nue, en un jour de colère
Et de rébellion, jadis le populaire
Bravait imprudemment, adversaire loyal,
Les glaives assassins d'un égorgeur royal.
Tantôt en vrai lion aux fumantes narines,
Il mâchait la bastille avec ses coulœuvrines,
Tantôt pour déjouer de ténébreux complots,
Il roulait à Versaille et sa rage et ses flots:
Aujourd'hui, plus prudent, pour disputer sa vie
Ou pour reconquérir sa liberté ravie,
Entassant le granit, les chariots épars
Il s'improvise autant de forts et de remparts
Qu'il est de carrefours dans cette capitale
Où tout luxuriant l'homicide s'étale,
Autant de bastions, de châteaux crénelés,
Que Paris a de forts et de ponts dentelés.
Le despotisme, un jour, créa les citadelles,
Ces donjons que l'on voit, comme les hirondelles,
Se perdre dans les airs : le gamin de Paris
Au cœur insoucieux, aux membres amaigris,
Créa la barricade, et le monde un jour libre,
A d'imberbes Titans devra son équilibre:

Ainsi tout se mesure au plus humble compas,
Ainsi toute puissance est mystère ici-bas.
Soit, mais depuis juillet, sur l'échiquier de rues,
Le pouvoir exerça généraux et recrues,
Son Jomini, Bugeaud, armé jusques aux dents,
A prévu du combat les divers accidents.
On n'affrontera plus avec une poignée
D'automates en frac la foule dédaignée,
Comme ce vieux Bourbon qui joua, sottement,
Entre deux orémus, trône et gouvernement.
Ainsi que pour un siége une place est munie,
D'un immense attirail Babylone est garnie :
Oui cent mille soldats, remparts mouvants d'acier,
Que commandent Bugeaud, Nemours et Montpensier,
Et des municipaux la phalange d'élite,
Et le tirailleur noir, farouche satellite,
Prêts à transnoniser n'attendent qu'un signal.
Et si Paris résiste à ce choc infernal,
On brûlera Paris, hommes et barricades;
De vingt forts détachés, en stridentes cascades,
Les bombes, les boulets, comme le feu du ciel,
Ruisselleront sur nous... Du monde officiel
Tel est en raccourci l'agréable programme.
Mais le rideau se lève; attention au drame :
La veille le prologue, aujourd'hui l'action,
Chaude comme cratère en pleine éruption.
La mitraillade éclate et la terre frissonne :
— Où se bat-on, messieurs, dit le roi qui grisonne? —
Sire, on se bat partout. — C'est que nos bataillons
Ont inondé le sol. — Oui, mais en tourbillons

Roule le peuple armé. — Nos phalanges fidèles,
Disperseront l'airain qui bourdonne autour d'elles. —
En France, le soldat n'est héros qu'à demi,
S'il lui faut immoler son frère ou son ami;
Chacun sait qu'en juillet... — Peste soit de l'histoire!
Bugeaud, le grand Bugeaud, m'a promis la victoire;
Bugeaud sera vainqueur de l'aimable faubourg —
Marmont se battit bien, cependant à Cherbourg.... —
Silence! entendez-vous de cette galerie
Tonner, mugir, au loin ma forte artillerie?
Bien! Bravo! Montpensier!... — Hélas! il vaudrait mieux
Que sur les bords du Rhin.... — En croirai-je mes yeux!
Vers le palais royal s'épaissit la fumée! —
Le sang y coule à flots! — Est-elle bien fermée
La grille du château? quoi! Le peuple envahit
Le Carrousel! qui donc aujourd'hui nous trahit? —
Votre siècle — A mon tour faudra-t-il que je cède?
Au moins qu'à son aïeul le petit-fils succède!
Nous abdiquons... — J'ai peur, dit la reine à genoux,
Partons! — Vous le voulez? madame, éloignons-nous. —
Incorrigibles rois, toujours, partout les mêmes!
Ils risquent, follement, honneur et diadêmes;
Les perdent... puis honteux, désertant leurs palais,
Ils courent à la poste emprunter ses relais.
Or, chacun a là-haut à payer quelque dette:
La foudre atteint au front la royauté cadette;...
Le jeune duc tomba de Paris à Neuilly...
Aurait-on hérité trop tôt de Chantilly?...
Parfois, le merveilleux de son prisme illumine,
Les grands événements dont le poids nous domine:

A l'instant mémorable où la reine et le roi
Fuyaient, abandonnés, sans char ni palefroi,
Pour ne plus les revoir leurs splendides demeures,
L'horloge du palais ayant sonné trois heures,
S'arrêta tout à coup, attendant que la main
Ou du peuple ou de Dieu lui montrât son chemin.
Suivons notre récit : Pour ressaisir l'empire,
De l'amour maternel une femme s'inspire :
Elle est là tout en pleurs, ses fils à ses côtés,
Dans ce palais-Bourbon où tant de députés,
Commensaux de la cour, épiaient, au passage,
Un regard, un sourire éclos sur son visage,
Quand Philippe venait, en style triomphal,
Vanter au parlement son règne sans rival.
La duchesse, en ces jours, belle sinon jolie,
Commandait... maintenant elle est là qui supplie ;
Quand le trône s'ébranle elle parle des droits,
Stipule les contrats acquis aux fils des rois...
Comme si la nature, en tête de son livre,
N'avait inscrit le droit d'être libre et de vivre
Antérieur à tous ! Comme si le lion,
Captif, puis affranchi par la rebellion,
Et flairant, enivré, les brises du bocage,
Consentait, humblement, à rentrer dans sa cage !...
Madame, il est trop tard ! — répond la Liberté,
Digne, mais sans orgueil devant la royauté. —
Du trône cette femme a rêvé la chimère :
Faiblesse ! mais enfin elle pleure, elle est mère...
Qu'un bras, qu'un bras au moins soutienne sa pâleur !...
Ah ! que de vils ingrats enfante le malheur !...

Le sceptre défaillant, dans la sublime chambre
Dont la basse, on le sait, n'était que l'antichambre,
Va trouver un appui?... De ses premiers éclairs
Quand brilla l'ouragan, messieurs les ducs et pairs,
Les Dunois, les Bayard que l'*Univers* nous prône,
Qui tous prêts à mourir pour l'autel et le trône,
Ne moururent jamais que d'indigestion,
Ont fui... mais à bientôt la résurrection.
Ils ont fui; car le Peuple, au sein des Tuileries,
Déborde, provoqué par de lâches tueries!...
Il est le maître... eh bien, le brigand, le pillard
Bornera son envie à jouer au billard,
Dans la salle où le prince, abdiquant l'étiquette,
Etalait de son jeu l'habileté coquette.
Prendre de l'or! fi donc! Puis où la Liberté
Cacherait-elle cet or?... Comme la royauté,
Porte-t-elle un manteau, parure mensongère,
Complice du recel? Sa tunique légère
Suffit, suffit à peine à voiler ses appas.
Dieu créa l'or, mais Dieu ne thésaurise pas;
Dieu, c'est la liberté!... Tandis qu'à tire d'aîle
La royauté s'enfuit, tremblottante hirondelle,
Et pendant que le Peuple agitant ses balais,
Pourchassant les frelons, visite les palais,
La révolution siége à l'hôtel-de-ville:
Là, Philippe entouré d'un cortége servile,
Fit sous le gobelet, vingt ans auparavant,
Passer la République, escamoteur savant:
Aujourd'hui, tous les yeux sont ouverts, la régence
Se garde en sa faveur de proposer l'urgence;

Pas un seul prétendant qui, renouant le fil
D'une pâle lignée, exhibe son profil ;
La légitimité se montre pudibonde ;
De l'empire posthume est-il fantôme au monde?...
Non : devant le présent et devant l'avenir,
S'efface le passé, se tait le souvenir,
Car celui qui domine et celui qui nivèle,
Et qui, frère du Christ, ouvre une ère nouvelle,
Après Dieu le plus grand des improvisateurs,
Le peuple a dit : debout, narguant les exploiteurs,
Debout, ô République ! et toute voix acclame
Le pouvoir que Paris improvise et proclame ;
Oui, tandis que Dieu scelle, au nom du genre humain
Le décret que la France a visé de sa main.
Sur le lac de bitume où plongea la Bastille,
La multitude gronde et la flamme pétille...
C'est le bûcher du trône... Amis, sous le ciel bleu
Jamais auto-da-fé ne jeta plus beau feu.
Ah! si de cette cendre âcre et nauséabonde
On voit surgir, plus tard, sceptre ou trône en ce monde,
Je veux croire au phénix s'élançant, radieux,
De son linceul de flamme au pavillon des dieux.
Si chaque nation à l'œuvre d'harmonie
Que mûrit le progrès, apporte son génie,
Son courage, sa foi, le grand peuple ouvrier
A payé largement sa dette en Février :
Du train des nations, chauffeur au large râble,
Ou fier aéronaute affranchi de son câble,
Il guide vers un but pressenti, non trouvé,
Comme un autre Colomb l'homme à demi sauvé.

Que toute nation nous seconde et l'Europe
De l'abrutissement déchirant l'enveloppe,
Comme la chrysalide, au souffle du printemps,
Se verra rajeunir, sous le souffle du temps !

ANNOTATIONS.

——

Ainsi que dans le ciel annoté par Laplace.

Laplace, né à Beaumont-en-Auge, en 1749, mort en 1827. Fils d'un pauvre cultivateur, il est devenu l'un des plus grands mathématiciens qui aient jamais existé. Continuateur de Newton et auteur de l'*Exposition du Système du Monde* et de *La Mécanique céleste,* il a attaché son nom à la découverte des lois qui régissent l'univers.

.... Valois au front de sphinx.

Les princes de la branche cadette de Bourbon, dite Valois-Orléans, dont Louis-Philippe était naguère encore le chef, ont pour caractère distinctif la finesse d'esprit et la dissimulation.

A ses fils, pour hochets, les testaments royaux.

Un testament trop célèbre, par suite des négociations auxquelles il donna lieu entre Louis-Philippe, madame de Feuchères et le prince de Condé, dernier duc de Bourbon, fit héritier d'une fortune dont le chiffre était de plus de quarante millions, le duc d'Aumale, quatrième fils de l'ex-roi.

.... Sur sa riche dentelle,
Notre-Dame a jeté des tentures de deuil.

Le 13 juillet 1842, le fils aîné de Louis-Philippe, le duc d'Orléans, après avoir gaîment déjeûné avec plusieurs de ses courtisans, se rendait dans une légère voiture, attelée de deux chevaux, de Paris à Neuilly, où résidaient alors le roi et la reine. Les chevaux s'étant emportés, le prince, pour échapper au péril dont il se croyait menacé, sauta à bas de sa voiture; mais, comme il arrive presque toujours en pareille circonstance, il tomba lourdement à terre et se tua. On lui fit, à Notre-Dame, des obsèques magnifiques. Son corps fut transféré ensuite à Dreux, sépulture de sa famille.

Maintenant il n'est bruit, à la cour, à la ville.

Pendant l'intervalle de temps qui s'écoula entre la clôture de la session de 1847 et l'ouverture de la session suivante, un mouvement en faveur de la réforme électorale éclata dans presque tous les départements. Chaque ville eut son banquet réformiste. MM. Odilon-Barrot, Lherbette, Duvergier de Hauranne, Quinette, Drouyn de L'Huys, Jules de Lasteyrie, Larabit, de Beaumont et autres membres de l'opposition dynastique, présidaient ces banquets, où, comme les 221 à une autre époque, ils préludaient, sans le savoir, à une nouvelle révolution.

Et Bertin le Cassandre.......

Les frères Bertin sont les propriétaires et les rédacteurs principaux du *Journal des Débats.*

Paris qui tout honteux de son tardif banquet,
Prépare à la Réforme un colossal bouquet.

Le ministère Guizot ayant, en vertu de lois surannées, interdit les banquets dans plusieurs localités, et la discussion de l'adresse ayant donné lieu aux ministres et aux *satisfaits* d'attaquer et de proscrire le droit de réunion, les députés de l'opposition résolurent de répondre à la cour, aux ministres et à la majorité, en organisant un banquet réformiste au sein même de la capitale. Il devait avoir lieu dans le 12e arrondissement; la garde nationale y était conviée. Enfin, selon l'expression des réformistes, il devait être le *bouquet du feu d'artifice.*

Par le château de Blaye où nous fûmes portier!...

Pendant la captivité de la duchesse de Berry au château de Blaye, la garde de cette forteresse avait été confiée à M. Bugeaud, alors lieutenant-général.

Ces vains ambitieux, tous ces tribuns châtrés.

Le ministère, interpellé à la tribune par M. Odilon-Barrot, sur ses intentions à l'égard du banquet du 12e arrondissement, déclara, par l'organe de M. Guizot, qu'il emploierait, au besoin, la force pour faire respecter ce qu'il appelait la loi. L'opposition dynastique, à l'exception de MM. Lamartine, Ledru-Rollin et quelques autres députés, annonça, dans une note publiée dans les journaux du 22 février, qu'elle s'abstiendrait de prendre part à une manifestation *qui pouvait exposer les citoyens à une lutte aussi funeste à l'ordre qu'à la liberté.*

. . . . : : : . . De l'infame bazar
Où l'on vendit la France et la Pologne au tzar.

Le 23 février, au soir, au moment où tout annonçait une nuit tranquille et où l'on pouvait même considérer la lutte comme terminée, une colonne, partie de la colonne de Juillet, et composée d'une foule de curieux, hommes, femmes et enfants, et criant *Vive la Réforme! à bas Guizot!* parcourut les boulevards. En approchant du boulevard des Capucines, où demeurait M. Guizot, ministre des affaires étrangères, les cris et les chants devinrent plus significatifs; mais alors, aussi, une décharge de deux cents fusils, faite sans avertissement préalable et sans sommation, accueillit cette colonne compacte et inoffensive. Des cris de rage et d'indignation s'élèvent de toutes parts. Un tombereau reçoit les cadavres des malheureux assassinés; il parcourt les rues à la lueur des torches, accueilli par ces cris unanimes : *Vengeance! vengeance!*

Bugeaud sera vainqueur de l'aimable faubourg.

Louis-Philippe, dans le cours de ses conversations avec ses familiers, se plaisait à donner ironiquement aux faubourgs de Paris l'épithète d'*aimables... les aimables faubourgs,* répétait-il. Quant à M. Bugeaud, il avait dit aux soldats, en les haranguant : « Je n'ai jamais eu d'insuccès; j'espère bien que je ne commencerai pas aujourd'hui. » Il avait ajouté : « Nous combattrons ces masses à ma manière : *vous mettrez deux balles dans le fusil. Les hommes contre lesquels nous avons à faire ne sont que des galériens, des forçats libérés.* » Quelques heures après, le guerrier charlatan qui avait prononcé ces paroles odieuses, pressentant la victoire définitive du peuple, faisait afficher la proclamation suivante : *Je donne l'ordre de faire cesser le feu partout et la garde nationale va faire la police.*

Marmont se battit bien . . . . .

Le maréchal Marmont, duc de Raguse, commandait les troupes royales pendant les journées de juillet 1830.

Aurait-on hérité trop tôt de Chantilly?...

La mort du prince de Condé, auquel appartenait le palais de **Chantilly**, et dont le duc d'Aumale fut l'héritier, a-t-elle été le résultat d'un suicide ou d'un crime?..... Cette redoutable énigme est restée couverte d'un voile ténébreux. On a reproché à Louis-Philippe d'avoir revu, après le décès du prince, madame la baronne de Feuchères, sur laquelle planaient de graves soupçons.

> L'horloge du palais ayant sonné trois heures
> S'arrêta tout-à-coup...

Cet incident n'est point une fiction plus ou moins poétique. Nous avons lu dans plusieurs journaux, notamment dans la *Semaine,* que, le 24 février, l'horloge des Tuileries s'arrêta, l'aiguille fixée sur le chiffre III. Avait-on oublié de la remonter, ou le mécanisme s'était-il accidentellement dérangé?...

> Quand le trône s'écroule, elle parle de droits,
> Stipule les contrats acquis aux fils des rois.

Tandis que Louis-Philippe, la reine et les princes de sa famille s'élançaient, en toute hâte, dans deux voitures, sur la place de la Concorde, et s'enfuyaient vers Saint-Cloud, la duchesse d'Orléans et ses fils étaient à la chambre des députés. Cette princesse, que Louis-Philippe, dans son acte d'abdication, désignait comme régente du royaume, déploya un courage digne d'une meilleure fortune et surtout d'une meilleure cause. Elle ne sortit du Palais-Bourbon qu'au moment où la proposition de M. Crémieux d'établir un gouvernement provisoire, proposition combattue par MM. Dupin et Barrot, était définivement acclamée par le peuple qui, de toutes parts, faisait irruption dans la salle, en s'écriant : « Plus de Bourbons! plus de Bourbons!.... »

> Le sceptre défaillant, dans la sublime chambre,
> Dont la basse, on le sait, n'était que l'antichambre,
> Va trouver un appui?...

Dans l'idiôme parlementaire, on appelait la chambre *haute* la chambre des pairs. La chambre des députés était, par conséquent, la chambre *basse.* Sa servilité n'a que trop souvent justifié cette antithèse.

> Ont fui... mais à bientôt la résurrection.

En effet, la pairie s'est complètement effacée pendant que la monarchie s'écroulait en février; il est vrai aussi que, bientôt, ces morts de la veille ressuscitèrent parmi la tourbe des traîtres du lendemain.

> C'est le bûcher du trône.....

Le 24 février, le Peuple, maître des Tuileries, emporta en triomphe le trône royal jusque sur la place de la Bastille, et là il en fit un feu de joie. Quelques heures auparavant, il avait brûlé les voitures de la cour sur la place du Palais-Royal, pour contraindre, par l'incendie, les soldats qui, retranchés dans le poste du Château-d'Eau, le mitraillaient, impunément, à s'enfuir ou à se rendre.

LES QUARANTE-CINQ CENTIMES.

LES QUARANTE-CINQ CENTIMES.

II

Ainsi qu'au jeune époux le père de famille,
Heureux et plein d'espoir, abandonne sa fille;
Le Peuple t'a remis, à toi, Gouvernement,
Issu de la victoire et de l'enivrement,
L'enfant de ses douleurs, sa jeune République;
Noble création, merveille symbolique;
Il te l'a confiée, à l'heure du succès,
Vierge de tout forfait, pure de tout excès.
Par tes décrets, à toi, de grandir ta pupille!...
Songe que de la France ils portent l'estampille.
Du trône et de l'autel les serviles prôneurs,
Du cupide Baal les impurs souteneurs
Avaient dit et redit à la foule crédule,
Qui toujours doit douter si le pouvoir l'adule :

— Veillez, amis des rois, veillez, ô nations!
Car si du flanc maudit des révolutions
Sortait la République, — ah! que Dieu nous protége! —
Au jour de sa naissance, elle aurait pour cortége
Le pillage, le vol, le meurtre et l'échafaud! —
Le despotisme ment!... c'est son moindre défaut;
Et s'il le peint, il peint le crime à son image.
La République naît : chacun lui rend hommage...
Soit; mais nous la voyons, à son premier matin,
Désarmer les partis du fer de Guillotin;
A quelque vieux donjon, quelque sombre tourelle
Elle pourrait jeter qui blasphèma contre elle;
Proscrite, elle pourrait chasser les proscripteurs,
Des récents attentats atteindre les auteurs :
Elle ne proscrit rien!... non, rien que les supplices;
Sa main laisse passer Philippe et ses complices,
Duchâtel et Guizot, Thiers le Triboulet-nain;
Isly lui fait, hélas! oublier Transnonain;
Que dirai-je? elle abrite ensemble, sous son aîle,
La colombe et l'autour, par erreur maternelle.
Malheur! eh! qui ne sait que la perversité
S'explique, par la peur, la générosité?...
Puis la Réaction, qui n'attend qu'un compère,
N'est-elle pas toujours cette ingrate vipère,
Cet aspic somnolent qui nous mord au talon,
Si notre pied l'épargne en passant au vallon?...
Notre Gouvernement, éphémère cénacle,
Qui de nos libertés garde le tabernacle,
Jusqu'au jour où le Peuple, invoquant le scrutin,
Bien ou mal inspiré, fixera son destin,

Reflète, en attendant que la tempête gronde,
Et la vieille Montagne et la vieille Gironde ;
Toutefois, du tableau le ton est adouci,
Et chaque personnage y pose en raccourci.
Voici Dupont de l'Eure, auguste caractère,
Le Nestor de la lutte ; on sait qu'au ministère
Il passa, quand Philippe, artiste consommé,
En roi républicain nous apparut grimé.
Près de lui Lamartine : un jour, en son délire,
Il fera détester et sa plume et sa lyre ;
Feu follet, sa parole égare les esprits.
A ses côtés Marrast, le maire de Paris,
L'ombre de Péthion ; le mystique Bastide ;
Le financier Goudchaux, probe comme Aristide ;
Marie, un avocat du vieux mur mitoyen,
Et dont la presse, à tort, fit un grand citoyen ;
Garnier-Pagès, longtemps l'émule de son frère,
Et, plus tard, l'éditeur du décret funéraire
De notre République ; un fils de Mirabeau,
Crémieux, dont on a dit : Qu'il est laid ! qu'il est beau !
Arago, le soleil de notre Observatoire
Et qui, chef de l'Etat, s'éclipse pour l'histoire ;
Carnot, fils qui voudrait, du vaste enseignement,
Par Condorcet rêvé, fonder le monument ;
Subervic, vétéran qui commande à l'Armée,
Toujours la sœur du Peuple et sa sœur bien-aimée ;
Plus loin nos Montagnards : Albert, noble ouvrier
Qu'au pouvoir a porté le flot de Février ;
Au timon de l'Etat, sa présence révèle
Que le monde est entré dans une ère nouvelle ;

Louis Blanc, l'écrivain, le limpide orateur,
L'homme de la science et le réformateur ;
Le scalpel à la main, praticien sincère,
Du paupérisme à fond il a sondé l'ulcère....
Il pourrait l'extirper : mais, pour son flanc pourri,
La Société craint le froid du bistouri.
Caussidière, esprit fin dans un corps athlétique
Et dont la bonhomie orne la politique :
Il sera de Paris, calme et reconnaissant,
Deux fois l'élu, trois mois, le cadi bienfaisant.
Enfin, Ledru-Rollin, le dieu de la tribune,
Qui, portant avec lui le Peuple et sa fortune,
Moins hardi que Danton, pour arriver au port,
Redoute d'affronter la tempête et le sort.
Fleur qui brille au soleil, promptement s'étiole :
Tous ces hommes parés d'une fraîche auréole,
Sont aujourd'hui du peuple et l'espoir et l'amour ;
Mais la Réaction, ensemble ou tour à tour,
Les étreindra ; bientôt, la blême calomnie
Salira leur passé, leurs actes, leur génie.
Eh ! pour faire échouer la Révolution,
N'est-il pas dans les plans de la Réaction
De lui ravir ses chefs ? Qui ne sait qu'une flotte
Dont la vague à la mer emporta le pilote,
Est bientôt dispersée, et qu'un peuple sans foi,
Sans tribuns et sans phare, est l'épave d'un roi !...
Telle n'est pas du jour la lamentable histoire :
Le Peuple, au lendemain de la grande victoire,
Fiancé de la veille avec la Liberté,
De ses illusions a la virginité.

Oui, le grand Peuple croit ; oui, le grand Peuple espère :
A son Gouvernement, comme un fils à son père,
Il porte chaque jour le tribut de ses vœux,
Déroule, sans rougir de ses sombres aveux,
Les plis ensanglantés de son martyrologe ;
Puis s'immortalisant sans prétendre à l'éloge,
Le travailleur s'écrie, en dépit des ingrats :
— O République, à toi mon amour et mon bras !
Courage ! pour garant de mon ardeur sincère,
J'offre à ton avenir quatre mois de misère. —
Ainsi parle le Peuple aux ministres amis,
Et le Peuple tiendra ce qu'il aura promis !
Cependant on l'outrage !... on l'accuse quand même !...
Sur les blasphémateurs retombe le blasphème !...
Je l'ai dit : Le pouvoir, dictateur anodin,
Quelque peu Montagnard, en somme est Girondin ;
Il veut la République. — Eh ! nul ne le conteste ! —
Oui, mais contre Ledru Lamartine proteste,
Et la Réaction, qui va s'enhardissant,
Des deux mains applaudit à ce schisme naissant.
Ah ! si pour maintenir certaine circulaire,
Son auteur invoquait le courroux populaire.....
Non.... Du Peuple ou de lui l'auteur a-t-il douté ?...
Il se peut qu'il ait craint d'être trop écouté...
— L'ordre avant tout !... Soyons, dit le chantre d'Elvire,
Uunis et modérés, afin que le navire
Dont je suis l'Amphion, bercé par nos efforts,
Du suffrage, autre monde, atteigne enfin les bords ! —
L'équipage charmé par cette cantilène,
Accepte de tous vents le sourire et l'haleine ;

Il atteindra la rade... Oui, mais le beau vaisseau,
Le ver rongeur aux flancs, y pourira dans l'eau.
— Quoi! le navire est neuf? — Du principe morbide
Le ravage, parfois, est d'autant plus rapide
Qu'il sévit sur les forts, non sur les avortons.
On discute au conseil : écoutons! écoutons.
— Collègues, tout nous rit; partout l'ordre, le calme :
Du civisme chacun semble briguer la palme.
Du monde raffermi, mobile autorité,
Notre pouvoir d'un jour aura bien mérité...
Peuple heureux! heureux temps! — Poétique empirisme!
De nos illusions il faut briser le prisme. —
Quoi! — Parlez. — Le trésor dont Rothschild eut sa part
Est tel que le laissa, le jour de son départ,
La royauté : messieurs, c'est dire qu'il est vide.
Oui, dame Monarchie, en courtisane avide,
A tout dévoré, tout..... escompté, gaspillé
Le présent, l'avenir; bien plus, elle a pillé
Les épargnes du pauvre. Improbité! démence!
Sa chute la sauva... Mais l'embarras commence
Pour nous; car plus d'écus, plus de gouvernement. —
Recourons au crédit? — En un pareil moment!...
Impuissance ou folie!... — Atténuons la dette,
En la convertissant : sous la branche cadette
On y songeait déjà. — Pas de spoliation! —
Emettons du papier? — Fi donc! la nation
Se rit des assignats, ou plutôt les déteste
A l'égal de Tartuffe, à l'égal de la peste. —
En matière d'impôts, vive l'égalité!
C'est peu, c'est peu, messieurs, d'aimer la liberté :

Il faut au sentiment allier la pratique.
Que chacun, animé d'un feu patriotique,
De sa taxe annuelle augmente le tribut :
Greffons, oui, délaissant pour marcher droit au but,
Expédients divers, moyens illégitimes,
Greffons sur chaque impôt QUARANTE-CINQ CENTIMES!
— Bravo! Garnier-Pagès!... — C'est de l'iniquité!...
En matière d'impôt, de l'inégalité,
Moi, je suis partisan ; je veux que l'opulence
Plus que la pauvreté pèse dans la balance :
Respect au nécessaire et guerre au superflu !
Aujourd'hui, dans mes vœux beaucoup plus absolu
Que le préopinant, de l'ancien éligible
Je quintuple la cote, à l'instant exigible,
Et je la triple, usant de générosité,
Pour qui fut électeur pendant la royauté.
— Pitié! les financiers, sur ce point unanimes,
Vous répondront, monsieur, que des cotes minimes
Naissent les gros totaux ! Sans remplir le trésor,
De la Réaction vous grandirez l'essor. —
Eh ! soyons, s'il le faut, révolutionnaires,
Rognons les traitements de ces fonctionnaires,
Parasites frelons, majordomes poussifs,
Qui touchent, en un jour, payés pour être oisifs,
Plus que certain commis, martyr à la journée,
Pour d'utiles travaux, ne touche en une année.
Cela ne suffit pas : vendons les bois royaux,
Les châteaux, les palais, garde-meuble et joyaux,
La couronne et ses biens ! Imposez donc la rente !
Osons ce que n'osa Juillet dix-huit cent trente :

Le Peuple a souvenir du milliard maudit...
Eh bien ! ciseaux en mains, tondons qui nous tondit. —
Ledru, vous êtes fou ! — Je ne suis que logique ! —
Vous êtes violent. — Je ne suis qu'énergique. —
Aux voix ! messieurs, aux voix ! — Le conseil a voté.
Bientôt le *Moniteur* redit tout hébété :
Fi des expédients plus ou moins légitimes;
Sur chaque impôt greffons QUARANTE-CINQ CENTIMES. —
Hier, on s'en souvient, on boudait au salon :
— Historique ! — en revanche on chantait au vallon ;
Le Peuple sillonnait le mail et la prairie,
L'arbre de Liberté, devant toute mairie,
L'arbre saint que, plus tard, le fer officiel
Profanera, dardait sa cîme vers le ciel :
Aujourd'hui, plus de chœurs, de jeux, de farandoles,
De civiques banquets, plus de pieux symboles;
On déserte le mail, ainsi que le vallon;
Oui, mais on recommence à chanter au salon;
Loriquet a repris sa morgue et son visage :
C'est que déjà partout le sinistre message,
Le stupide décret promulguant ses rigueurs,
De village en village a consterné les cœurs;
De la déception c'est que la froide haleine,
Comme un souffle morbide, a glissé sur la plaine;
C'est que le Peuple a dit, avec son vieux bon sens,
Et dégrisé soudain du narcotique encens :
— Sur chaque impôt greffés, QUARANTE-CINQ CENTIMES
Me prouvent que des gros les petits sont victimes,
Après ainsi qu'avant, et que l'on me tondra,
Mouton, toujours mouton, la laine, et CÆTERA. —

C'est ainsi que le Peuple, ô moderne Gironde,
Commente ton décret qu'il maudit à la ronde....
Malheur! trois fois malheur!... on lui dira, plus tard,
Que ce même décret est un enfant bâtard,
Et que Ledru-Rollin, s'il n'en était le père,
Au moins à la Gironde a servi de compère;
Un jour, un jour enfin, on criera que Ledru
A commis le décret... L'imposteur sera cru!...
Je ne sais; mais plutôt à cette œuvre fatale
Que d'accoler mon nom, moi, d'une main brutale
Je l aurais lacérée en tordant le vélin!...
Et qui donc t'arrêta..... réponds, Ledru-Rollin?...
Tu craignis de troubler la douteuse harmonie
Disons mieux, tu craignis de tinter l'agonie
De ce gouvernement qui, s'il n'était parfait,
D'un avenir meilleur préparait le bienfait.
Ah! le coup est porté... le mal est sans remède!...
En vain essayez-vous, pendant cet intermède,
Hommes du Provisoire, où vous êtes acteurs,
De vous poser parfois en vrais réformateurs,
Par le marasme atteint, le Peuple vous réplique :
Je ne crois plus à rien, même à la République!
Pour vaincre, Peuple ami, ton incrédulité,
De même qu'à Thomas le Christ ressuscité,
Il faudra que plus tard la Liberté, ta mère,
Te dise : — Mon pouvoir n'est point une chimère;
Car le doigt sur la plaie où furent tes douleurs,
Tu sens que j'ai changé ta lourde chaîne en fleurs,
Ton âme ténébreuse en foyer de lumière,
En bien-être, en trésors ta misère première,

En perles de bonheur les larmes de tes yeux ;
Qu'exilé de l'Éden, je t'ai rouvert les cieux ! —
J'ai dit quelle mesure ou stupide ou traîtresse,
Naguère décrétée, en un jour de détresse,
Au-dedans, a terni la popularité
De notre République, et, le cœur irrité,
J'ai nommé du décret l'éditeur responsable...
En ces vers, monument de granit ou de sable,
Au-dehors, je dirai quel ministre crétin,
O jeune République, abaissa ton destin.
Un mot, un mot à vous, ambitieux pilotes,
Qui de l'humanité guidez les grandes flottes,
Qui des peuples réglez les évolutions
Sur l'océan brumeux des révolutions :
Voguez et pour étoile adoptez une idée ;
Puis, si dans votre escadre une voile attardée
Allourdit votre essor vers le monde lointain,
Sachez l'abandonner pour épave au destin.
Dans les sociétés quand un principe germe,
Il faut que, tôt ou tard, il arrive à son terme...
Des révolutions craignons l'avortement :
C'est à recommencer... mieux vaut l'enfantement.

ANNOTATIONS.

———

.... Thiers le Triboulet-nain.

Triboulet était le bouffon de François Ier; certain genre d'illustration attribué à M. Thiers par le *Charivari*, nous autorise peut-être à donner au petit burgrave cette qualification drolatique.

Isly lui fait, hélas! oublier Transnonain.

Le maréchal Bugeaud, qui gagna la bataille d'Isly, est considéré, par l'opinion populaire, comme l'auteur responsable des massacres qui, en 1834, ensanglantèrent la rue Transnonain.

.... On sait qu'au ministère
Il passa........

Dupont de l'Eure fut un des premiers ministres choisis par Louis-Philippe après son avènement au trône; Dupont de l'Eure sut se retirer assez tôt pour que sa probité politique demeurât vierge. Aussi, le nom de Dupont, prononcé le premier par M. de Lamartine à l'approbation du Peuple, lors de la formation du gouvernement provisoire, fut-il universellement acclamé.

Caussidière, esprit fin dans un corps athlétique.

Réélu membre de la Constituante par les habitants de Paris, après avoir donné sa démission, Caussidière a pu voir dans cette deuxième élection un triomphe dont le souvenir doit, aujourd'hui encore, le venger suffisamment des diatribes stipendiées que lui lancent d'immondes pamphlétaires. Préfet de police, *il faisait*, disait-il, *de l'ordre avec du désordre*. Un riche anglais, se rappelant ce propos, adressa récemment cette question à Caussidière, qui, maintenant, fait à Londres la commission pour les vins : Veuillez me dire, Monsieur, vous qui *faisiez de l'ordre avec du désordre*, avec quoi vous faites votre champagne. — Mylord, avec du vrai Montebello, répondit notre cher et spirituel proscrit.

> A son gouvernement, comme un fils à son père,
> Il porte chaque jour le tribut de ses vœux...

« Les rues de Paris, dit Léonard Gallois, dans son excellente *Histoire de la Révolution de* 1848, étaient, journellement, sillonnées par une foule de citoyens de tous les états se rendant, processionnellement, à l'Hôtel-de-Ville, pour assurer le gouvernement provisoire de ses sympathies et lui présenter des pétitions. »

> J'offre à ton avenir quatre mois de misère.

Expression affaiblie de cette immortelle parole d'un ouvrier aux membres du gouvernement provisoire : LE PEUPLE A TROIS MOIS DE MISÈRE AU SERVICE DE LA RÉPUBLIQUE !

> Oui, mais contre Ledru Lamartine proteste.

Allusion au langage tenu par M. de Lamartine à la délégation d'un club réactionnaire qui avait chargé son bureau d'aller exprimer au gouvernement provisoire les craintes *des bons citoyens* sur la portée de la circulaire de Ledru-Rollin concernant les élections. « Le gouvernement provisoire n'a chargé personne, dit en cette circonstance M. de Lamartine, de parler en son nom à la nation et surtout de parler un langage supérieur aux lois. »

> Ah! si pour maintenir certaine circulaire,
> Son auteur invoquait le courroux populaire.

Un fait a prouvé que les sympathies des masses étaient acquises à Ledru-Rollin, qui, au reste, dans ses circulaires comme ministre de l'intérieur, n'avait eu d'autre tort que de proclamer la vérité révolutionnaire : lors de la manifestation dite *des bonnets à poil*, le Peuple ayant barré le passage à la 2e légion, qui venait demander à l'Hôtel-de-Ville le maintien des compagnies d'élite, fit entendre de sa voix formidable ces cris : *En arrière, pas d'inégalité! pas de bonnets à poil! vive Ledru Rollin!*

> .... Soyons, dit le chantre d'Elvire,

M. de Lamartine, dans ses premières Méditations, a chanté, sous le nom d'Elvire, une beauté qui lui était chère,

On discute au conseil... Écoutons! écoutons!...

Si, dans ce dialogue, nous n'avons pas indiqué nominativement les interlocuteurs, on reconnaîtra tout d'abord à son langage lyrique M. de Lamartine, puis à leur système opposé, d'une part M. Garnier-Pagès, devenu ministre des finances après la retraite de Michel Goudchaux, de l'autre le citoyen Ledru-Rollin.

L'arbre saint que, plus tard, le fer officiel
Profanera, dardait sa cîme vers le ciel...

Plusieurs de nos souscripteurs nous invitent à reproduire, ici, les vers suivants, que nous avons improvisés au pied de l'arbre de liberté, planté sur l'esplanade d'Auxerre, le dimanche 2 avril 1848.

Arbre de liberté, magnifique symbole,
Ta cime a, dans ce jour, le ciel pour auréole,
Le printemps pour ami, le peuple pour tuteur,
L'avenir pour domaine et Dieu pour protecteur.
Nous pouvons donc prédire à tes jeunes années,
Comme au monde nouveau, de belles destinées.
Eh! si tu succombais, ailleurs, ici, partout,
Qu'on réponde à ma voix : qui resterait debout!...
Cependant les destins ont d'étranges mystères....
Là même où ta racine étendra ses artères,
Les hommes d'un autre âge avaient aussi planté,
L'arbre monumental, l'arbre de liberté.
Son front, comme le tien, rayonnait d'espérance...
Qu'est-il donc devenu?... silence! notre France
Oublieuse, inconstante, éprise d'un guerrier,
De ses mains pour emblème accepta le laurier...
— Le laurier, disait-il, préserve de la foudre. —
Conquérant et laurier tout fut réduit en poudre...
Sur leurs nobles débris plane la Liberté,
C'est la fille de Dieu.... Dieu c'est l'éternité....
A la vierge des cieux sois désormais fidèle,
O grand peuple de France; admirable modèle
De courage, d'ardeur, prouve enfin aux mortels
Que tu sais respecter ta gloire et tes autels.
Bel arbre dont le front dominera la plage,
Les enfants d'aujourd'hui viendront, sous ton feuillage,
Vieillards ainsi que moi, mais fiers d'avoir vécu,
Dire comment Paris en trois jours a vaincu,
Raconter à leurs fils, étonnés du prodige
Que l'Europe, en un mois, de la Seine à l'Adige,
Et du Rhin au Danube, après plus de mille ans
D'esclavage et d'affronts écrasa les tyrans,
Dire enfin que la France, en merveilles féconde,
D'un seul geste enfanta la liberté du monde;
Et que sur la Vistule, arborant son drapeau,
Elle ressuscita la Pologne au tombeau!

A ce pompeux récit, à cette grande histoire
Afin que l'avenir hésite moins à croire,
En ces lieux, à défaut de monument d'airain,
Reste toujours debout, arbre contemporain !...

.... L'imposteur sera cru.

La Réaction, après avoir, dans les premières semaines qui suivirent le 24 février, accablé de ses lâches calomnies Ledru-Rollin qui, avec Louis Blanc, Albert et Flocon, représentaient la Révolution au sein du gouvernement provisoire, parvint plus tard, lors de l'élection présidentielle, à égarer l'esprit du Peuple au point de lui faire croire que le décret qui établissait l'impôt des QUARANTE-CINQ CENTIMES émanait, non de Garnier-Pagès, mais de Ledru-Rollin seul ; comme si, en sa qualité de ministre de l'intérieur, Ledru-Rollin avait eu à intervenir, souverainement, dans une mesure financière !...

LE QUATRE MAI.

LE QUATRE MAI.

III.

Lorsque le peuple hébreu marchait, suivant la nue,
Des rivages du Nil vers la terre inconnue,
Convié par Moïse au mystique festin,
Sur la fleur du désert il cueillait, le matin,
La manne, doux tribut qu'en leurs chastes corbeilles
Les anges du Seigneur, semblables aux abeilles
A l'essaim fraternel venant offrir leur miel,
Sans l'oublier jamais, lui descendaient du ciel.
Quel que soit le drapeau dont son front se décore,
Ainsi que les Hébreux, tout peuple marche encore
De la terre d'exil, sol de l'oppression,
A la terre promise, à cette autre Sion
Où le guident l'idée et la foi politique :
A défaut de la manne, il a pour viatique

L'espérance, doux miel qui nourrit sa vertu
Et relève, en chemin, son courage abattu.
Certe, il a dissipé de riantes chimères
Ce stupide décret des conseils éphémères,
Qui pour battre monnaie épargnant le château,
Frappe sur la chaumière à grands coups de marteau ;
Et cependant le Peuple, ainsi qu'en son naufrage
Le nageur aux débris, se cramponne au suffrage.
— Aborde le scrutin et tu seras sauvé !... —
Dit la presse, et le Peuple, un moment énervé,
Le bras vers l'avenir, à la lutte s'anime.
Egaré maintes fois, il voudrait, unanime,
A pilotes amis confier ses destins ;
Mais quand, de toutes parts, serments et bulletins
Miroitent à ses yeux dans la lice onduleuse ;
Quand mille candidats, à forme cauteleuse,
Sapajous et renards sollicitent sa voix,
Quel phare ou quel Ædipe éclairera son choix ?...
D'ailleurs, il est trop tard : c'est quand, tenant l'épée,
Le Peuple clôturait sa splendide épopée,
Qu'il fallait au Forum, — fi de tous vos décrets ! —
De l'urne universelle épancher les secrets.
En vain on eût tenté de bercer sa vengeance,
De ses bourreaux le Peuple eut reconnu l'engeance
Aux traces de son sang : tiède en était la main
Que lui tend, aujourd'hui, l'homme du lendemain....
Dame Réaction, la commère extra-fine,
Habile à distiller la ruse et la morphine,
S'apprête à nous servir un de ses meilleurs tours :
Voyez-la, dépouillant ses plus nobles atours,

Le pourpoint du ligueur, la veste du cosaque,
Le frac de Wellington, retourner sa casaque,
Et de la République, en dépit des railleurs,
Endosser l'uniforme! Au club des Travailleurs,
Où de son vain caquet la foule s'émerveille,
Ecoutons-la parler : Apôtres de la veille,
Héros du lendemain, abaissez pavillon
Devant moi la doyenne, ici, du bataillon!
A Versaille, au dix août, je brandis ma rapière!
J'eus pour amis Danton, Saint-Just et Robespierre;
Tricoteuse assidue au club des Jacobins,
Je donnais sur les doigts aux marquis, aux robins.....
Il est vrai, mes amis, eh! pourquoi donc le taire?
J'ai quelques capitaux... je suis propriétaire....
Soit; mais combien d'ennuis, de soins et de travaux
Pour garder mes trésors et par monts et par vaux!...
Pour suffire à l'impôt, combien d'économie!...
Travailleurs, dont je suis la compagne et l'amie,
Votez, pour moi votez, et par le grand Brutus!
Je vous immolerai jusqu'à mon fils Malthus! —
Du faux Guillot-femelle entrevoyant l'oreille,
Le Peuple de répondre : On a vu ta pareille...
Ton museau te trahit; va par la royauté,
Va donc faire agrandir ton capuce écourté. —
La République ajoute : On connaît ta muscade;
Tu voudrais m'attirer en certaine embuscade
Où tes coupe-jarrets, sous leur couteau-poignard,
Ont thermidorisé le parti montagnard!...
A bas! à bas le masque! un monde nous sépare,
Et dans le grand combat auquel tout se prépare,

Duel à mort, j'aurai mes jours à protéger,
Les peuples à défendre et ma mère à venger. —
Si le Peuple, parfois, rompant l'ignoble trame,
Fait de nos réacteurs avorter le programme,
Plus d'une fois aussi quelque faux candidat,
Trompant sa vigilance, usurpe son mandat :
Oui, les vieux libéraux que sa bonté tolère,
Que bientôt, que demain maudira sa colère,
Et Dufaure, et Barrot, et Dupin l'aigrefin,
Les Thiers et les Molé, l'orléanisme enfin,
N'entre-t-il pas en masse au sein du sanctuaire
Où, plus tard, déchirant son vieux drap mortuaire,
Et transfuge hardi du macabre sabbat,
La légitimité prendra part au débat?
Les journaux dont Gérain garnissait les sébiles,
De trône et de l'autel les dévotes sybilles,
Au siècle débonnaire avaient dit, ressassé,
Avaient hurlé, glapi, coassé, croassé
Que si roulant ses flots sur les bancs des comices,
Et de la Liberté moissonnant les prémices,
Le Peuple un jour faisait acte de souverain,
On verrait s'écrouler et le marbre et l'airain,
Qu'on entendrait partout rugir le vandalisme,
Puis enfin du chaos gronder le cataclysme!...
Oui, vous l'aviez prédit, ô faux Nostrodamus,
Conseillers de la cour, trafiquants d'*oremus!*
Eh bien! de l'Océan jusqu'aux bords où rayonne
Le soleil du midi, de Strasbourg à Bayonne,
Le Peuple vote en masse, et jamais terre et cieux
D'un plus sublime accord n'éblouirent les yeux.

Oui, pas le moindre éclat de volcan ou de foudre,
Pas un seul monument, pas un autel en poudre!
On entend toutefois, par les monts, par les champs,
Retentir aujourd'hui ces hymnes et ces chants
Qu'interdit le despote en ses heures prospères,
Que l'Europe apprendra, que redirent nos pères,
Et qui, de peuple à peuple, ébranlant les échos,
Formant des citoyens, enfantant des héros,
Font qu'en un demi-dieu l'homme se transfigure!...
Ainsi, vous le voyez, gens de sinistre augure,
Quand par la Liberté l'Humanité grandit,
Loin de s'en assombrir, la Nature applaudit.
Debout! devant le char du soleil séculaire
S'éclipse le flambeau du temps crépusculaire:
Arrière du passé les poudreux éléments,
Fantômes des vieux rois et des vieux parlements!
Place aux élus du Peuple, aux princes du suffrage!
Et toi Gouvernement, qui des flancs de l'orage,
Naquis en Février, abdique tes pouvoirs.
A chacun, ici-bas, son heure et ses devoirs:
Nous te vîmes, rêvant de sa reconnaissance,
Bercer la République au jour de sa naissance;
A la Constituante, à la légalité,
De piloter l'enfant vers l'immortalité!
En dépit de Baal, le sceptique aruspice,
Créons un monument où, sur le frontispice,
Rayonneront les sœurs qui, se donnant la main,
Forment la trinité du symbolisme humain.
A l'œuvre, à l'œuvre donc, Lycurgues de la France!
De vous le prolétaire attend sa délivrance:

Tous les gouvernements qui, tour à tour ont lui,
Comme s'il n'était pas, ont glissé près de lui.
Sur la terre d'Europe, en des âges néfastes,
Le prolétariat fut, pour certaines castes,
Ce qu'aux fils de Brama, sur les bords de l'Indus,
Est le pariatisme aux rameaux éperdus :
Une fleur sans culture, aux vents abandonnée ;
Une race sans nom, largement moissonnée
Par la peste et la faim, en tout temps, en tout lieu,
Sans que jamais la terre en rendît compte à Dieu.
Aujourd'hui, cette fleur au soleil a sa place :
La canaille, messieurs, la vile populace,
A votre grand scandale, ayant eu ses penseurs,
A la tribune, enfin, aura ses défenseurs.
Justice ! désormais, la voix du prolétaire,
Lorsque s'épanchera l'urne parlementaire,
Pèsera de son poids et de son unité,
Dans les destins du monde et de l'humanité !
Mai promène dans l'air ses brises jasminées,
La rose offre à Zéphir ses feuilles carminées :
C'est le jour trois fois grand où le Peuple Français,
Heureux, en liberté, de ses premiers essais,
Sur les bords où la Seine en flots d'argent s'écoule,
De ses représentants voit défiler la foule ;
Il les cherche, les compte, et leur montrant le but,
Leur adresse au passage un amical salut.
Nous voyons aujourd'hui briller, dans la carrière,
Tout ce que notre France artistique et guerrière,
Poétique et savante, a de fronts illustrés :
Près de ces noms fameux, des penseurs illettrés,

Rubis, diamants bruts, dont la timide flamme
Nous réflète du Peuple et la puissance et l'âme,
Marchent. Ah! puissent-ils ne jamais l'oublier :
Leur main est chaude encor du feu de l'atelier,
Ou leur front tout bruni du travail agricole.
Le Progrès, comme l'art, compte ses chefs d'école :
Voici PIERRE LEROUX, qui, père de sa foi,
De la Triade aspire à consacrer la loi ;
CONSIDÉRANT : il rêve aux tendres harmonies
Prédites par Fourier, l'un de nos beaux génies ;
PROUDHON : à ce nom seul, le bourgeois hébété,
Se signe et se cramponne à sa propriété ;
FÉNELON-LAMENNAIS, dont la plume chrétienne
Ecrit, en lettres d'or, la fraternelle antienne ;
BUCHEZ : sa jeune église, à défaut de sauveurs,
Dans plus d'un oratoire a de tendres rêveurs.
Des siècles dont la marche est par Dieu cadencée,
Ces hommes, sous leur front, résument la pensée ;
Bien volontiers, les rois de ces Républicains
Feraient capitolade, et les Dominicains,
Quatre cents ans plus tôt, pour dol ou maléfice,
Les auraient fait griller au gril du saint office ;
Tous ces hommes, le pape et la cour de l'index,
S'ils pouvaient à la France appliquer leur codex,
Les jetteraient aux fers, ainsi que Galilée,
Sinon pour avoir dit que, planète isolée,
Se mirant au soleil, semblable au papillon,
La terre décrivait un double tourbillon,
Pour nous avoir redit, apôtres téméraires,
Pieux échos du Christ : Tous les hommes sont frères,

Et chacun doit avoir, en attendant le ciel,

Au jour de la moisson, et sa gerbe et son miel.

Mais voici BÉRANGER, l'illustre solitaire

Qu'arrache à ses tilleuls le flot parlementaire :

— Chut ! dit-il, redoutant l'indiscrète amitié. —

Non, pour ton embarras je serai sans pitié ;

Tu fis, ô chansonnier, barde de la nature,

De ton roi d'Yvetot si naïve peinture,

Que je crains, — bien plus grand encore est ton effroi, —

Que le Peuple, en passant, ne te prenne pour roi :

Tu l'as échappé belle ! Égayant la causette,

Tu rediras ce soir ta frayeur à Lisette.

Te voilà déjà loin, et de ses yeux distraits

La foule, en oubliant, cherche d'autres portraits :

Salut à PERDIGUIER ! Si du compagnonnage

Il adoucit les mœurs, reflet du moyen-âge,

C'est que de la raison, non moins que du devoir,

Les fils de l'atelier vénèrent le pouvoir.

A JOIGNEAUX l'agronome ! au sein de la chaumière,

Il portera, plus tard, l'espoir et la lumière.

Eh ! qui n'est pas compris, France, à tes paysans

Alors qu'on sait parler gloire, honneur et bon sens !

A PELLETIER ! Sorti des rangs de l'industrie,

Il ne reniera pas l'usine, sa patrie,

Pour parader un jour, à l'instar de Peupin,

A l'ombre de ton nez, ô président Dupin !...

A côté des soldats de la nouvelle idée,

Sont les représentants de la vieille Vendée ;

Des marquis, des prélats abritant, sous leur flanc,

Le moine LACORDAIRE et son domino blanc.

Ah ! c'est que le suffrage, ainsi que les oracles,
A mainte absurdité mélange ses miracles.
Les neuf cents dont le Peuple agréa le serment,
Les voilà rassemblés au sein du monument,
Construction d'un jour, pavillon, cloître ou tente
Qui du Palais-Bourbon suit les pierres d'attente,
Comme pour révéler que nos législateurs
Seront des vieux abus les continuateurs,
Que leur œuvre ne doit, fœtus oligarchique,
Être qu'un appendice au logis monarchique,
Ou — grâce pour le mot ! — n'être qu'un champignon
Qui de la monarchie ornera le pignon.
Silence ! tout-à-coup, j'entends, vers l'esplanade,
Des soldats-vétérans gronder la canonnade ;
A ce signal, effroi des passereaux d'Auteuil,
PUYRAVEAU, doyen d'âge, occupe le fauteuil ;
Puis DUPONT, dont la tâche est aujourd'hui comblée,
Sans pompe, sans emphase expose à l'Assemblée
Comment, pendant deux mois, ainsi que ses amis,
Il usa du pouvoir, du fidéi-commis
En ses mains déposé. — Nous avons à la France,
Confondant notre élan avec son espérance,
Offert la République : élus du Souverain,
A vous de la sceller sur les tables d'airain ! —
A ces mots du consul, notre immense conclave,
Volcan patriotique, à la bouillante lave,
Tressaille, s'écriant : Arrière les vieux jours !
Vive la République ! à jamais, à toujours !...
Chaque représentant, sans soupçon et sans crainte,
Avec bonheur accepte et rend la douce étreinte

De la main qu'un collègue en souriant lui tend.
— Le Peuple veut vous voir! le Peuple vous attend! —
Qui parle ainsi? COURTAIS, le chef de la milice.
A ces mots, le cénacle, abandonnant la lice
Ouverte à ses travaux, cédant à ses transports,
Du palais souverain inonde les abords.
O l'admirable Peuple! ô l'admirable scène!.....
Paris, en cet instant, aux rives de la Seine,
Paris est tout entier : sur les ponts, sur les quais,
Sur les toits, sur les tours, du Roule aux Malaquais,
Partout, partout des fronts que de sa pourpre éclaire
Le soleil, vieil ami de l'entrain populaire ;
Partout, partout des cœurs dont chaque battement
Répond au noble appel d'un noble sentiment,
Tandis que revêtus de leurs manteaux d'albâtre,
Disséminés autour du pic de Cléopâtre,
Qui représente ici l'ancien monde et ses lois,
Se dressent, radieux, nos vieux héros gaulois.
Silence, esprits de l'air! silence, esprits de l'onde!
Échos de l'avenir, échos de l'ancien monde,
Écoutez, écoutez : — Devant Dieu, devant toi,
Je redis au soleil, en ton nom, Peuple-roi,
Ce que nous avons dit en une étroite enceinte :
Vive la République! et sa trinité sainte! —
De nos élus à peine a parlé le Nestor,
Et le Peuple répond, avec Dieu pour Mentor,
Tant en son nom qu'au nom des nations souffrantes,
Par cinq cent mille voix dans l'espace vibrantes !
Vive la République! et telle est de ce cri,
Qu'aux cœurs des opprimés l'espérance a nourri,

Telle est l'expansion, que la voûte étoilée
Où se mire l'archange en serait ébranlée,
Si ce plafond d'azur, comme l'éternité,
Ne reculait toujours devant l'humanité.
A dater de ce jour, la République en France
Brille : Peuples amis, ayez bonne espérance ;
Si son disque, parfois, se voile, autre soleil,
Vous lui devrez, plus tard, un splendide réveil.

ANNOTATIONS.

—

D'ailleurs, il est trop tard.........

Dans la mémorable journée du 17 mars, contre-partie de la journée de la veille, où les gardes nationaux des compagnies d'élite supprimées, s'étaient rendus à l'Hôtel-de-Ville pour en solliciter le maintien, les délégués du peuple avaient demandé au gouvernement provisoire l'ajournement des élections générales au 31 mai. Elles furent fixées au 23 avril. Le résultat a prouvé qu'elles avaient été faites non prématurément, mais trop tardivement. Ce n'était ni le 31 mai, ni le 23 avril, qu'il eût fallu procéder aux élections des représentants, mais dans la dernière quinzaine de mars; alors que la réaction ne marchait encore qu'en tâtonnant, alors qu'elle n'avait point encore exploité, avec une satanique habileté, les conséquences désastreuses du décret des 45 centimes.

Les journaux dont Gérain garnissait la sébile...

Le caissier des fonds secrets, sous le règne de Louis-Philippe, se nommait Gérain. Il est mort depuis février 1848. S'il a laissé des Mémoires, combien de personnages ont à craindre ses indiscrétions posthumes!...

Qu'interdit le despote, en ses heures prospères...

La *Marseillaise* et le *Chant du départ*, que le pouvoir nouveau tolère après chacune de nos révolutions, et qu'il proscrit aussitôt qu'il se sent assez fort pour étaler impudemment son apostasie.

Rayonneront trois sœurs......

Allusion à la sublime devise : *Liberté, Egalité, Fraternité.*

> Le prolétariat fut, pour certaines castes,
> Ce qu'aux fils de Brama, sur les bords de l'Indus,
> Fut le pariatisme........

Les Brames, ou adorateurs de Brama avaient pour les parias, qui formaient dans l'Inde la classe des pauvres, des déshérités des avantages sociaux, le plus profond mépris; un brame se serait cru souillé s'il avait touché un paria du doigt.

> Mai promène dans l'air ses brises jasminées...

C'est le quatre mai 1848 qu'eut lieu l'ouverture de l'Assemblée constituante.

> Voici Pierre Leroux.....

Elu représentant de la Seine, ainsi que Proudhon, Buchez et Lamennais. Le peuple de Paris, en nommant pour le représenter les plus grands penseurs de notre temps, n'indiquait-il pas que la révolution de Février était la revolution de l'idée?

> Considérant : il rêve aux tendres harmonies
> Prédites par Fourier.....

Représentant du Loiret, Considérant était le rédacteur en chef de la *Démocratie Pacifique*, organe des doctrines phalanstériennes ou fouriéristes.

> .... Le pape et la cour de l'index...

Il existe à Rome, sous ce nom, *cour de l'index,* une commission de prélats et de théologiens qui, chaque année, interdit aux fidèles la lecture de certains ouvrages philosophiques, et cela sous peine de damnation éternelle.

> .... Ainsi que Galilée.....

Galilée a été détenu dans les cachots de la papauté, pour avoir dit et soutenu le premier, en dépit des paroles de Josué, que la terre tournait autour du soleil.

> Mais voici Béranger........

Porté, d'enthousiasme, sur la liste de ses représentants par le peuple parisien, Béranger ne fit pour ainsi dire qu'apparaître à la Constituante; le modeste et immortel ermite de Passy, prudent comme la sensitive, craignit de laisser effleurer sa gloire et sa popularité au contact du monde et des honneurs.

Salut à Perdiguier !.....

Réformateur du compagnonnage, Agricol Perdiguier fut également un des représentants de la Seine à la Constituante.

A Joigneaux l'agronome !.....

Représentant de la Côte-d'Or, où il avait fait successivement de l'agriculture et du journalisme ; plus tard, il lui était réservé de s'illustrer en fondant et en rédigeant la *Feuille du Village*.

A Pelletier !.......

Représentant, ainsi que Greppo, du département du Rhône, il est encore aujourd'hui un des membres de l'Assemblée les plus intelligents, en ce qui concerne les questions du socialisme industriel.

Pour parader un jour, à l'instar de Peupin....

Autre représentant de la Seine ; longtemps rédacteur du journal *l'Atelier*, Peupin est devenu, plus tard, un des favoris de la majorité réactionnaire.

Le moine Lacordaire et son domino blanc.....

Envoyé à la Constituante par le département des Bouches-du-Rhône, le dominicain Lacordaire sentit, en homme de tact, que sa présence à l'Assemblée était un anachronisme vivant, et il donna sa démission.

Silence ! tout-à-coup j'entends vers l'esplanade...

Le 4 mai, à midi, les membres du Gouvernement provisoire entraient au palais législatif ; quelques instants après, le citoyen Audry de Puyraveau montait au bureau en qualité de président d'âge ; au-dehors, grondait le canon des Invalides, et la foule inondait la place de la Révolution, les quais, etc., etc.

Qui parle ainsi ? Courtais, le chef de la milice.

L'Assemblée procédait à la vérification des pouvoirs, quand le général Courtais interrompit le rapporteur pour annoncer que la population parisienne invitait l'Assemblée à se présenter à elle. La grande majorité des représentants déféra au vœu populaire. Toutefois, on entendit quelques réactionnaires murmurer ces mots : « Est-ce qu'on obéit encore au peuple des barricades ? »

LE QUINZE MAI.

LE QUINZE MAI.

IV

O Pologne ! ô Pologne ! immortelle martyre,
Vierge dont le Tartare, impudique satyre,
Ravisseur et bourreau, tortura l'unité,
L'héroïsme, la foi, l'espoir et la fierté ;
O toi qui des Nérons aux flancs portes l'empreinte,
Et qui ne peux, hélas! ni secouer l'étreinte
De tes persécuteurs, ni vivre, ni mourir,
O Pologne, à tout prix il faut te secourir !
Oui, vainement la peur étala ses doctrines,
Ils s'échappent ces mots de toutes les poitrines :
Secourons la Pologne! en avant! en avant!
Déjà de nos transports le tourbillon mouvant,
Alors que de Juillet grondait encor l'orage,
Vers les steppes du Nord poussait notre courage ;

Mais la Réaction, qui s'en épouvanta,
Nous jeta dans la boue et la France y resta!....
Cette halte infamante, après dix-huit années,
Dure encore, en dépit de nos grandes journées.....
Cessera-t-elle enfin? C'est le secret du sort.!...
Quoiqu'il en soit, Paris va tenter un effort...
Et pourquoi voulez-vous que cet effort échoue!...
Sous Louis-Pompadour, le carmin à la joue,
Quand roucoulait la France, au tableau de ses rois
Trop heureuse d'unir Cotillon DEUX ou TROIS,
Elle put tolérer certaine fantaisie
Qu'en son aire couvait l'aigle de la Russie;
Au char de la victoire, en sa riche torpeur,
Préférer sous Rothschild le char de la vapeur;
Mais sous la République, en son vol grandiose,
La France va monter jusqu'à l'apothéose!!!...
Si le pouvoir sommeille, on le réveillera :
Déjà, déjà Paris va lui crier hurrah!
Hurrah! car la Pologne, indomptable rebelle,
Une faulx à la main, se lève et nous appelle.
Pour arriver à l'heure, accélérons le pas!...
Eh! si Bastide est sourd, le Peuple ne l'est pas!
O Bastide! Bastide! écrivain diplomate
Qui dans certain journal appliquas le stigmate
A Philippe, à Guizot; ministre, en ce moment,
Qui te fait encourir le même châtiment?...
Du palais que l'on nomme hôtel des Capucines,
Où depuis Waterloo la honte a pris racines,
En dépassant le seuil, qu'as-tu donc découvert?...
Le ministre qui part y laisse-t-il ouvert

Devant son successeur, comme un tableau d'école,
Quelque carnet magique, odieux protocole,
Pacte, traité secret que, de son dur burin,
Écrivit le cosaque en repassant le Rhin ?...
Pour nous paralyser, dis-nous donc de quel charme
Le nécromant du Nord se sert à défaut d'arme,
Afin que nous puissions, d'un bras cyclopéen,
Briser le dernier nœud du joug européen !...
Non, tu restes muet comme un magot de laque,
Et le soldat promis au Germain, au Valaque,
Pour escorter l'idée et méduser les rois,
N'est armé, je le crains, que d'un sabre de bois.
Mais j'ai dit qu'à l'appel venu de Posnanie,
De Paris s'éveillait le belliqueux génie :
Oui, j'entends sous les cieux, prélude des tambours,
Gronder l'immense voix des immenses faubourgs.
— Eh ! que fait l'Assemblée, et que font les ministres ?
Dit le Peuple assailli par des rumeurs sinistres,
La Pologne se meurt en criant au secours !...
Et toute heure se passe en stériles discours !...
Quand mugit, à Posen, la sanglante tourmente,
En termes indécis Lamartine commente
Son pompeux manifeste et Bastide s'endort,
Ainsi que l'Assemblée !... Aux armes ! guerre à mort !...
Aux armes ! Qu'à ce cri la France se réveille !...
Soldats du lendemain et soldats de la veille,
Debout !... à nos élus, comme, aux jours solennels,
Ceux dont nous sommes fils aux Conventionnels,
Allons porter nos vœux ; puis courons aux frontières !...
Voilà ce qui se dit, et des masses entières,

De la Bastille aux quais, calmes dans leur ardeur,
Déroulent au soleil leur longue profondeur.
Près du drapeau français, les bannières germaines,
L'aigle de Varsovie et les couleurs romaines;
A ses fiers vétérans, à d'augustes proscrits,
La Révolution mélange ses conscrits,
Qui tous vont demander, rayonnants d'espérance,
La liberté du monde aux élus de la France!...
Jusque-là tout est grand! jusque-là tout est beau :
De nos fiers postulants qui conduit le drapeau?...
Raspail, Huber, Blanqui précèdent la colonne
Qui, sur les boulevards, se meut et s'échelonne :
On connaît ses desseins : pourquoi la suspecter?
Son premier peloton, gardons-nous d'en douter,
S'arrêtera bientôt devant le péristyle
Du toit législatif, plus bienveillant qu'hostile.
L'enceinte où du pays les élus assemblés
Délibèrent entr'eux, n'a ni murs crénelés,
Ni bastions, ni tours dominant l'étendue,
Ni machicoulis; soit, mais elle est défendue
Par quatre mots inscrits, sinon dans le Missel,
Dans tous les cœurs : RESPECT AU VOTE UNIVERSEL!
Non, du culte nouveau nous ignorons le code,
Et, de ce même pied qui brisa la pagode
Où trônait le fétiche appelé royauté,
Nous osons du lieu saint troubler la majesté!...
C'est qu'affranchis d'hier, nous ne savons pas vivre;
L'air de la Liberté nous surprend, nous enivre :
Lors nous dormons, ou bien, en coursiers vagabonds,
Nous marchons vers le but par saccade et par bonds.

Grosse de passions, par la fougue emportée
Ou de son propre élan ignorant la portée,
La colonne se heurte au seuil du parlement :
Alors, pareil au flot qui s'arrête un moment
Pour mieux franchir la digue, en sa bruyante halte,
Le civique torrent tourbillonne et s'exalte.
On entendit alors des accents solennels :
— Vous êtes fous ; bientôt vous serez criminels !...
Républicains français, le monde vous contemple...
Vous me l'avez bâti, respectez donc mon temple !...
A dit la Liberté. — Vains efforts ! vains discours !...
Un instant suspendu le torrent suit son cours.....
Faut-il tirer le glaive ?... Hélas ! la sentinelle
Tendait, hier, au Peuple une main fraternelle...
De Février le sang à peine est refroidi...
Pour commander le feu, qui donc assez hardi ?...
Que dire ! les soldats ont abaissé leurs armes,
Les questeurs épuisé leurs prières, leurs larmes,
Et la foule, rompue en tourbillons épars,
Du cénacle a franchi les fragiles remparts !...
Te voilà donc, ô Peuple ! au sein de l'Assemblée :
Elle était belle encor, mais tu l'as violée
Et le honteux reflet de l'outrage à la loi
L'enlaidit et retombe et sur elle et sur toi.....
Alors je me souviens et d'horreur je frissonne !...
Non, dans cette journée on ne tuera personne :
Mais à défaut du sang qui n'est point répandu,
N'est-ce pas déjà trop du prestige perdu
Des jours de Février, et qu'au jeu de bascule
Que Thiers a combiné serve le ridicule ?...

Le crime quelquefois est grand dans ses horreurs :
Ce ne sont, aujourd'hui, que mesquines fureurs,
Que burlesques efforts ! En vain Buchez qu'écrase
La hauteur de son rôle, attend-il une phrase,
Quelque accent échappé des célestes échos
Et dont se servit Dieu pour dompter le chaos :
Il demeure infécond, tandis que l'Assemblée,
Sous le fardeau du jour tout entière accablée,
Redoutant l'asphyxie, à l'exemple d'Arnal,
Semble pour s'esquiver n'attendre qu'un signal.
Oui, plus d'un honorable, en cette heure critique,
Regrette sa villa, maudit la politique
Et cette ambition qui lui fit, un matin,
Briguer et conquérir les faveurs du scrutin.
Combien de ses rivaux la défaite est vengée !...
Quoi ! la Constituante en un club est changée,
En l'un des clubs hideux dont l'aspect ennemi
Torturera, plus tard, Dupin mal endormi !...
Quel tableau ! quel spectacle ! on dirait un cratère
Où bouillonne, en hurlant, la lave délétère
Ou mieux une Babel où chacun, de sa voix
Et de la voix d'autrui, s'assourdit à la fois.
Les couloirs vont crever, l'hémicycle regorge ;
Pour gravir la tribune, on se prend à la gorge ;
Et s'il ne voit surgir, autre Boissy d'Anglas,
La tête de Féraud, maint honorable, hélas !
Privé tout à la fois d'air et du libre arbitre,
Voit une masse opaque obscurcir son pupitre !
— Citoyens ! citoyens ! s'écrie un orateur...
— Ouf ! ici l'on étouffe ! ajoute un sénateur...

— La parole à Raspail! répète un prolétaire.

— Il n'est représentant : à Raspail de se taire,
Réplique un puritain. — Cependant les lambris,
Parmi tant de clameurs, répercutent ces cris :
Guerre à toi, Nicolas! et *vive la Pologne!*
Délivrons l'Italie! affranchissons Bologne!
Puis on lit, en faveur de nos frères du Nord,
La requête des clubs. — Oui, guerre! guerre à mort!...
Pour marcher vers le Rhin que la France soit une!
S'est écrié Blanqui du haut de la tribune;
Mais justice, avant tout, bourgeois de vos complots!...
Dans certaine cité coulait, hier, à flots
Un noble sang : eh bien! avant toute besogne.....
— A bas! à bas! non, non! parlons de la Pologne!
— Peuple qui de tes droits fus longtemps orphelin,
Avec le tien mon cœur, répond Ledru-Rollin,
Palpite à l'unisson.... Chacun de nous aspire
A briser des tyrans l'abrutissant empire......
Mais pour organiser la victoire, au-dehors,
De la paix, au-dedans, invoquons les accords :
Laissez-nous méditer l'œuvre de délivrance,
Et que le monde ait foi dans la foi de la France!... —
Sans doute, le torrent va rentrer en son lit?...
Non, toujours la tribune est le champ du conflit;
Là, chacun travaillant de la voix et du geste,
Émet de son cerveau le tribut indigeste,
Un lambeau de discours, une interjection.....
— Barbès au ministère!!... — Une acclamation
Immense, générale, à cet appel réplique.
Barbès de s'écrier : — La fortune publique

Est en souffrance : eh bien! qu'un milliard d'impôts,

Afin de suppléer aux civiques dépôts,

Soit frappé sur le riche! — Autre vivat immense!...

Frénétiques bravos!... — Mais c'est de la démence!

C'est contre qui possède un affreux attentat!... —

Eh! qui donc, répondez, peut donner à l'État :

Ou le riche, ou le pauvre?... Allons! pas de scandale!...

Le mot est d'un penseur et non pas d'un vandale!...

Par des bras musculeux, comme sur un pavois,

Louis Blanc soutenu, veut élever la voix.....

Mais son discours, ainsi que tant d'autres harangues,

S'évapore au milieu du tumulte des langues.

On entend, en revanche, et trop distinctement,

Ces mots fameux d'Huber, blasphème! égarement!

Dont nulle bouche, hélas! ne saurait être absoute :

— Au nom du Peuple, amis, l'Assemblée est dissoute!... —

Cet homme est insensé! pardonnez-lui, Seigneur!

La foule, cependant, trépigne en son honneur!.....

Insensé! je l'ai dit; car il n'est pas un homme,

Quel que soit, au soleil, le nom dont on le nomme,

Qui puisse par la voix, par la plume ou l'airain,

Défaire ce qu'a fait le Peuple souverain!...

Enfants du Peuple-Roi, gardons bien sous le chaume

Ou sur notre grabat, notre part de royaume!...

Eh! parbleu! l'Assemblée est dissoute en ce sens

Que parmi nos élus, que parmi les neuf cents,

Chacun, à la sourdine, a déserté son siége,

Tandis qu'à la Commune, où les attend un piége,

Les acteurs de ce drame, en proie à leur accès,

Courent épouvantés de leur propre succès.

Cependant le tambour, au rythme monotone,
De quartiers en quartiers et se promène et tonne.
A ce signal, hélas! trop connu, dans Paris,
Des épouses en pleurs et de tous les maris,
Au signal du rappel, la garde citoyenne
Où domine toujours la caste mitoyenne
Et qui souvent, jouet d'un système bâtard,
Sauva la Liberté, pour la perdre plus tard,
Forme ses bataillons; déjà tout une armée
Vers la Constituante — on la croit opprimée —
Se dirige et bientôt reprend, sans coup-férir,
La place que nos fous venaient de conquérir,
Et que, sans garnison, nos fous avaient laissée.....
Nous revoyons alors, non plus tête baissée,
Mais le front haut et fier de la valeur d'autrui,
Ceux-là qui sans tambour ni trompette avaient fui...
Qui donc dans le succès est plus brave qu'un lâche?...
De Buchez éclipsé Corbon reprend la tâche;
Puis Marrast apparaît : il dit par quels exploits
Il a sauvé naguère et Paris et les lois.....
— Le fat!! — dit à mi-voix le sauveur émérite
Dupin, le Nivernais, que tant d'audace irrite.
Respirez, sénateurs! Vous tous qu'importuna
L'ombre de Spartacus ou de Catilina :
Barbès est déclaré traître à notre patrie!!
De la Commune, en France, à la Conciergerie,
Il n'est qu'un pas : ainsi, plus d'un fier plébéïen
Tombait du Capitole au rocher tarpéïen.....
Ah! si la Réaction, — sois maudit, Lamartine! —
Tenait, tenait encor sa bonne guillotine!...

Atteint par le soupçon, Louis Blanc veut parler...
Chacun de le honnir et de l'interpeller...
— Il était avec eux ! — Devant Dieu je l'atteste :
Non ! — Larron pris au sac, de sa vertu proteste. —
Le Peuple veille encor : moins d'appétit, vautour,
L'apôtre du travail, plus tard, aura son tour....
— Nous savons nos devoirs, dit l'avocat Marie,
Et nous les remplirons. — Bravissimo ! s'écrie
L'héroïque sénat... — Châtiment éclatant
A l'éclatant outrage.... — A ces mots, haletant
De vengeance et d'espoir, le cénacle trépigne.....
Il faut que du début la clôture soit digne :
Le sénat à chacun vote des compliments :
— La milice, l'armée et les départements
(Ah ! que des factieux la race soit flétrie !)
Ont tous bien mérité de leur noble patrie... —
Quoi ! vous vous oubliez ! A d'augustes honneurs,
Qui donc a plus que vous des droits, ô Messeigneurs ?...
Des grands événements le temps change la trame :
Du premier prairial où, Jupiter du drame,
La Convention, rien qu'en fronçant le sourcil,
De son sein écarta la pique et le fusil,
Le quinze mai, pour moi, n'est que la parodie,
Que la petite pièce après la tragédie...
Pourtant qu'il soit maudit, ce jour trois fois fatal :
Le Peuple a mutilé le prisme de cristal,
Magique talisman, le kaléidoscope
Qui triplait sa puissance et fascinait l'Europe !!...
Du glaive suspendu plus d'un traître affranchi,
Relève un front hautain que la peur a blanchi.....

C'est que, si loin du but le projectile tombe,
On se rit du boulet, on se rit de la bombe :
Canons qu'on ne voit pas, mais que l'on sait braqués,
Causeraient moins d'effroi s'ils étaient démasqués.
Le Peuple aux passereaux vient de tirer sa poudre,
Et vous avez cessé de redouter la foudre,
Diplomates sans cœur, réacteurs myrmidons,
Qui naguère, à genoux, mendiez nos pardons ;
Désormais, vous allez, sans souci ni vergogne,
Voir l'autocrate, à blanc, saigner notre Pologne....
Oui, tandis qu'au pouvoir perpétuant Guizot,
Tu seras, ô Bastide, ou renégat ou sot...
Ah ! si Garnier-Pagès fit, d'un regard oblique,
Par le Peuple, au-dedans, lorgner la République,
A toi, Buchézien, à toi le triste soin
De la faire honnir et mépriser au loin !...
Fatale destinée : à vingt ans de distance,
Notre France pouvait, forte de sa constance,
Écraser les tyrans, et la France, deux fois,
A manqué dans l'arène et de cœur et de voix !
C'est que, libératrice et toujours opprimée,
La Révolution fut deux fois désarmée,
Et que de plats rhéteurs l'amusant en chemin,
Le Peuple pour agir attend au lendemain.
Hélas ! à nos destins si le malheur s'attache,
C'est que dans notre histoire il existe une tache,
Ou plutôt un forfait qui n'est pas racheté ;
C'est que Dieu nous punit de quelque lâcheté ;
C'est que nous n'avons pas, épurant notre histoire,
Élevé vers les cieux l'autel expiatoire,

C'est que sur le trépas d'un frère, d'un ami,
Du Peuple Polonais, le Français a dormi!!!
— Qu'il soit le fruit hideux du jour ou du mystère,
Quand un forfait sanglant épouvanta la terre,
A dit le Livre saint, le bras du Dieu vengeur
Jusque dans ses enfants atteindra l'égorgeur.
A ce terrible arrêt le Livre saint ajoute :
Celui-là qui, témoin d'un forfait sur sa route,
Au lieu de l'empêcher, s'est enfui lâchement,
Comme l'auteur du crime a droit au châtiment! —
Oui, nous sommes maudits, mon cœur s'en épouvante!
Parce qu'à la Pologne, à la morte vivante,
Alors qu'on l'égorgeait, peuple lâche et vantard,
Nous avons répondu : MA SŒUR IL EST TROP TARD !

ANNOTATIONS.

—

Quoiqu'il en soit, Paris va tenter un effort.

Le 13 mai, des pétitions en faveur de la Pologne avaient déjà été portées au palais législatif par plusieurs délégués des clubs, au milieu d'un cortége considérable de citoyens et remises au représentant Vavin, qui les déposa sur le bureau de l'Assemblée. Mais cette démonstration ayant paru insuffisante, les sociétés populaires résolurent d'en faire une nouvelle le 15 mai, jour où la question polonaise devait être à l'ordre du jour de la Constituante.

Trop heureuse d'unir Cotillon deux ou trois.

Le grand Frédéric, parlant des maîtresses de Louis XV, les classait ainsi : Cotillon un, Cotillon deux, Cotillon trois.

Hurrah! car la Pologne, indomptable rebelle,
Une faulx à la main, se lève et nous appelle!

A peine la Révolution de Février avait-elle éclaté, qu'une partie de l'émigration polonaise s'était élancée au-delà du Rhin, escortée des sympathies des peuples de l'Allemagne. Bientôt la Gallicie et la Posnanie (duché de Posen) se soulevèrent contre l'Autriche et la Prusse. Après quelques brillants succès, la fortune se montra de nouveau hostile aux héroïques martyrs de la liberté sarmate. Alors il ne resta plus à la Pologne d'autre espoir que l'appui de la France, espoir qui bientôt, hélas! devait encore lui échapper.

O Bastide! Bastide, écrivain diplomate...

Bastide, ministre des affaires étrangères après la Révolution de Février, avait longtemps rédigé, dans le *National*, les articles qui traitaient des questions extérieures.

Et le soldat promis au Germain, au Valaque.

Allusion à cette phrase miroitante de M. de Lamartine : « La France républicaine n'est pas seulement la patrie, elle est le soldat du principe démocratique dans l'avenir. »

Et Bastide s'endort......

Non, Bastide a parlé! Au début de la séance même du 15 mai, répondant aux interpellations du citoyen d'Arragon, il dit : La Révolution de Février n'abdiquera jamais ses principes de fraternité morale et de propagande politique; mais le gouvernement français n'entend pas se lancer dans les aventures extérieures qui perdirent notre première Révolution. » Pauvre homme! mais c'est précisément aux *aventures extérieures* que la Révolution, la grande Révolution a dû son salut et sa gloire!...

On connait ses desseins : pourquoi la suspecter?

Huber, Huber lui-même, président du *Club Centralisateur*, écrivait dans un avis envoyé aux journaux le 14 au soir : « La démarche projetée a *pour but unique* de réclamer pour nos frères, les Polonais, la restitution de leur patrie et de leur indépendance nationale. » Sobrier, de son côté, publiait dans les mêmes feuilles un avis ainsi conçu : « La marche doit être grave, solennelle; car il s'agit d'une nation amie qu'on opprime . Point de tambours, point de musique, *pas d'armes;* point d'autre cri que celui de *vive la République!* et *vive la Pologne!* »

Que dire! les soldats ont abaissé leurs armes.

Un bataillon de la garde mobile, placé sur le pont de la Concorde, loin de s'opposer à la marche de la colonne, remit les bayonnettes au fourreau, en signe de sympathie pour la manifestation.

Et la foule rompue en tourbillons épars,
Du cénacle a franchi les mobiles remparts.

Les questeurs et plusieurs représentants parlementèrent, pendant quelques minutes, avec les pétitionnaires, à la grille du péristyle. Le président de l'Assemblée, sur la demande de Ledru-Rollin, allait venir conférer avec les délégués, quand, fatalement, un coup de fusil, lâché par une main inexpérimentée, retentit dans l'intérieur de l'édifice. La foule se crut trahie, et en un clin-d'œil elle escalada les grilles, tandis que l'autre portion de la colonne, contournant la position, se précipitait dans la salle des délibérations par les issues donnant sur la place Bourgogne.

> Alors je me souviens, et d'horreur je frissonne !

On se rappelle que le 1ᵉʳ prairial (20 mai 1795), le peuple envahit la Convention. C'est alors que fut tué d'un coup de pistolet, et ensuite décapité, le jeune représentant Féraud, au moment où il couvrait de son corps le président de l'Assemblée.

> Sous le fardeau du jour tout entière accablée.

Il faisait, le 15 mai, une chaleur tropicale, circonstance qui ne contribua pas peu à l'exaltation des esprits et par conséquent aux malheurs de cette journée.

> .... A l'exemple d'Arnal,
> Semble, pour s'esquiver, n'attendre qu'un signal.

Dans un de ses rôles les plus amusants, le comédien Arnal, en proie aux angoisses d'une situation périlleuse, répète à chaque instant : « Je voudrais bien m'en aller ! »

> Il n'est représentant, à Raspail de se taire,
> Réplique un puritain..............

Au moment où le peuple pressait Raspail de lire la pétition des clubs en faveur de la Pologne, plusieurs représentants, notamment M. d'Adelsward, protestèrent contre cette lecture, vu que Raspail n'était point membre de l'Assemblée.

> Dans certaine cité coulait, hier, à flots
> Un noble sang.

Blanqui parle ici des tristes événements de Rouen, où la garde nationale avait mitraillé, sans pitié, des ouvriers sans armes.

> Cet homme est insensé !. .

La plupart des chefs de clubs, dit Léonard Gallois, se montrèrent atterrés de l'audace d'Huber, et laissèrent éclater leur colère contre *le fou* qui compromettait l'avenir de la Révolution.

> Eh ! parbleu ! l'Assemblée est dissoute, en ce sens

> Que parmi nos élus, que parmi les neuf cents,
> Chacun, à la sourdine, a déserté son siége.

Après avoir entendu les paroles d'Huber, les représentants qui jusqu'alors étaient restés immobiles, quittèrent leur banc; le bureau lui-même parut accepter, avec résignation, l'arrêt prononcé contre lui, et alors les plus timides et les plus indécis parmi les envahisseurs parurent accepter aussi des faits accomplis.

> Courent épouvantés de leur propre succès.

La marche de la masse révolutionnaire du palais législatif à l'Hôtel-de-Ville, présentait plutôt l'aspect d'une troupe en déroute que celui d'une force imposante, développée et victorieuse.

> Cependant le tambour, au rythme monotone.

Le tambour avait commencé à battre le rappel, tandis que le Peuple et l'Assemblée étaient encore en présence. Cet incident ne contribua pas peu à exaspérer le Peuple et à compliquer la situation, tout en brusquant le dénouement.

> Qui donc dans le succès est plus brave qu'un lâche?...

A l'appui de cette assertion, nous pourrions citer la conduite que tint, envers le général Courtais, une horde de furieux : au moment où ce vieux soldat, qui, pendant cette douloureuse journée, s'était surtout préoccupé d'empêcher l'effusion du sang, prenait la parole pour se justifier du reproche de trahison, des gardes-nationaux se ruèrent sur ce vieillard, lui arrachèrent ses épaulettes, brisèrent son épée et le frappèrent à la face!...

> A toi, Buchézien.....

Bastide appartenait à la petite église des néo-catholiques, dont Buchez était le pape.

JUIN.

JUIN.

V

Avez-vous du sommet de la haute falaise
Que le flot tour-à-tour et visite et délaisse,
Avez-vous, fol amant des sublimes horreurs,
Ouï de l'ouragan les bruits avant-coureurs ;
Ou bien assis au pied d'une colonne antique,
Quand la Nuit, dans ses bras, berçait l'Adriatique,
Rêveur, avez-vous ceint de votre attention
Le volcan préludant à quelque éruption ?
— De l'ouragan mon œil vit passer le mystère,
Et du Vésuve, au loin, flamboyer le cratère. —
Eh bien ! moi, j'ai vu mieux, mieux que le ciel tonnant,
Que le Vésuve en feu.... J'ai vu tout frissonnant
De l'insurrection formidable et prochaine
Paris, qui des tyrans vingt fois brisa la chaîne ;

Ses artères, alors, bouillonnaient et j'eus peur....
Oh! que tout horizon est, ici-bas, trompeur!
Sous le soleil de Juin, Paris qui se réveille,
Échevelé, terrible, avait souri la veille:
Oui, c'était fête hier; le Peuple, au Champ-de-Mars,
Célébrait la Concorde et la Paix et les Arts;
Je voyais défiler, dans la pompeuse arène,
Et devant l'Assemblée heureuse d'être reine,
Au chant de l'Orphéon, au bruit des instruments,
Les mille délégués de nos départements,
La blonde Agriculture, inépuisable fée,
Et sa sœur l'Industrie étalant son trophée,
Passer la France, enfin, sous un ciel radieux,
Avec ses libertés, ses gloires et ses dieux.
Et maintenant, après la fête triomphale,
De l'insurrection la stridente raffale
Tourbillonne, grandit!.... Oui, c'est avec raison,
Que je tiens pour suspect le calme à l'horizon.
Le Peuple, avons-nous dit, invoque la Concorde :
Mais la Réaction qui, sans miséricorde,
Sans trêve, sans pudeur, suit le lâche dessein
Qui, depuis Février, fermente dans son sein,
Fait appel à la haine, invoque les furies....
Déjà les précurseurs des royales tueries,
Des sbires au teint fauve, au regard de chacal,
Et qu'eût jadis soldés le démon monacal,
Rôdent dans la cité : tantôt, de la police,
Disciples d'un Vidocq, ils forment la milice;
Tantôt agents des rois, marchandeurs de la faim,
Ainsi qu'on montre au dogue une bribe de pain,

Ils font briller de l'or aux yeux du prolétaire,
Oui, l'or de la Russie ou l'or de l'Angleterre ;
Puis, fiers d'avoir conquis un douteux ascendant,
Ils jettent à la foule un nom de prétendant.
Aujourd'hui, des badauds exploitant la sottise,
A la Porte-Denis, la bande noire attise
Le foyer de discorde, et Madame Réac
A l'éteindre usera Sénard et Cavaignac.
Attendez : la luronne en usera bien d'autres !....
Chut ! Madame a des mœurs.... Entre deux patenôtres,
Elle creuse à l'écart, souriant aux prélats,
Une mine qui peut faire, sous ses éclats,
Sauter la République !.... Autre temps, autre mine :
Ainsi ceux dont la race aujourd'hui prédomine,
Des pâles royautés ravivant le fanal,
Ourdirent, en l'an huit, le complot infernal.
Sous les murs de Paris il est une phalange
De tous nos travailleurs formidable mélange,
Et qui, lorsqu'à dessein chôment certains métiers,
Inonde de ses flots nos civiques chantiers.
Là, spectacle inouï ! L'artiste dramatique,
Auprès du portefaix à la taille athlétique,
Le poète, le peintre, auprès du débardeur,
Travaillent, pelle en main, d'une inégale ardeur.
Qu'importe ! ce qu'il faut, c'est qu'en ces jours de crise,
La misère au teint hâve, en blouse bleue ou grise
Et même en habit noir, — ah ! celle-ci surtout
Est lourde à supporter en tout temps et partout, —
Vienne s'abriter là... Plus tard, après l'orage,
Chacun retrouvera sa route et son courage.

6

Que l'on ferme ce port, ce caravanserail
Ouvert aux naufragés des arts et du travail,
Et le camp de la faim, comme la mer en crue,
Des murs extérieurs refluant vers la rue,
Submergera Paris, ébranlera l'État....
Voilà pourquoi rêvant un prochain attentat,
De tous les réacteurs l'impitoyable meute
Provoque une bataille, une sanglante émeute,
Afin qu'abandonnée aux aspics intestins,
La jeune République abrége ses destins ;
Voilà pourquoi Falloux, irritante crécelle,
Hérault du Sonderbund, de ses discours harcelle,
Aux applaudissements des porte-bénitiers,
Le prolétariat campé dans nos chantiers.
— Dissolvez ! dissolvez ! dit l'orateur papiste,
Chat-tigre, léopard acharné sur la piste,
Vos ateliers, foyer sans cesse incandescent
De troubles, d'anarchie, effroi du cinq pour cent ! —
Dissolvons ! dissolvons ! repète fascinée
Par l'œil du basilic, vers l'abîme entraînée,
Notre Constituante ! — On dirait qu'on entend
Murmurer le tambour.... le bruit croît et s'étend ? —
C'est le souffle lointain de l'aquilon qui passe
Ou le dernier soupir d'un tyran qui trépasse,
Aux pays d'outre-Rhin.... — Et moi je vous réponds
Que partout dans Paris, sur les quais, sur les ponts,
Le long des boulevards et le long des arcades,
Le rappel bat !... Silence ! on crie aux barricades !...
Aux délégués du Peuple, à l'homme du faubourg,
Marie, un des consuls assis au Luxembourg,

Vient de parler en maître, et nos durs prolétaires
Irrités de l'accueil fait à leurs mandataires,
Défiant, à leur tour, le consul inhumain,
Répondent, ô malheur ! OU DU PLOMB OU DU PAIN !.,..
— Du plomb ! nous en avons, si le trésor est vide,
Réplique le pouvoir ! — Donnez, je suis avide
De sang et de mitraille ; aussi bien nos pavés,
Remués fraîchement seront tôt enlevés ! —
Et le Peuple dépave, et sous ses doigts il broie
Le granit et le fer, et dans ses bras charroie
Des monuments entiers, audacieux et fier,
Vrai Peuple de Titans !... Un homme, alors — Hier,
Il me tendait la main — impassible, s'approche ;
Républicain sans peur ainsi que sans reproche,
Il se nomme DORNÈS. — Arrêtez, il est temps,
Il en est temps encor, dit-il aux combattants,
Plus de sang ! plus de lutte impie et fratricide !....
Citoyens, entre nous, que la raison décide
Et non plus la mitraille. — Il dit, un mousquet part,
Et DORNÈS tombe au pied du mobile rempart....
On l'emporte mourant !... Pauvre sœur ! pauvre mère !...
Le sort en est jeté !.... Vidons la coupe amère !....
De la Réaction Satan comprend le vœu :
Babylone est à sang, Babylone est en feu !...
Peut-être l'Assemblée, onctueuse et clémente,
Pourrait de sa parole adoucir la tourmente ?....
— Rendez-nous la concorde avec son ciel d'azur !
Pacifier est doux ! — Mitrailler est plus sûr !... —
Aussi mitraille-t-on.... Le grand salon du monde,
Paris n'est déjà plus qu'un abattoir immonde :

La moitié de ses fils contre l'autre se bat,

Et si quelque Dieu bon n'intervient au débat,

La moitié de la France, avant deux jours, peut-être,

Se battra contre l'autre, ivre du noir salpêtre!....

Oui, car ainsi qu'au feu, quand sonne le tocsin,

Des populations vole, effaré, l'essaim :

De vingt départements la milice assemblée,

A la voix du canon accourt à la mêlée.

En ce moment Paris, ceint d'un linceul ardent,

En deux parts est coupé de l'est à l'occident :

L'Assemblée, en deçà; tout un camp la protége;

Au-delà, la révolte et son bouillant cortége;

Là, le droit de régner, oui, même en mitraillant;

Ici, le droit de vivre, au moins en travaillant.

Ce droit, on le conteste, on le nomme anarchie

Sous votre République, ainsi qu'en monarchie!....

Nous l'aurons : aujourd'hui quels que soient les vainqueurs,

Car ce droit que l'on nie est écrit dans les cœurs,

S'il ne l'est dans vos lois!.... Mais Paris c'est la France :

C'est de là que nous vient tantôt la délivrance,

Tantôt l'oppression.... Qui va s'en emparer?

Faudra-t-il le bénir? faudra-t-il l'abhorrer?...

Aux soldats, à leurs chefs, la docte stratégie :

Aux insurgés leurs bras et la froide énergie.

Cette guerre, qu'aux fils de la vieille cité

De nos jours enseigna la jeune Liberté;

Chacun la sait : jamais barricades plus fortes

N'ont d'un pouvoir jaloux défié les cohortes;

Jamais, jamais, aussi, l'on ne vit accourir,

Plus prompts, gens affamés, avides.... de mourir.

De ce grand désespoir un instant stupéfaite,
Et redoutant, dit-on, plutôt une défaite
Qu'un succès, on prétend que la Réaction
Hésita, dans sa marche, au fort de l'action,
Que pour éteindre, enfin, cet immense incendie
Qu'a longuement couvé sa noire perfidie,
Elle eut peur de manquer, non pas d'eau, mais de sang !
De nos civilisés que l'esprit est puissant !....
Ainsi que pour dompter un éléphant sauvage,
Les princes du Mogol exploitent le servage
De l'éléphant captif, en ce jour de malheur,
Aux enfants de Paris, pour dompter leur valeur,
Le réacteur oppose, en destructeur habile,
D'autres fils de Paris, la milice mobile,
A l'insurgé de juin, l'homme de février,
Et le Français soldat au Français ouvrier !....
Pends-toi, Machiavel !.... Certes le royalisme
De son plus doux sourire, à ce grand cataclysme,
Peut sourire aujourd'hui ! Nicolas et consorts
Doivent de leur tactique admirer les ressorts !
Elle a produit ses fruits la discorde semée :
Le sang démocratique et le sang de l'armée,
Des meilleurs généraux, des meilleurs citoyens,
Sous nos boulets français et sous nos biscaïens
Jaillit, ruisselle à flots !! Hélas ! si les cartouches
Qui, de leur noire écume enivrent tant de bouches,
Pour sauver la Pologne ou Venise ou Milan
Ou la fière Hongrie, en un sublime élan,
Sur un lointain théâtre on les eut déchirées,
Avec le despotisme et ses lois abhorrées,

Le monde en finissait ! Hélas ! que voulez-vous,
Les hommes sont des sots, quand ils ne sont des fous !....
Si le champ du combat est sanglant, il est sombre :
On dirait le linceul d'un grand peuple qui sombre.
Pas un mot ! pas un chant ! En l'air pas d'attribut !
Quelquefois on entend crier, comme au début :
OU DU PLOMB OU DU PAIN ! Pour dompter la famine,
Vous avez, ô ventrus, et la sape et la mine :
Tonnez, sapez, brûlez ; contre les travailleurs
Déchaînez fantassins, bombardiers, artilleurs.
On saccage, on détruit bien mieux qu'on édifie :
A quoi bon la science et la philosophie !
Le sabre ou le canon, de tous les arguments
N'est-il pas le meilleur pour les gouvernements ?....
Aujourd'hui le carnage : à demain la ripaille.
Eh pourquoi donc, au lieu de dormir sur la paille,
De ronger son pain noir, de ramper à genoux,
Le prolétariat se dressant devant nous,
Fantôme ou cauchemar dont le bras nous enlace,
Au banquet social vient-il demander place ?
Arrière donc des gueux le fétide aquilon,
Des truands importuns le gîte est à Toulon,
A la Morgue, à Clamart !.... race à livide mine,
Va porter chez Pluton ta plainte et ta vermine !
Cela ne se dit pas.... cela se pense ! Eh bien !
Voilà pourquoi le Christ au vieux monde païen,
Aux riches d'un autre âge a lancé l'anathême,
Et pourquoi, de Malthus maudissant le système,
Modernes exploiteurs, repus et tyranneaux,
Le Peuple vous fusille à travers ses créneaux.

De la destruction qui sauvera Ninive ?
Du déluge de feu la vague corrosive
Monte, monte toujours.... Qui pourrait l'arrêter ?....
Un miracle!.... Qui sait? AFFRE va le tenter.
— Les disciples du Christ, sous l'Église naissante,
Belle de ses vertus et par la foi puissante,
Virent des éléments, des fléaux et des rois,
Se calmer les fureurs à l'aspect de la Croix :
Que d'un prodige saint la légende chrétienne
S'enrichisse aujourd'hui ! Que notre foi l'obtienne !
Bon pasteur doit donner ses jours pour son troupeau,
Dit le prélat, du Christ arborant le drapeau,
Seigneur, voici les miens ! — Entre la double nappe
De flammes et d'acier d'où le trépas s'échappe ;
Dans la noire atmosphère où roule, en tourbillons,
La trombe du carnage, entre les bataillons
L'archevêque apparaît : il a franchi la crête
D'un mamelon sanglant... à parler il s'apprête....
L'airain se taît.... déjà l'on voit à l'horizon,
Sourire l'espérance.... Horreur et trahison !
Une balle maudite, oui, l'enfer l'a fondue,
Ensanglante l'étole au prélat suspendue!....
Du double crime à qui le double repentir ?
Le civisme, en DORNÈS, eut hier son martyr,
Et la Religion, inépuisable oracle,
Dans AFFRE, le pontife, à défaut de miracle,
A rencontré le sien !!! Un miracle! non ! non !
A Satan la parole ! A Satan le canon !....
Des dieux il n'en est pas où la charité manque....
Une idole est debout, l'idole de la banque,

Malthus est son pontife ; archange de l'enfer,
Baal trône sur l'or, dans les siècles de fer,
Mais il n'en répand pas.... Vive l'économie !
Historiens, prenez note de l'infamie :
Hier, avec de l'or au lieu de plomb fondu,
On pouvait racheter tout le sang répandu,
Mais on a marchandé.... Si le ciel insensible
Refuse à son pontife un miracle possible,
C'est qu'avant tout appel à la divinité,
Il fallait recourir à la fraternité !....
A ce mot, ils ont ri, d'un rire de mégère !!...
Ah que la conscience à tous vous soit légère !....
Mais pour se repentir, aimer, pleurer tout bas,
Il faut avoir un cœur.... la Réac n'en a pas !....
De cette courtisanne imitant les rapsodes,
Me verra-t-on forger de hideux épisodes,
Et quand déjà le vrai d'horreur nous révolta,
Dresser pour mes lecteurs la pile de Volta ?....
Dirai-je qu'on a vu, dans votre camp de L'ORDRE,
De malheureux captifs sous les balles se tordre ;
Que chez les insurgés, à se venger moins prompts,
On vit pourtant, hélas ! tomber deux nobles fronts ?....
Non, je maudis mes vers, je déteste mes rimes,
S'il me faut raconter nos désastres, nos crimes ;
Alors je deviens fou : Que me veux-tu, Caïn ?
C'est toi qui présidais au massacre de Juin !....
Nos mains n'ont pas trempé dans le sang de nos frères :
A nous, à nous le deuil et les soins funéraires !
Aux vainqueurs leurs exploits, peut-être leurs remords :
A nous de relever les vaincus et les morts !

Tous les morts ! Car j'ai dit les infâmes surprises
De la Réaction, oui, qu'elle a mis aux prises
Le Peuple avec le Peuple, ulcéré, de sang-froid,
Les cœurs contre les cœurs, le droit contre le droit,
Oui, le droit au travail et le droit du suffrage,
Afin que tous les deux, en un accès de rage,
Se heurtant sous le ciel, l'ignoble royauté
Sur leur division fondât son unité.
Viens donc, ô monarchie, audacieux vampire,
C'est l'instant ou jamais de ressaisir l'empire !
Oui, viens, donnant la main à tes caducs amants,
Trôner sur un cadavre et des débris fumants !
L'ORDRE RÈGNE A PARIS ! De la large blessure
Qu'au flanc lui fit, en Juin, la main traîtresse et sûre
De la Réaction, la République, hélas !
Qui de son agonie ouit tinter le glas,
Souffrira bien long-temps ! Gisante sur la claie,
Elle verra grandir, s'envenimer sa plaie,
Sous le scalpel impur d'un charlatan vantard
Et de ses carabins ; enfin, oui, si plus tard,
L'auguste patiente échappe à la torture,
C'est que Dieu la créa d'une forte nature,
Et que sur ses douleurs il aura, de ses mains,
Distillé quelque baume inconnu des humains.
C'est le destin, hélas ! Avant que sur la tombe
Qui de nos saints martyrs recouvre l'hécatombe,
L'arbuste de la foi se couronne de fleurs,
Il faut qu'un siècle et plus l'arrose de ses pleurs !.....

ANNOTATIONS.

—

Oui, c'était fête hier.......

Le 21 mai, avait eu lieu, au Champ-de-Mars, la fête de *la Concorde ;*
elle fut, en quelque sorte, le pendant de la fête de *la Fraternité* célébrée,
le 26 avril, sous le gouvernement provisoire et destinée à cimenter l'union
du peuple avec l'armée. La fête de la Concorde offrit un aspect magnifique ;
les Républiques, les grandes Républiques seules peuvent en organiser de pa-
reilles. Ce qui surtout nous émerveilla, durant cette splendide journée, ce fut
le calme de la population, calme qui n'excluait pas l'enthousiasme. Six cent
mille personnes circulaient aux Champs-Elysées, dans les rues et sur les boulevards ; pas un agent de police, pas un sergent de ville ! et on n'eut à
regretter ni le moindre désordre, ni le moindre accident. Peuple admirable
et toujours calomnié !....

Ils font briller de l'or aux yeux du prolétaire.

« Les partisans dynastiques, toujours aux aguets des émeutes qui pouvaient les servir, dit Léonard Gallois dans son récit des événements qui
précédèrent l'insurrection de juin, ne manquèrent pas *d'embrouiller les
affaires de la République*. L'or fut même répandu par des agents étrangers. » Plus loin, le même historien, à l'appui de cette assertion, cite l'apparition subite, chez les *changeurs,* d'une grande quantité de pièces de monnaie russe. D'ailleurs, Nicolas n'avait il pas dit, sans que ce propos ait été
démenti : Je consacrerai *cent millions,* s'il le faut, à détruire la République
française !....

A la Porte-Denis, la bande noire attise
Le foyer de discorde.......

Qui ne se rappelle ces rassemblements gigantesques qui, chaque soir,
peu de jours avant la conflagration de juin, avaient lieu à la porte St.-Denis,
et dont le but, s'ils n'étaient pas le prélude de la bataille, tendait, au moins,
à empêcher la reprise des affaires en perpétuant l'agitation populaire ?

Ourdirent, en l'an huit, le complot infernal.

Allusion à l'explosion de *la machine infernale* dans la rue Saint-Nicaise.
Aux royalistes, de ce temps-là, l'honneur de cette conception *honnête et
modérée!*...

Voilà pourquoi Falloux, irritante crécelle.

M. de Falloux, représentant de Maine-et-Loire, et depuis ministre de
M. Louis Bonaparte, s'est montré un des adversaires, nous dirons même un
des persécuteurs les plus acharnés des ateliers nationaux dont la création
avait été, dans l'origine, une mesure conservatrice. Le citoyen Trélat, alors
ministre des travaux publics, se disposait à les réduire et à leur donner une
meilleure organisation, quand l'adoption d'un projet de loi proposé par la
commission dont M. de Falloux était le rapporteur, équivalant à la dispersion
à peu près immédiate des chantiers nationaux, vint tout compromettre.

Aux délégués du peuple, à l'homme du faubourg,
Marie, un des consuls assis au Luxembourg,
Vient de parler en maître.......

Ce fut le citoyen Marie, un des cinq membres de la commission exécu-
tive, qui reçut les huit travailleurs délégués, par leurs frères des ateliers,
pour exposer au pouvoir leurs griefs contre les mesures qui prescrivaient
l'envoi dans les départements d'une partie des ouvriers attachés aux ateliers
nationaux, et l'enrôlement forcé dans l'armée d'une autre partie de ces citoyens. « La réception fut loin d'être cordiale, dit Léonard Gallois ; après
avoir entendu le brigadier Pujol, qui demandait, au nom de ses frères les
travailleurs, l'organisation d'ateliers dans lesquels toutes les professions pour-
raient être exercées librement, d'ateliers propres à servir de refuge aux ouvriers forcés de chômer une partie de l'année, le citoyen Marie répondit,
avec hauteur, que la détermination dont on se plaignait n'avait été prise
qu'après y avoir mûrement réfléchi, et que le gouvernement saurait bien
se faire obéir par les ouvriers qui ne voudraient pas se soumettre au décret.

Républicain sans peur ainsi que sans reproche,
Il se nomme DORNÈS.

Fils d'un général mort au service de la République, Dornès, qui sous la
restauration avait été un des patriotes les plus ardents des départements de

l'Est, si féconds en défenseurs de la liberté et de l'indépendance nationale, fut, sous le règne de Louis-Philippe, un des collaborateurs de Carrel au *National*. Elu représentant à la Constituante par le département de la Moselle, il se tint à l'écart des hautes positions gouvernementales auxquelles il pouvait aspirer, voulant, comme il l'avait fait toute sa vie, se conserver pur de toute coopération à une politique qui n'avait pas tout son assentiment. Espérant que sa parole amie serait entendue de ses frères égarés, Dornès se présenta, le 25 juin, devant une barricade pour y faire entendre le langage 'de la conciliation ; il y fut atteint d'une balle à la cuisse, blessure à laquelle il succomba après quinze jours de souffrances, et au moment où sa famille et ses nombreux amis le croyaient sauvé !.... Dornès fut notre ami pendant dix ans, mais nous en appelons au témoignage de ses ennemis politiques eux-mêmes : s'il fut de nos jours d'excellents citoyens, nul ne fut plus probe, plus brave, plus désintéressé que Dornès !

Du double crime à qui le double repentir ?....

Il a été impossible de préciser de quel côté était parti le coup de fusil dont la balle, tirée d'en haut ainsi que l'a prouvé l'examen de la blessure, atteignit l'archevêque dans les reins à la grande barricade du faubourg Saint-Antoine ; mais ce qui n'a pu être contesté par personne, c'est que les insurgés, après avoir relevé l'archevêque, l'ont entouré des soins les plus pieux et du témoignage de la plus profonde douleur.

Ah que la conscience à tous vous soit légère !...

Nous répétons, ici, la belle parole du représentant Lagrange s'adressant à la majorité au moment où elle venait de décréter l'état de siége, dans la séance du 24 juin. « Je proteste contre l'état de siége, s'écria Lagrange, c'est la violation de la fraternité ! Maintenant, je ne peux plus vous dire *nous sauverons nos enfants,* car vous venez de jeter le cri de guerre. Que vos consciences vous soient légères ! »

Dresser pour mes lecteurs la pile de Volta ?...

L'appareil électrique dont on se sert pour galvaniser les cadavres se nomme pile de Volta, du nom de son inventeur.

Dirai-je qu'on a vu, dans votre camp de l'ORDRE, De malheureux çaptifs sous les balles se tordre ?

Il est malheureusement avéré que, pendant les journées de juin, des insurgés faits prisonniers ont été fusillés, isolés ou par groupes, par les gardes mobiles et les gardes nationaux. Plus malheureusement encore il est prouvé que des insurgés ont été passés par les armes, même après le combat. « Il paraît, dit une relation des journées de juin *(Prologue d'une révolution),* qu'on avait établi une sorte de tribunal, composé d'officiers supérieurs, qui jugeait les prisonniers au fur et à mesure qu'on les amenait. Ils étaient conduits à l'interrogatoire au milieu des plus mauvais traitements. On avait fait plusieurs catégories : tous ceux qui avaient les mains *noires* étaient condamnés à mort par ce tribunal; le mot d'ordre était : *Donnez-leur de l'air ;* et aussitôt les gardes mobiles les conduisaient aux lieux des exécutions. On fusillait dans la cour et même au bas de l'escalier qui conduit à la salle Saint-Jean, sur le pont d'Arcole et sur l'ancien pont Louis-Philippe. D'autres insurgés, et en grand nombre, furent fusillés sur le quai et sur la berge au-dessous de l'hôtel-de-ville. » Les insensés! ils fusillèrent les vaincus dont les mains étaient *noires ;* et si, un jour aussi, le peuple vainqueur allait par représailles fusiller ceux qui ont les mains *blanches!* Mais non, ce n'est jamais de la bouche du peuple qu'est sorti dans nos discordes civiles le cri : *Vœ victis!* malheur aux vaincus ?....

> Que chez les insurgés à se venger moins prompts,
> On vit pourtant, hélas! tomber deux nobles fronts?...

Le général Bréa et son aide-de-camp, le capitaine d'état-major Mangin, ont été tués à la barrière de Fontainebleau par les insurgés au milieu desquels ils s'étaient rendus pour les engager à mettre bas les armes. Là, on avait répandu le bruit que le général Bréa n'était autre que Cavaignac, et ce bruit prit tant de consistance que les femmes se mirent à crier : *A mort! l'assassin de nos frères!* A ces clameurs, grand nombre de citoyens répondaient : *Pas de sang! n'imitons pas les mobiles!* Mais les cris *voilà la mobile!* se font entendre ; ceux des insurgés qui avaient protégé les prisonniers se dispersent. Un homme se présente armé d'un fusil; il va tirer.... Un ouvrier maçon couvre le général de son corps ; mais on continue de crier : *Feu! feu !* « Il n'y a plus d'espoir, dit le général embrassant le maçon, vous ne pourrez pas nous sauver, retirez-vous! » Un coup de feu retentit. Le capitaine Mangin tombe ; bientôt après le général...... « Quelque nombreux, dit Léonard Gallois, qu'aient été les insurgés accusés du meurtre du général Bréa et de son aide-de-camp, les débats sur cette déplorable affaire ont démontré que six à sept furieux avaient seuls participé à cet assassinat.... Cinq furent condamnés à mort et exécutés.... »

LES ROUGES & LES BLANCS.

LES ROUGES ET LES BLANCS.

VI

Ah! puisqu'à nos dépens de l'Histoire on se joue,
Que l'on veut nous marquer d'un stygmate à la joue,
Rendons, rendons aux faits leur mâle autorité,
Et que du choc des mots sorte la vérité!
Avec un mot, en France, on abuse la foule,
Un mot vers le passé sottement nous refoule.
Avec l'Académie il est temps d'en finir....
Puisqu'on nous y contraint, nous allons définir
ET LE ROUGE ET LE BLANC.... Pas de vocabulaire!
Faisons plutôt appel à l'écho populaire,
Et, sans qu'ici Marrast soit notre interrupteur,
Répliquons à Denjoy, le candide orateur.
Empruntant le patois de Loriquet-Montrouge,
Nous sommes, dites-vous, la République rouge....

Traduction : — Marat nous légua sa fureur,
Et nous allons, demain, évoquant la terreur,
Des égoûts du passé débouchant la sentine,
Relever, au Forum, l'affreuse guillotine. —
Vous en avez menti!! Si nous avions voulu
Qu'il bondît de nouveau, fraîchement émoulu,
Le triangle d'acier qui moissonnait les têtes,
Foudre de la vengeance au milieu des tempêtes,
Aurions-nous tous, oui tous, au scrutin solennel,
Proscrit les échafauds au nom de l'Éternel?....
Cette histoire est d'hier.... Faut-il qu'on la ravive?
Quand nous criions A BAS! vous avez crié VIVE!
VIVE LA GUILLOTINE! et vous êtes des Blancs,
Vous portez la douceur incarnée en vos flancs,
Et vous venez offrir, par grâce héréditaire,
La richesse, la paix, le bonheur à la terre!...
Mais il faut le bourreau dans votre paradis,
Pour y faire fleurir vos gracieux édits!....
Gardez de vos bienfaits, gardez le monopole!
A nous quelque taudis ou le ciel pour coupole....
Nous sommes des Nérons! Vous êtes des Titus!....
Laissez-moi, toutefois, esquisser vos vertus :
Vous reprochez au peuple un jour de saturnales;
Vous jetez, imposteurs, au front de ses annales,
De la boue et du sang!.... Mais, lorsqu'à l'étranger,
Avec Pitt et Cobourg vous courriez vous ranger,
Quand l'ardente Vendée et le fédéralisme,
Quand Lyon infesté de l'impur royalisme,
Brandissaient un poignard à deux doigts de son sein,
Fallait-il, répondez, qu'au poignard assassin

S'offrît la République, en bêlante victime?....
Non, le droit de défense est un droit légitime :
Vous vouliez l'égorger, elle vous égorgea !
Le peuple était trahi.... le Peuple se vengea.
Ce n'est pas tout : des rois la meute haletante
Harcelait, déchirait la France palpitante :
De soldats et d'argent la République à bout,
Aux dogues couronnés jeta, pour son va-tout,
Une tête de roi dans la sanglante arène,
Puis, quelques jours après, une tête de reine....
Malheur !.... oui, mais la meute eut peur et recula....
La France fut sauvée au moins cette fois-là....
Oui, grâce à la terreur, elle fut triomphante....
Hélas ! la Liberté comme la femme enfante
Au milieu des douleurs.... Soit, mais l'humanité
N'en rend pas moins hommage à la maternité !....
J'ai dit. Voilà le temps héroïque et néfaste....
Qu'à la Convention toute la blanche caste
Reproche en chœur.... Ah ! oui, vous êtes des Titus,
Indulgents pour César, sans pardon pour Brutus....
Soit ! mais puisque jetant l'huile à flots sur la braise,
Vous ressassez sans fin le mot QUATRE-VINGT-TREIZE ;
Puisque vous nous criez, plus doucereux qu'humains,
Rouge est votre étendard et rouges sont vos mains,
La vérité pour tous et que chacun s'éclaire :
Oui, les républicains, en un jour de colère,
Ont fait de la terreur pour cimenter le droit ;
Mais vous avez fait, vous, de la terreur à froid !...
Vous parlez de nos mains, regardez votre face :....
Elle est pourpre de sang, d'un sang que rien n'efface,

Car il fut répandu, lui, sans nécessité,
Au nom du privilége et de la royauté !
J'ai raconté la nôtre, écoutez votre histoire :
Voici le Luxembourg, plus loin l'Observatoire....
Enfin, le lieu maudit où l'on assassina
Le héros, le Bayard de la Bérésina....
Jeune d'ans, vieux de gloire, ici, Labédoyère,
Percé du plomb royal, a rougi la poussière...,
On n'assassinait pas seulement à Paris :
Du sang, partout du sang!... Ameuté par vos cris,
Le peuple d'Avignon, à la honte du trône,
Mêlait le sang de Brune au flot hurlant du Rhône....
La Liberté n'est point au terme de ses maux :
Les deux frères Faucher, les deux frères jumeaux,
Confondant les rayons de leur sainte auréole,
Par leur double martyre, illustrent La Réole....
Que de cœurs embrasés du saint amour de Dieu !....
Du saint amour du Roi !.... Decaze et Donnadieu,
Aux applaudissements et du prêtre et du noble,
Rivalisant de zèle, ensanglantaient Grenoble !....
Escortés de leur cour, bénis par les dévots,
De l'échafaud suivis, alors, les grands prévôts,
S'en allaient promenant partout la terreur blanche....
La royauté prenait une triple revanche,
Et jouant des couteaux, Verdets et Trestaillons,
Des septembriseurs blancs guidaient les bataillons.
Vivat! la royauté, si clémente et si grande,
Du sang de nos guerriers était surtout friande....
Tout en vouant au diable et Marat et Danton,
Sur la place, à Poitiers, elle immolait Berton

Et Caron à Finckmatt; pour varier ses fêtes,

De nos quatre sergents elle tranchait les têtes!....

La France en prit le deuil.... Mais pour vous quel beau jour!

Le rouge s'en souvient : on dansait à la cour....

Faut-il du bon vieux temps remonter la chronique?

Sous l'inquisition vous étiez Dominique....

Qui n'était votre esclave était votre ennemi;

Votre main a tinté la Saint-Barthélemy;

La Maintenon vous fit, pour prix de ses œillades,

A soixante-quinze ans, sonner les dragonnades....

Si le papier-monnaie est chez vous hors la loi,

Le noble milliard y fut de bon aloi.

Vous nous parlez du ciel et de la Providence,

Mais vous n'ouvrez jamais vos greniers d'abondance.

De libertés le peuple, inquiet, frémissant,

A soif... vous l'abreuvez avec son propre sang....

Un autre jour la faim le torture.... il délire...

Alors... lisez ce mot!.... les riches savent lire :

BUZANÇAIS!.... Gloire à vous! vous avez, ici-bas,

Trouvé l'x social.... les morts ne mangent pas.

D'ailleurs, les gens de rien et les gens en guenilles,

Sont, pour les gens heureux, d'importunes chenilles.

La Révolution vous avait pris un œuf,

Plus tard la royauté vous octroyait un bœuf;

Puis quand nous réclamons, gens de la monarchie,

Vous criez au pillage, au vol, à l'anarchie!....

Qu'Henry cinq ou Philippe obtienne votre foi,

Nous vous tenons pour blancs, vous qui voulez un roi!...

L'ordre de Transnonain dont Bugeaud se décore,

Mais que Thiers dissimule, aujourd'hui même encore,

N'est pas trop mal porté nonobstant sa couleur.

Ah! le rouge est trop franc, c'est son plus grand malheur!

Vous fermez votre histoire et nous ouvrons la nôtre...

Je comprends.... vous craignez le soleil pour la vôtre....

C'est que de vos tyrans une invisible main,

Avec l'eau sympathique a, sur le parchemin,

Retracé les forfaits et qu'au soleil éclate

Du sang versé par eux le reflet écarlate....

Pitié!... taisez-vous donc!.... Surtout n'accusez pas!....

Le Peuple, ainsi que Dieu, parle haut ici-bas.

La République vint : à l'heure solennelle,

Le rouge vous tendit une main fraternelle,

Bien vîte on l'accepta.... Puis voilà, qu'aujourd'hui,

Vous allez déclamant, conspirant contre lui!....

Insensés! si le Peuple enchaîné par surprise,

Jetait, comme un lion, sa crinière à la brise,

On vous verrait, rampants et caressants de l'œil,

Devant l'auguste monstre abaisser votre orgueil....

Ah! si rêvant toujours badigeon, replâtrage,

Sur le front du grand peuple accumulant l'outrage,

Vous osiez assigner à cet autre Samson

La République blanche, un matin, pour prison,

En vain useriez-vous contre lui d'artifice,

D'un coup de son épaule ébranlant l'édifice,

Il vous engloutirait, sous vos riches lambris,

Sur vos débris dût-il entasser ses débris!

ANNOTATIONS.

———

Et, sans qu'ici Marrast soit notre interrupteur,
Répliquons à Denjoy, le candide orateur.

M. Marrast, président de la Constituante pendant plusieurs mois, s'y fit,
comme son successeur M. Dupin, trop souvent remarquer par son into-
lérance et sa partialité envers les membres de la Montagne. Quant à
M. Denjoy, le discours furibond qu'il prononça dans la séance du 30 sep-
tembre 1848, ou plutôt l'accès de COCCINOPHOBIE (*horreur du rouge*) auquel
il s'abandonna à l'occasion d'un banquet démocratique organisé à Toulouse,
et dont les draperies et décors étaient rouges, nous paraît avoir suffisamment
motivé sa mise en cause dans cette satire.

Empruntant le patois de Loriquet-Montrouge.

Loriquet, écrivain de la compagnie de Jésus dont le principal établissement, en France, est situé à Montrouge, près de Paris.

Cette histoire est d'hier.....

Personne ne peut avoir oublié qu'un des premiers actes du gouvernement
provisoire, et ce sera une des grandes gloires de la démocratie moderne,
fut d'abolir la peine de mort en matière politique. Il n'a pas tenu, plus tard,
aux penseurs républicains de l'assemblée de supprimer complétement l'échafaud. En effet, le citoyen Savatier-Laroche, représentant de l'Yonne, a émis
et développé, au sein de la Législative, une proposition tendant à ce que la

peine de mort fût abolie en matière de pénalité criminelle. Les royalistes ont, à une grande majorité, repoussé cette proposition inspirée par un sentiment de haute moralité philosophique.

Le héros, le Bayard de la Bérésina.....

A ces mots, qui ne reconnaît Ney, le sauveur des débris de l'armée française au passage de la Bérésina ? Traduit devant un conseil de guerre, sous la deuxième restauration, pour s'être rallié avec son armée à Napoléon marchant sur Paris, il vit le conseil de guerre se déclarer incompétent. Envoyé devant la cour des pairs, *le brave des braves* y fut condamné à mort dans la nuit du 6 au 7 décembre 1815 et fusillé le lendemain, à quelques pas de l'Observatoire, derrière le Luxembourg. Il était alors âgé de 46 ans.

Jeune d'ans, vieux de gloire, ici, Labédoyère.....

Huchet de Labédoyère, âgé de 29 ans seulement, commandait un régiment d'infanterie, lorsqu'il passa le premier, avec ce corps, aux aigles impériales après le débarquement de Napoléon à Cannes, le 1er mars 1815. Condamné à mort par un conseil de guerre, Labédoyère fut fusillé le 19 août de la même année. En vain sa jeune épouse s'était jetée aux pieds de Louis XVIII, en s'écriant *grâce !* Le vieux Bourbon fut impitoyable.

Les deux frères Faucher.....

Ils étaient deux jumeaux, *César* et *Constantin*. Ils naquirent à la Réôle en 1760. Après s'être distingués pendant les guerres de la République, ils reprirent du service en 1815. Ayant refusé de reconnaître l'autorité des Bourbons après Waterloo, ils furent, pour ce fait, condamnés à mort par un conseil de guerre, et fusillés le 27 juin 1815. Leur mort fut digne de leur vie : les deux jumeaux moururent ensemble et en héros !

.... Decaze et Donnadieu,
Aux applaudissements et du prêtre et du noble,
Rivalisant de zèle, ensanglantaient Grenoble !....

L'un était ministre favori, l'autre général de Louis XVIII, exerçant un commandement dans le midi, lorsqu'éclata, en 1816, aux environs de Grenoble, une insurrection fomentée par les royalistes et par la police. La répression n'en sera pas moins terrible : vite, le télégraphe met le pays en état de siège ; une centaine d'insurgés, paysans pour la plupart, sont fusillés, sans résistance, par les soldats de Donnadieu et 21 prisonniers condamnés à mort en une seule séance, par *une commission militaire*. Reconnaissant, immédiatement après cette condamnation précipitée, l'innocence de trois vieillards, d'un enfant de seize ans et de trois autres individus, *la commission* suspend l'exécution et consulte le ministre : *Qu'on les exécute !* répond le télégraphe !

.... Verdets et Trestaillons,
Des septembriseurs blancs guidaient les bataillons.

On appelait *Verdets* les sbires à la solde des royalistes qui égorgeaient dans le midi les libéraux et les patriotes, pendant les premières années de la restauration ; sous les ordres de Trestaillons, de Truphémi, de Quatre-Taillons, ils assassinaient le maréchal Brune à Grenoble, le général Ramel à Toulouse, le général Lagarde à Nîmes, etc., etc.

Sur la place, à Poitiers, elle immolait Berton.

La cour de Poitiers condamnait à mort, en 1822, le général baron Berton, accusé de participation à un complot dont Saumur aurait été le théâtre. Celui-là, *les blancs* ne le fusillèrent pas, ils le guillotinèrent. « L'arrestation du général Berton et son procès, disent les auteurs de la *Biographie universelle*, présente les circonstances les plus odieuses d'arbitraire et d'illégalité. »

Et Caron à Finckmatt.......

Le lieutenant-colonel Caron fut fusillé à Strasbourg, en 1822, dans le bastion de Finckmatt, comme chef d'un complot ayant eu pour but de mettre sur le trône Napoléon II. La conspiration dans laquelle on l'avait impliqué, était l'œuvre de la police.

Pour varier ses fêtes,
De nos quatre sergents elle tranchait les têtes !...

Bories, Raoulx, Goubin et Pommier, tous quatre sous-officiers dans un régiment d'infanterie en garnison à la Rochelle, furent exécutés en place de Grève, à Paris, en 1822, accusés d'avoir trempé dans la conspiration dite de la Rochelle. Ils montèrent intrépidement les degrés de l'échafaud, et leur dernier cri fut *vive la liberté !*... Le soir, il y eut bal à la cour, chez la duchesse d'Angoulême !...

Sous l'inquisition vous étiez Dominique.

Le fondateur de l'inquisition fut saint Dominique, également fondateur de l'ordre des *Frères prêcheurs,* ou dominicains.

La Maintenon vous fit, pour prix de ses œillades,
A soixante-quinze ans, sonner les dragonnades.....

Née en 1635, tour à tour calviniste et catholique, et épouse de Scarron, elle fut chargée, après la mort de ce poète, d'élever les enfants de Louis XIV et de madame de Montespan. Elle parvint non-seulement à détacher de cette dernière le cœur du roi, mais à se faire épouser par lui après la mort de la reine, en 1684. C'est à la désastreuse influence qu'elle exerçait sur l'esprit du vieux roi qu'il faut attribuer la révocation de l'édit de Nantes et les persécutions exercées contre les protestants dans toute la France. Partout les cavaliers appelés dragons pourchassaient les réformés, d'où vient le nom de *dragonnades* attribué à ces sanglantes persécutions.

BUZANÇAIS !......

Ce mot seul rappelle un des plus terribles épisodes du drame social : à la suite d'une émeute causée par la disette qui avait éclaté, à Buzançais, en 1847, trois hommes, condamnés par le jury d'Indre-et-Loire, furent exécutés le 15 avril de la même année, sur la place du Marché à Buzançais.

A CAVAIGNAC.

A CAVAIGNAC.

VII

La France lâchement et tant de fois trompée,
A tes mains, Cavaignac, confia son épée,
A ton cœur le dépôt de ses droits reconquis
En dépit des verdets, des bourgeois, des marquis.
Qui te vaut tant d'honneur! héros de la pléiade
Dont s'entourait d'Aumale, en un jour de parade,
Que fis-tu pour le peuple et d'illustre et de beau?...
Je ne sais... Mais pour toi, du fond de son tombeau
Ton frère se portait garant à la patrie,
Et crédule parfois jusqu'à l'idolâtrie,
La France eut bon espoir et l'aval fraternel
Te tint lieu, Cavaignac, d'un passé solennel.
Au moins, depuis ce jour, béni par l'espérance,
Réponds, as-tu scellé ton pacte avec la France?

Oui, dût, pour un instant, s'indigner ta fierté,
Qu'as-tu fait pour le peuple et pour la liberté?...
— Juin. — Silence! ce mot rappelle un deuil immense....
Le droit a triomphé, mais non pas la clémence!
Les vaincus avaient tort de crier : trahison!
Mais votre politique avait-elle raison?
Le peuple au lendemain de la grande victoire,
Avait dit, sans viser à l'effet oratoire,
— Alors qu'on a su vaincre, il faut savoir souffrir :
République, à défaut de trésors à t'offrir,
J'ai trois mois de misère et plus à ton service;
A chacun d'apporter sa pierre à l'édifice. —
Par d'autres que par toi ce pacte fut signé,
Et le peuple attendit sublime, résigné....
Après trois mois et plus, il se lassa d'attendre,
Se plaignit, le pouvoir dédaigna de l'entendre;
La faim devint cruelle et plus d'un prétendant
Complice de la faim, à la révolte aidant,
La révolte éclata..... mais au retour du calme,
Qui donc eut du triomphe osé ceindre la palme?
Si frapper est parfois un suprême devoir,
Pour ne frapper, jamais, c'est au cœur de prévoir.
Puis, à quel prix, d'ailleurs, a-t-on trompé l'orage?...
Ainsi qu'un amiral, à l'heure du naufrage,
Disputant son trois-ponts à la fureur des flots,
Pour ressource dernière, ordonne aux matelots
Que les requins rôdeurs convoitent pour pâture,
De jeter à la mer et canons et mâture,
Vous avez jeté, vous, par-dessus votre bord,
Nos chères libertés pour atteindre le port.

D'un principe admirons la puissance suprême :
La République osa, dans un péril extrême,
Plus que la royauté sur le même terrain.
C'est qu'en ce grand péril le peuple souverain
A compris qu'il devait s'épargner un outrage,
Que brisant l'Assemblée, il brisait le suffrage;
C'est que le suicide est un coupable adieu :
Qu'y s'y livre, homme ou peuple, attente aux droits de Dieu.
Des blessures de juin la France saigne encore.....
Silence! car tandis que Changarnier décore
Quelque heureux combattant, chez le peuple ouvrier
Tout bas on se demande — où sont de Février
Nos frères, les héros? — Et tout bas on réplique :
— A Cherbourg, — ah! que Dieu sauve la République,
Car ceux qui l'ont fondée, aujourd'hui dans les fers,
Où pleura Charles dix, pleurent sur leurs revers!...
Silence! car le peuple est partout taciturne,
Et prêtant leur oreille à la brise nocturne
Le père, dont les ans touchent à leur déclin,
L'épouse solitaire et l'enfant orphelin
Écoutent si le fils, ou l'époux, ou le père
Au loin, bien loin, là-bas ne leur dit pas : espère!...
Ah! si tu n'as rien fait, tu peux faire beaucoup!...
Certes, il ne s'agit pas de frapper un grand coup,
A la réaction de livrer quelque hostie :
Tu peux, ô Cavaignac, décréter l'amnistie,
Et le peuple, à ce mot, consolé, sourira.
— Mais le club du Poitou, soudain, se récrîra. —
Qu'importe! Suis l'avis que le sage te donne,
Le plus fort, ici-bas, est celui qui pardonne.

Amnistie! on la crie, à toute heure, en tout lieu,
Elle est la voix du peuple, elle est la voix de Dieu.
Eh! qui donc te conseille une fausse prudence?
Ce même club où Thiers gère la présidence;
Où Molé l'archi-pair, député Girondin,
Précède de trois pas Bugeaud et Girardin,
Où l'on parle régence; où l'illustre fétiche,
Henri cinq est le roi de Fayet le derviche;
Où plus d'un, envieux du titre de sujet,
De son ardent espoir dissimule l'objet,
Mais où tous, quel que soit le but d'un culte tendre,
Sur le choix d'un tyran seraient prompts à s'entendre,
Si notre République ainsi qu'elle arriva,
Fuyait, *incognito*, sylphe de Jehova.
Héritier d'un beau nom que le peuple révère,
Frère de Godefroy, républicain sévère,
Garde-toi des Judas et des adulateurs!
Ces pairs, ces députés, barbons législateurs
Qui te tendent la main, de cette main barbare
Après qu'ils l'eurent fait comparaître à leur barre,
Guidés par la colère, ou l'aveugle intérêt
De ton frère proscrit rédigèrent l'arrêt,
Et tu pourrais sourire à leurs fausses tendresses
Qui vingt fois, en vingt ans, se trompèrent d'adresses!!!
Ah! Si jusqu'à ce point s'abaissait ton orgueil,
Ton frère en gémirait au fond de son cercueil....
Des révolutions puisque l'ardente houle
Te porta Cavaignac, au-dessus de la foule,
Sur le peuple géant cherche donc un appui;
Vainement on s'isole, on ne peut rien sans lui;

Il a depuis Juillet grandi d'une coudée,
Car le peuple, aujourd'hui, c'est la force et l'idée.
Lorsque dans l'urne, hier, comme un épouvantail,
Il te jetait deux noms : Bonaparte et Raspail,
C'est parce que l'un d'eux rappelle à ses tendresses
La gloire qui, vingt ans, l'enivra de caresses,
Et que dans notre siècle, en fermentation,
L'autre nom signifie : organisation!
Quant au tien, Cavaignac, s'il l'acclama naguère
C'est qu'il crut voir, en toi, quelque foudre de guerre,
De Hoche ou de Marceau quelque fier successeur,
Et retrouver hélas! Cavaignac le penseur;
C'est qu'il sent qu'en Europe où souffle la tempête,
La France doit peser par le bras, par la tête,
Et que, de sa parole ébranlant les échos,
Elle doit, comme Dieu, dominer le chaos.
Oui, le peuple est géant, nous sommes des pygmées!
Vous tous représentants, vous tous chefs des armées,
Et dans son large esprit et dans son action,
Avez-vous donc compris la Révolution!
Non, mais le peuple l'aime, et s'il fait sentinelle,
S'il la couve, à l'écart, d'une ardente prunelle,
Ah! c'est qu'elle est sa fille et qu'un père défend,
Envers et contre tous, son œuvre et son enfant.
Du siècle vous cherchez à rétrécir la sphère,
De petits intérêts sont votre grande affaire;
Du monde lorsqu'il faut rajeunir le destin,
Vous allez supputant les chances d'un scrutin....
Au lieu de regarder, avec l'œil d'un myope,
Les grands événements dont frissonne l'Europe

8

Et de te demander serai-je Président?
Demande-toi plutôt si le vieil Occident,
Car il faudra bientôt que l'énigme s'explique,
Sera demain cosaque, ou demain République?
Du colosse qui veut écraser le Germain
Le Slave est l'avant-bras et Nicolas la main :
Le Germain écrasé, l'invasion barbare
Qui hurle sur le Pruth, qui partout se prépare,
Couvrira de ses flots les Latins et les Francks.
Et tu ne nous dis pas : Frères, serrez vos rangs !
Et Bastide, jouant au néo-catholique,
Laisse par Radetski duper la République ;
Sans que la foudre puisse échauffer sa froideur,
Accorde carte blanche à Néron — bombardeur ;
Dans la coupe de sang permet que l'Italie,
Qui maudit notre nom boive jusqu'à la lie !
Ah! ce rôle est le rôle ou d'un traître ou d'un sot....
Philippe en eut rougi!... Qu'on nous rende Guizot!
Philippe est un César et Guizot un Pompée !!
La France, je l'ai dit, t'a remis son épée,
Se fiant, Cavaignac, à ta mâle vertu :
Si tu n'en as rien fait, réponds, qu'en feras-tu?
Ah! si ce fardeau pèse à tes mains alourdies,
Si des conceptions grandioses, hardies,
Il te manque la flamme ou de la liberté
Si tu n'as pas l'audace, abdique avec fierté.
Les grands événements font, dit-on, les grands hommes,
Donc il en surgira de l'époque où nous sommes :
La Révolution, le phare d'ici-bas,
Faute d'un réflecteur, ne s'éclipsera pas.

Moi, je crois à ta force, ainsi qu'à ton courage,
Ainsi qu'à ton honneur ; mais un lâche entourage
Paralyse ton brás.... Vois-tu ! nos ennemis
Que nous avions crus morts, qui n'étaient qu'endormis,
Renouvelant entr'eux le pacte de famine,
Sous notre République ont promené la mine.
— De l'infame, ont-ils dit, il nous faut triompher....
Juvénile et robuste on ne peut l'étouffer,
Mais on peut appauvrir son sang par la disette :
Fermons, fermons-lui tous et greniers et cassette,
Ne lui laissons enfin que la peau sur les os.
Puis, par la calomnie, attaquant ses héros,
Dépopularisons leur vieille renommée ;
Alarmons la campagne et séduisons l'armée,
Divisons le pays et ses représentants,
Dégoûtons de leurs droits les Français inconstants ;
Crions sur le Forum la République honnête !
Faisons-la modérée au point qu'elle en soit bête ;
Patronnés par Sénard, le procureur Gaulois,
De républicains blancs inondons les emplois ;
Guerre à tous les penseurs ! Paix à nos créatures !
Intéressons le prêtre à nos candidatures ;
Dansons avec Marrast, égarons Cavaignac,
Qui sait? la République aura son Polignac !
Oui, quand nous l'aurons faite impuissante, inactive,
Au dehors; au dedans, misérable, chétive;
Un coup de pouce, un souffle, à défaut de poison,
Un matin, suffiront pour en avoir raison. —
De la réaction j'ai tracé le programme :
Veux-tu favoriser ou déjouer sa trame,

Sauver la République en lui gardant ta foi,

Ou jeter son cadavre entre les bras d'un roi?

Parle, il faut entre nous rompre ou sceller la chaîne.

Qui veux-tu? De nos cœurs ou l'amour ou la haine?

Le Christ ou Barrabas? je te l'ai dit : choisis.

— C'est m'outrager, mon choix ne peut être indécis. —

— Ta main. — Or, désormais, plus d'humeur débonnaire :

Fais éclater ta force en un coup de tonnerre,

Et que la République, à l'heure du réveil,

A ses blasphémateurs ainsi que le soleil

Dans sa gloire offensé, sans plus tarder, réponde

Par des flots de lumière épanchés sur le monde.

Je viens sur ton chemin de poser mes jalons :

On te parle autrement sans doute en tes salons ;

Si j'osais près de toi m'exprimer de la sorte,

Tu crîrais aux valets : — Qu'on le jette à la porte !

Que nous veut ce poëte et ce donneur d'avis ? —

Mais ainsi qu'un soldat demandait à Clovis,

Une part du butin conquis dans la bataille,

Je te dirais en face et redressant ma taille,

A toi comme à tous ceux qui m'ont représenté :

Je veux, — qu'en a-t-on fait ? — ma part de liberté.

ANNOTATIONS.

—

..... Mais, pour toi, du fond de son tombeau
Ton frère se portait garant à la patrie.

Eugène Cavaignac (le général) est fils du conventionnel de ce nom ; il
avait pour frère Godefroy Cavaignac, républicain convaincu, penseur énergique, éloquent orateur et brillant écrivain. Le dévouement de Godefroy
Cavaignac à la cause populaire, ses actions d'éclat en faveur de la République dont il fut un des plus intrépides soldats, lui attirèrent, sous le règne
de Louis-Philippe, des procès et des condamnations, tantôt à la barre de la
chambre des députés, tantôt à la barre de la pairie. Godefroy Cavaignac est
mort à Paris, en 1845. Il a laissé, dans les rangs de la démocratie militante,
un vide qu'il n'était donné à personne de combler....

.... Héros de la pléïade
Dont s'entourait d'Aumale, en un jour de parade.

Le général Cavaignac, comme les généraux Lamoricière, Changarnier,
Bedeau et autres, a servi en Afrique sous les ducs de Nemours et d'Aumale,
généraux improvisés.

J'ai trois mois de misère et plus à ton service.

Si nous répétons cette parole sublime d'un ouvrier parlant au nom du
peuple, après février, c'est que d'autres, hélas ! l'ont trop oubliée.

A Cherbourg..........

On sait que c'est à Cherbourg qu'ont été transportés en masse et sans jugement, puis entassés pêle-mêle sur des pontons, les insurgés devenus les prisonniers de juin. Une de nos *Montagnardes* sera intitulée : LES PONTONS.

Mais le club du Poitou, soudain, se récrira.

Les représentants réactionnaires, sous la Constituante, tenaient leurs réunions dans *la rue de Poitiers*.

Où Molé l'archi-pair, député Girondin,
Précède de trois pas Bugeaud et Girardin.

M. Molé, élu député par *la Gironde ;* quant à M. Girardin, si son nom se
trouve accolé, ici, à ceux de MM. Bugeaud, Thiers et Molé, c'est que *la
Presse,* on s'en souvient, a souscrit pour une somme assez ronde en faveur
de la propagande DES PETITS LIVRES de *la rue de Poitiers*.

Henri cinq est le roi de Fayet le derviche.

M. Fayet, évêque d'Orléans, représentant du *Loiret*, appartenait à l'opinion
légitimiste ; mort en 1848, il laissa, à l'assemblée, la réputation d'un homme
d'esprit. M. Dupin, dit-on, en était quelque peu jaloux.

Il te jetait deux noms : Bonaparte et Raspail.

Louis Bonaparte venait d'être élu représentant par plusieurs départements,
et Raspail par le département du Rhône.

Accorde carte blanche à Néron — bombardeur.

Ferdinand, roi de Naples, surnommé le bombardeur, *il-re-bomba.* Jamais surnom ne fut plus mérité ; est-il une ville de la malheureuse Sicile
qu'il n'ait réduite ou tenté de réduire en cendres ?

Renouvelant entr'eux le pacte de famine....

Quelques années avant la première révolution, des financiers accapareurs
occasionnèrent une disette factice, mais trop réelle au fond. Cette homicide
coalition fut appelée *Pacte de famine*.

Patronnés par Sénard, le procureur Gaulois.

M. Sénard, avocat célèbre de Rouen où il professa long-temps les opinions
les plus libérales, fut, après février, nommé procureur général à Rouen.

SOCIALISME.

SOCIALISME.

VIII

Quand la terre en lambeaux aujourd'hui séparée,
Des mains du Créateur sortit toute parée,
Touché d'un sentiment de discrète pudeur,
L'homme de ses trésors respecta la splendeur.
A la fille de Dieu, merveille virginale,
Que du monde berçait la brise matinale,
L'homme ne demanda que de légers produits,
L'eau pure du vallon et des fleurs et des fruits.
A la création, dans sa magnificence,
Il mêlait les parfums de sa propre innocence,
Et comme le soleil, qui depuis s'est voilé,
Vers les cieux élevait un front immaculé.
Point d'obstacles pour lui, de zône ou de frontière ;
Il allait voyageant dans la nature entière,

Ainsi que les oiseaux qui fuyant les frimats,
Pour chercher le soleil, permutent de climats.
La terre était à tous et n'était à personne :
Le MOI qui dans les cœurs en despote raisonne,
Le MOI n'existait pas, et la propriété
Ne faisait point rougir l'austère pauvreté.
Dans ces jours fugitifs d'abondance première,
Pas plus qu'à diviser le son ou la lumière
Ou l'air que nos poumons empruntent au printemps,
Nul mortel ne songeait à diviser les champs.
L'homme, isolé d'abord, vit pulluler sa race,
Et si des temps anciens nous remontons la trace,
Nous le trouvons dressant, parfois, sur les hauteurs,
Et parfois au vallon, la tente des pasteurs :
Les femmes, vers le soir, de leurs blondes chamelles,
De leurs blanches brebis pressurent les mamelles,
Tandis qu'au patriarche on voit les séraphins
Transmettre, radieux, les messages divins.
Le temps fuit.... Les tribus succèdent aux familles,
Et des tribus, bientôt, les nations sont filles ;
L'homme élève des murs, des cités et des tours,
Asile de l'orgueil, repaire des vautours ;
Au souffle de Satan naît l'ivresse guerrière,
Les flots du sang humain inondent la carrière,
Quelque brigand heureux devient le premier Roi,
Et dit, le glaive en main : CETTE TERRE EST A MOI !....
Depuis qu'a retenti cette parole impie,
Ont passé trois mille ans, et le plus faible expie,
Par la faim torturé, le crime du plus fort !....
Eh bien ! je le demande, un penseur eut-il tort

De s'écrier, naguère, en maudissant l'épée :
— La propriété fut sur chacun usurpée ? —
Non : le sol qui, plus tard, échut au plus adroit,
Le fort l'avait volé, se riant du bon droit.
Un brigand fonde Rome, aux champs de l'Italie ;
Par la liberté sainte un instant ennoblie,
Rome, du Tibre à l'Ebre et du Nil à l'Indus,
Sous le fer asservit les peuples éperdus
Et va glorifiant le vol héréditaire ;
Du Nord qu'elle oublia de rendre tributaire,
Comme des rocs Alpins l'avalanche en courroux,
S'abat, sur le Midi, le barbare au poil roux :
Rome chancelle et tombe au choc de son épaule !...
César aux fils de Brenn avait volé la Gaule
Et le Franck, à son tour, dépouillant le Romain,
Contraint le vieux Gaulois à fléchir sous sa main.
Ainsi qu'au halali se dépèce la bête,
Les princes chevelus, au jour de la conquête,
Jettent à leurs guerriers tous les lambeaux du sol.
Puis comme importunés de la grandeur du vol,
Les vainqueurs aux Gaulois abandonnent la terre,
Stipulant que l'épi sera leur tributaire.
Mais les fils des vaincus, les serfs des conquérants
A force de labeur, en dépit des tyrans,
Ont grossi leur pécule, et reprenant haleine,
Au seigneur à court d'or ont marchandé la plaine :
La commune surgit, et la propriété
Fleurit par le travail et par la liberté.
Du sol, en quelques mots, j'ai retracé l'histoire :
Que devient donc alors le saint réquisitoire

Que la blanche phalange, en masse, a décoché
Contre Proudhon, tout vif, par le *Siècle* écorché?
Le trésor, qu'aujourd'hui le travail sanctifie,
Oui, la propriété qui, par l'art, fructifie,
Et dont le temps farda le vice originel,
Du vol, à main armée, est l'enfant criminel.
Heureux à ses fureurs de trouver un prétexte,
Vienne un Laubardemont! que s'armant de mon texte,
Sa griffe en dénature et le sens et les mots,
Eh que m'importe à moi la colère des sots?....
Un crime fut commis, dans un siècle barbare :
Il faut que la justice aujourd'hui le répare,
En donnant au mortel qu'on a déshérité,
Le titre équivalent à la propriété,
Le droit que la nature écrivit dans son livre,
Le droit de travailler : partant le droit de vivre.
J'y consens, avec vous, respect aux biens acquis,
A la villa bourgeoise, au château du marquis,
Ainsi qu'à la chaumière ; honneur à l'héritage,
Qu'il soit le fruit du rapt ou d'un loyal partage!....
Mais contre l'estomac on légifère en vain :
Pour mieux dormir en paix abolissez la faim.
O le plus saint des droits, on t'outrage, on te nie!....
Qu'importe si, manquant de cœur et de génie,
Nos modernes Solons ne t'ont pas décrété?....
Te nier, autant vaut nier l'humanité....
J'entends maint orateur qui, pour se faire élire,
Parlait tout autrement, s'écrier : Quel délire!....
Pauvres fous qui voulez rendre pareil décret,
De nourrir tout le monde avez-vous le secret? —

Au jour de la moisson, le père de famille
Dit à ses fils assis sous la verte charmille :
— Mangez, buvez, enfants ! qui depuis le matin
A travaillé, le soir a sa place au festin. —
Eh bien ! l'État pour moi, c'est un patron, un père
Qui par les bras de tous se maintient et prospère,
Et qui doit à chacun en bon père, en tuteur,
Le pain quotidien à chaque serviteur,
— Pour asseoir tout un peuple où trouver une table,
Et pour tous la poularde au parfum délectable ? —
Serrons le coude, amis, et chacun s'asseoira ;
Le rôti fait défaut?... Le bœuf nous suffira.
De l'impossible, ici, que personne n'excipe !
Dès qu'un principe est vrai, proclamons ce principe.
Votre mot impossible est un mot inhumain,
Et de qui veut chercher le ciel conduit la main :
Toute vérité grande, en son temps dévoilée,
Rencontre son Newton ou bien son Galilée.
Encore un mot d'histoire; observons le progrès,
Vaisseau dont l'âme humaine agite les agrès :
Dans les siècles derniers on appelait servage
Ce que, dans l'âge antique, on nommait esclavage ;
Et dans le prolétaire, au salaire accroché,
Je retrouve le serf à la glèbe attaché.
Par le maître l'esclave était nourri dans Rome ;
Le moine et le seigneur à leur bête de somme,
Au serf, jetaient un os, débris de leurs repas ;
Le prolétaire meurt s'il ne rencontre pas
Un patron qui le paie.... Ainsi se perpétue,
La servitude, hélas ! qui déshonore et tue

Sous des noms différents et d'échos en échos,

Et toujours d'âge en âge, on répète ces mots :

— Que voulez-vous, amis? à chacun son étoile;

Il faut que l'un de soie et que l'autre de toile

Marche ici-bas vêtu! Que dirons-nous, enfin,

Que l'un de plénitude et que l'autre de faim

Expire!... L'opulence et la misère extrême

Sont l'œuvre, ajoute-t-on, du monarque suprême! —

Silence, au nom de Dieu! ne le blasphémez pas!

L'égoïsme enfanta la misère ici-bas.

Honte! honte! pitié!... Quoi! naguère vos plaines

Étaient jaunes d'épis et vos caves sont pleines,

Et l'on trouve partout des pauvres affamés,

Et sur leur avenir des riches alarmés?

Vous avez l'abondance et la faim vous torture?....

Honte et pitié, vos lois outragent la nature!....

Dieu nous créa le bien et vous créez le mal!

L'homme est décidément un méchant animal.

Votre société, dont le tableau me navre,

Ne sera plus demain, oui, demain, qu'un cadavre,

Si le riche stupide et chargé de butin,

S'obstine à ne pas lire aux pages du destin;

Si ne profitant point du jour qui nous éclaire,

Et pareils à l'insecte au front crépusculaire,

Plutôt que de sourire à leurs rayons si beaux,

Nous venons, sottement, nous brûler aux flambeaux.

En dehors de l'État qui ne veut pas entendre

Et qui ne veut pas voir, et qui d'un amour tendre

Pour sa personne épris, de lui-même enchanté,

Dans ses vieux oripeaux mire sa vanité,

Marchons ! Laissons mourir la vieille politique.

Eh ! si le ciel rend fous, a dit la lyre antique,

Les tyrans qui bientôt vont descendre au cercueil,

Sous ses haillons, le pauvre ignore de l'orgueil

Le fastueux délire.... Héritiers des apôtres,

Aimons-nous tous d'abord, frères, les uns les autres ;

Puis, associons-nous, et que tout producteur,

Sans payer de courtage ait un consommateur ;

Échangeons, tous enfants de la même patrie,

Contre les fruits du sol les fruits de l'industrie ;

De même que la plaine, en diverses saisons,

Les champs industriels n'ont-ils pas leurs moissons ?

Pour suppléer à l'or dont le travail lui manque,

De l'échange en nature établissons la banque.

Atténuer, briser le joug du capital,

N'est-ce pas des tyrans frapper le plus brutal ?....

Notre société cache, sous sa tunique,

Deux cancers qui, tous deux, sont à l'état chronique :

L'ignorance et la faim.... Leurs rejetons hideux,

Crimes et châtiments pullulent autour d'eux,

Le meurtre et l'échafaud, le larcin et le bagne,

La prostitution, leur ignoble compagne,

Qui pousse au lupanar et traîne à l'hôpital

La femme qui se vend pour un impur métal,

Elle, à ses dix-huit ans, si belle, si folâtre,

Et qu'attend le scalpel en quelque amphithéâtre !

— Et qui donc guérira ce monde gangrené,

Dans les convulsions à périr condamné ? —

Le sublime docteur qui dit, plein d'espérance :

Périsse la misère et guerre à l'ignorance,

Qui du corps social dégorgeant les canaux,
De l'exploitation brisera les anneaux,
Qui fécondant la vie en créant l'abondance,
Fera par le bonheur croire à la Providence,
Par l'humaine justice à la divinité,
Par la paix de ce monde à son éternité!...
— Quel est, en son dédain, me dit l'aristocrate,
L'élève de Malthus, quel est ton Hippocrate? —
C'est le Socialisme : entendez-vous, lui seul
Peut du monde qui râle écarter le linceul.
Basile-Réacteur, pleurant ses jours de fêtes,
Fait du socialisme une bête à sept têtes,
Croquemitaine affreux, qui trouble les esprits...
Définissons le mot afin qu'il soit compris :
L'association est le socialisme ;
Ainsi fraternité veut dire évangélisme.
Pitié! MAÎTRE-RÉAC nous prend pour des marmots
Qu'on peut épouvanter en jouant aux gros mots.
L'association du pauvre est le conclave :
Qui s'isole est tyran s'il ne devient esclave.
L'union fait la force, a dit un batailleur :
L'union c'est la vie, ajoute un travailleur.
Si le Christianisme effaça l'esclavage,
Et si la Liberté proscrivit le servage,
L'association vient du salariat
Affranchir, aujourd'hui, le prolétariat.
C'est le dernier anneau de cette dure chaîne
Qui, trois mille ans, pesa sur la famille humaine,
Le stygmate dernier, que d'un mot nous rayons.
Désormais, ici-bas, de ses divins rayons

Que le père du jour, que le soleil n'éclaire
Que des associés dans le champ populaire!
En dépit de Bugeaud, des Gascons l'Attila,
Je l'affirme, ô mortels, votre avenir est là!
— Insensés! quoi, pour tous vous rêvez la richesse! —
Écoutez, écoutons la moderne sagesse :
Il faut, au grand regret des oisifs, des frelons,
Du bien-être public étendre les filons.
Q'est-ce que la richesse? allons! plus de mystères?...
Une mine, une source aux multiples artères.
Ainsi qu'un Vosgien, du sommet des plateaux
Guide les eaux du lac dans les riants coteaux
Où la chèvre bondit, où le troupeau rumine,
De la richesse il faut qu'on épanche la mine
Des oasis où dort la molle oisiveté,
Vers les déserts où meurt la triste pauvreté.
Sur le roc volcanique on sema des prairies,
Et l'on ne peut changer, en des routes fleuries,
Les utiles sentiers que suit le travailleur,
Faire d'un sol fécond un sol encor meilleur?
On le peut, c'est à tort que le juste s'effraie!
On le peut, Dieu le veut! l'égoïsme est l'ivraie
Qui du champ social envahit le terrain;
Déracinons l'ivraie et semons le bon grain.
Observons la fourmi; consultons les abeilles :
Point de parasitisme au sein de leurs corbeilles.
Le peuple avec le fer conquit la Liberté,
Sachons, avec les lois, fonder l'égalité.
Lorsque, le vote en main, vers l'urne électorale,
Nous marchons, du bon sens écoutons la morale

Et ne choisissons pas, stupides électeurs,
Les seuls maîtres du sol pour nos législateurs :
De son côté, toujours, l'égoïste opulence
Fera, n'en doutons pas, incliner la balance.
Le peuple auquel le ciel accorda le scrutin,
Est le maître, après Dieu, de son propre destin.
L'oisiveté, dit-on, enfante la malice ;
Je dis que la misère est plus que sa complice :
Pour que l'homme soit bon, il faut qu'il soit heureux ;
Qui possède ou qui sait doit être généreux.
De même que l'Eglise à ses catéchumènes
Inculque de la foi les pieux phénomènes,
A tout homme sauvé de la griffe des rois,
Enseignons largement ses devoirs et ses droits :
Qu'il sache bien, surtout, que la liberté sainte
Vient de changer en miel notre coupe d'absinthe ;
Qu'il suce, en même temps que le lait maternel,
L'amour de la patrie et l'amour fraternel.
Sur les dons ignorés que recèle toute âme,
De l'éducation faisons briller la flamme ;
Qu'instruit, moralisé, par l'État son tuteur,
De ses destins chacun atteigne la hauteur !
Soit justice, devoir et bonté paternelle,
L'État ne doit-il pas abriter, sous son aile,
A l'image de Dieu, le faible et l'orphelin,
L'enfant dans son berceau, l'homme sur son déclin ?
Pour ceux-là dont le temps a lassé la constance,
Du saint droit au travail découle l'assistance,
Comme pour les héros mutilés au combat :
L'assistance, non point avec l'affreux grabat

Que nous dresse l'hospice à la maigre pâture,
Mais l'assistance offerte, au nom de la nature,
Et par le peuple-roi dans ces mêmes palais
Où ses tyrans naguère engraissaient leurs valets.
La société vieille est une pyramide,
Un cône renversé par quelque folle Armide,
Et qu'il faut que le peuple, aux muscles de Titan,
Replace sur sa base, en dépit de Satan.
Je n'ai point dans mes vers à tracer un système :
Faible écho de nos jours, je répète le thème
Que d'autres ont écrit, que des milliers de voix
En nos cités, déjà, redisent à la fois.
Une vérité naît : le pouvoir la méprise ;
La presse la rencontre, elle en devient éprise ;
Le peuple la comprend, et les législateurs
S'en font, bon gré, malgré, les organisateurs.
L'obscurantisme, en proie à ses fureurs impies,
Hurle au milieu de nous : à bas les utopies !
Mort au Socialisme ! à bas la Liberté !
Demain il s'écrira : gloire à la royauté !
Peuple, garde-toi bien d'une sotte panique :
La voix que je signale est la voix satanique
Qui ricana, maudite, au pied du Golgotha,
Le jour où sur l'enfer l'homme-Dieu l'emporta.
Christ à la vérité de son sang fit hommage :
Le peuple, qui du Christ est la vivante image,
Ensanglante le sol que le fer lui ravit,
Martyr qui d'âge en âge à sa douleur survit.
Tout est mystère, hélas ! amour ou sacrifice !
Il faut qu'un noble sang cimente l'édifice

Du progrès social, et que la Liberté
Soit, parfois, un soleil au disque ensanglanté.
L'ordre démocratique et le Socialisme
Dans l'Europe bientôt naîtront du cataclysme
Qui l'ébranle aujourd'hui : de même l'univers,
Naquit du choc heureux des éléments divers.
Entendez se heurter, à grand bruit, les systèmes
Tour-à-tour applaudis ou frappés d'anathèmes,
Gronder les intérêts qui, jaloux et froissés,
Suivent, dans l'ouragan, des courants opposés ;
Ainsi que d'un nuage où la foudre crépite,
Voyez du crâne humain, où l'avenir palpite,
La vérité jaillir en lumineux sillons,
Et des vieilles erreurs s'enfuir les tourbillons :
Eh bien ! de ce chaos, de cet amas d'idées,
Des innovations au creuset fécondées,
Que tamise le siècle, âme de son niveau,
Surgira des mortels l'édifice nouveau.
Ainsi qu'à la rosée, ouvrant à l'harmonie
Les roses de son sein, la terre rajeunie
Sous les chastes baisers de la fraternité,
Triplera les trésors de sa fécondité.

ANNOTATIONS.

Quelque brigand heureux devient le premier roi.

Un autre que nous a dit :

Le premier qui fut roi fut un soldat heureux.

Si ce vers valut des applaudissements à son auteur et à certain despote, heureux spoliateur de la liberté française au 18 brumaire, dans notre pensée ce vers est plutôt un encouragement offert, qu'une flétrissure imprimée à de misérables ambitieux. C'est pourquoi nous avons cru devoir rendre à César ce qui appartient à César, en substituant à ces mots : *soldat heureux*, ceux : BRIGAND HEUREUX.

Eh bien, je le demande, un penseur eut-il tort
De s'écrier naguère, en maudissant l'épée :
La propriété fut sur chacun usurpée. —

Chacun sait quelle tempête Proudhon attira sur sa tête en jetant à une société égoïste et en majorité ignorante des grandes transformations humanitaires, ces mots : *La propriété c'est le vol!* Cependant Proudhon était dans le vrai. En effet, si la propriété territoriale est acquise de nos jours, par la stipulation notariée de l'échange d'une certaine somme d'argent contre une certaine portion du sol , dans la constitution primitive des peuples il est historiquement prouvé que la possession du sol, par quelques-uns, fut le résultat de la conquête à main armée, c'est-à-dire du vol organisé par la force brutale poétisée, plus tard, sous l'image de la victoire.

Contre Proudhon tout vif par *le Siècle* écorché.

Dans les premiers mois qui suivirent la révolution de Février, Proudhon fut, comme la plupart des écrivains socialistes, en butte à de violentes attaques. Le journal *Le Siècle*, qui depuis est arrivé à une appréciation plus saine et plus équitable des doctrines économiques modernes, fit une guerre acharnée à Proudhon, qui au reste avait *bec et ongles* pour se défendre.

Vienne un Laubardemont !

Laubardemont, conseiller d'état, sous Louis XIII, et l'une des créatures du cardinal de Richelieu, souilla sa robe de magistrat en se prêtant aux vindicatives passions de ce ministre. *Donnez-moi trois lignes de la main d'un homme, et elles me suffiront pour le faire pendre,* disait Laubardemont, quand il n'était encore qu'un obscur procédurier ; c'est sans doute à cette ignoble forfanterie qu'il dut, plus tard, sa fortune dans la magistrature ; la monarchie y plaça toujours, de préférence, des hommes disposés *à rendre des services et non des arrêts.*

L'union fait la force, a dit un batailleur.

Ici encore, nous faisons allusion à un mot du maréchal Bugeaud dans une de ses allocutions à l'armée. Le jour où il s'exprimait ainsi, cet homme de guerre était dans l'atmosphère de la lucidité. Il retombait dans ses aberrations gasconnes le jour où il enfanta la rodomontade suivante : *Avec quatre hommes et un caporal* je mettrai Paris à la raison. Aussi n'avons-nous pas hésité, dans un des vers suivants, à le proclamer DES GASCONS l'ATTILA.

Ainsi qu'un Vosgien, du sommet des plateaux.

Les montagnards qui habitent les Vosges excellent dans l'art de pratiquer les irrigations artificielles. Grâce à la distribution intelligente des eaux qui jaillissent en abondance de leurs rivières, les Vosgiens sont parvenus à faire d'un sol en apparence et dans l'origine aride et dénudé, une contrée verdoyante et fertile.

Mais l'assistance offerte, au nom de la nature,
Et par le peuple-roi dans ces mêmes palais
Où ses tyrans, naguère, engraissaient leursvalets.

Le lendemain de la révolution de Février et comme pour inviter le peuple à respecter les lambris de ce palais où tant d'ambitieux aspirent à trôner encore, le gouvernement provisoire avait fait écrire ces mots sur les murailles des Tuileries : HÔTEL DES INVALIDES CIVILS. Qu'elle ait été dictée pour contenir le vandalisme inintelligent de quelques-uns ou pour endormir les exigences de quelques autres, toujours est-il que cette inscription résumait en quatre mots, selon nous, la pensée et le but de la révolution sociale de Février. Constituer, organiser LES INVALIDES DU TRAVAIL dans les demeures splendides des princes, c'est en quelque sorte purifier de leur souillure originelle ces repaires dorés de l'orgie et de la tyrannie.

AU CHATEAU-ROUGE.

AU CHATEAU-ROUGE.

IX.

Aux peuples consolés, entre deux tyrannies,
Sourit la Liberté, mère des harmonies :
De même le soleil, le père des volcans,
Illumine nos fronts, entre deux ouragans.
Puis, ne sommes-nous pas une oublieuse race?....
Du sang de Juin cinq mois ont emporté la trace;
La signora Réac de canons, de mousquets
N'a point encore barré le seuil de nos banquets :
A LA PRESSE aujourd'hui de célébrer sa fête!...
Eh qui sait si demain, la République honnête
Ne l'attachera point à cette même croix
Où la crucifia l'exécuteur des rois!...
Il est près de Paris une villa-féerie,
Assise sur le mont et coquette et fleurie ;

Elle éclate, parfois, en magiques concerts
Et parfois, de sa main, comme Armide aux déserts,
Elle jette au public que sa splendeur étonne,
Ses roses du printemps, ses dahlias d'automne.
Pendant les nuits d'été, pour varier ses jeux,
Elle inonde les airs d'étoiles et de feux :
CHATEAU-ROUGE est son nom. Là, viennent parfumées
De leurs séductions, nos riantes almées,
Au cœur insoucieux et du bien et du mal,
Qui donneraient Paris, le monde pour un bal,
Vivent au jour le jour, fauvettes et linotes
Et qui des fournisseurs pour acquitter les notes,
Croient à la Providence, à quadruple relais,
Voyageant sous l'habit d'un russe ou d'un anglais.
CHATEAU-ROUGE, aujourd'hui, sévère en sa tenue,
Affecte une décence à ses goûts inconnue :
C'est que LA PRESSE — arrière, amours et papillons !—
Pour célébrer sa fête a pris ses pavillons.
Eh qu'importe le lieu de la cérémonie,
L'éternel n'est-il point partout en harmonie
Avec le temps qui fuit, et le Christ n'a-t-il pas
Vers la Samaritaine, un jour, porté ses pas?
Ainsi qu'à son festin la mère de famille
Appelle ses enfants, doux essaim qui fourmille,
La presse de Paris, du haut de ses remparts,
A convié ses fils dans la province épars,
De la démocratie ardentes sentinelles,
Vedettes, tirailleurs, argus aux cent prunelles,
Que déciment l'exil, l'amende et la prison
Mais auxquels l'avenir donne toujours raison.

L'IDÉE est pour le monde un foyer de lumière ;
Dieu même en alluma l'étincelle première
Et de ce feu sacré, feu purificateur,
LA PRESSE est sous le ciel le puissant réflecteur ;
L'aîle de la tempête ou de la tyrannie,
Le souffle des démons et de la zizanie,
Rome et ses hommes noirs, hiboux porte-rabats,
Obscurciront ce phare : Ils ne l'éteindront pas.
La fête de LA PRESSE, — aveugle qui le nie ! —
Est la fête des arts, du siècle et du génie,
Oui, car le journalisme, en un même réseau,
De la science humaine enlace le faisceau :
C'est pourquoi sont groupés, en ces chastes agapes,
Ainsi que d'un seul cep découlent plusieurs grappes,
Publicistes féconds et sublimes penseurs,
De hardis chefs d'école et d'éloquents diseurs,
Ledru-Rollin, Pyat, Lamennais, Ryberolle,
Baune, Cabet, Leroux et Schœlcher le créole,
Lagrange dont le peuple idolâtre le nom,
Car Lagrange s'est fait l'apôtre du pardon.
Le peuple, — ah des martyrs les croyances sont vives ! —
Ici, voit affluer le flot de ses convives ;
Le peuple à nos grands jours fit-il jamais défaut ?...
Debout ! La coupe en main ! parlons et parlons haut :
Du monde qui renaît c'est ici le baptême.
Aux nations salut ! aux tyrans anathème !...
Ceux-là que, sans linceul, les bourreaux ont pliés
Dans la tombe, LES MORTS ne sont point oubliés....
A vous tous dont la place est vide en cette enceinte,
La fleur du souvenir, à la corolle sainte !...

Notre espoir vers les cieux ayant pris son essor,
Chacun à l'avenir apporte un rêve d'or,
A la fraternité sa symbolique offrande !...
J'étais de cette fête, où la presse fut grande
Et le laisser-parler m'ayant été donné,
J'osai ce toast en vers qui me fut pardonné :
« A quiconque, ici-bas, de son labeur seconde
« La terre, tour à tour et stérile et féconde;
« Au mâle travailleur qui, dans les arsenaux,
« De la production active les fourneaux;
« Aux femmes qui, rompant le pain dans nos corbeilles,
« Sont du toit conjugal les fleurs et les abeilles;
« Au savant typographe; à ces durs matelots
« Qui, pour nous enrichir, bivaquent sur les flots;
« A nos frères soldats, cibles de la mitraille,
« Qui meurent ignorés sur les champs de bataille;
« A qui, dans les déserts du prolétariat,
« Succombe étiolé sous le salariat;
« Hommes, enfants, vieillards, au nom de la patrie,
« A qui travaille et meurt, martyr de l'industrie;
« A l'orphelin du Christ, de l'apôtre divin,
« A qui souffre le plus : salut au PEUPLE, enfin !
« Au Peuple par le fait, esclave séculaire;
« Souverain par le droit, et qui, dans sa colère,
« A noblement conquis, au jour de son réveil,
« Pour ne le perdre plus, son empire au soleil !
« Les temps sont arrivés où de la race humaine,
« Aux champs de l'inconnu, s'accroîtra le domaine;
« Où, par l'intelligence et par l'activité,
« Tout homme grandira, fort de sa liberté.

‹ Ils avaient dit entr'eux, les maîtres de la terre :

‹ — Des fleurs! des fleurs pour nous! Des fers au prolétaire! —

‹ Le prolétaire a dit : — Des fleurs! des fleurs pour tous!

‹ Plus de fers, ici-bas, ni pour vous, ni pour nous. —

‹ Or, sans porter atteinte au vieux droit d'héritage,

‹ Des fleurs, entre mortels, qui fera le partage?

‹ A ce vœu du présent oui qui donc répondra?

‹ Le problème est posé, qui donc le résoudra ?...

‹ Dieu! qui dans l'univers a semé l'harmonie,

‹ Oui Dieu qui des humains inspire le génie !...

‹ Avec l'aérostat l'homme plane dans l'air;

‹ De la roue électrique il fait jaillir l'éclair;

‹ Il trouva la vapeur; il inventa la poudre...

‹ Avec le fil d'aimant il asservit la foudre...

‹ Dieu qui dans le passé guida si bien nos pas,

‹ Marchant vers l'avenir ne nous faillira pas.

‹ Par les temps écoulés conjecturons des nôtres :

‹ Du vieux monde romain, à la voix des apôtres,

‹ Quand, sur le Golgotha, le Christ eut succombé,

‹ L'ordre religieux en poussière est tombé ;

‹ De même nous verrons, nouveaux évangélistes,

‹ Ceux qui, dans notre siècle, ont nom socialistes,

‹ Agents de Jehovah, par de saints arguments,

‹ Du monde industriel changer les monuments.

‹ A cette heure le monde, étonné d'être libre,

‹ Va cherchant, sur sa base, un nouvel équilibre :

‹ Il se raffermira si la fraternité

‹ Vient prêter son concours à la divinité.

‹ A l'œuvre! à l'œuvre donc! oui que le sacrifice

‹ Du nouveau droit humain protége l'édifice.

« A toi ! surtout à toi d'en être le soutien ,

« Crucifié des rois, prolétaire chrétien !

« Par d'imprudents efforts n'allons pas compromettre

« Les dons que l'avenir commence à nous promettre ,

» Dans un de ces combats préparés de sang froid,

« Où la brutalité peut triompher du droit !...

« Sur le vieux tapis vert que tient la destinée ,

« Peuple, n'engage pas , dans une matinée ,

« L'avenir de la France et du peuple ouvrier

« Dont l'oriflamme sainte ombragea Février !...

« Souverain, comme toi, le lion, dans sa force,

« Dédaigne le chacal qui vainement s'efforce ,

« Indigne de sa haine, indigne de ses coups ,

« Par des cris incessants d'allumer son courroux.

« Au-dessus de la force, au-dessus du courage ,

« Régulateur moderne, est placé le suffrage;

« S'il penche vers l'injuste, en le touchant du doigt,

« Tu le feras, ô Peuple, incliner vers le droit.

« C'est dans l'ordre moral et dans la politique

« Le levier, qu'autrefois, voulait à la statique

« Appliquer Archimède et qu'il ne trouva pas !...

« L'homme et le progrès sont mystères , ici-bas !...

« Ainsi, plus de mousquets, de propagande armée !

« Qu'aux luttes du scrutin la nation formée,

« Pour détrôner les sots, vaincre les exploiteurs,

« Fasse, par bataillons, mouvoir ses électeurs.

« Peuple, si contre toi le capital conspire,

« S'il veut, nous affamant, ressaisir son empire,

» De la fraternité partageons-nous le pain ,

« Ce pain que Christ, un jour, centupla sous sa main !

‹ — Des fleurs ! Des fleurs pour tous! guerre! guerre à l'Infame,

‹ A la misère, lèpre et du corps et de l'âme!...

‹ Quand ne verrons-nous plus, honte de nos foyers,

‹ La mère, avec sa fille, acquitter ses loyers?

‹ A quiconque, ici-bas, de son labeur seconde

‹ La terre tour-à-tour et stérile et féconde ;

‹ Au mâle travailleur qui, dans les arsenaux,

› De la production active les fourneaux;

‹ Aux femmes qui rompant le pain dans les corbeilles,

‹ Sont du toit conjugal les fleurs et les abeilles ;

‹ Au savant typographe; à ces durs matelots

‹ Qui, pour nous enrichir, bivâquent sur les flots ;

‹ A nos frères soldats, cibles de la mitraille,

‹ Qui meurent ignorés sur les champs de bataille ;

‹ A qui, dans les déserts du prolétariat,

‹ Succombe, étiolé, sous le salariat;

‹ Hommes, enfants, vieillards, au nom de la patrie,

‹ A qui travaille et meurt, martyr de l'industrie ;

‹ A l'orphelin du Christ, de l'apôtre divin,

‹ A qui souffre le plus : au Peuple, au Peuple enfin !

ANNOTATIONS.

A la presse, aujourd'hui, de célébrer sa fête.

C'est le 19 novembre 1848 qu'eut lieu, sous l'immense tente du *Château-Rouge*, le banquet de la presse démocratique de Paris et des départements. Les citoyens Damyot, Longepied, Hyback, , avaient eu la pensée première de cette solennité. Un grand nombre de leurs amis s'unirent à eux pour la réalisation de ce projet ; il rencontra de nombreux obstacles dont une volonté énergique parvint à triompher. La présidence du banquet avait été décernée à Lamennais.

.... Là, viennent parfumées
De leurs séductions, nos riantes almées.

Les almées sont dans l'Orient ce que les bayadères sont dans l'Inde : des femmes consacrées à la chorégraphie et aux plaisirs qui en découlent.

C'est pourquoi sont groupés, en ces chastes agapes.

On a donné le nom d'*agapes* aux repas que les premiers chrétiens célébraient entr'eux pour resserrer les liens de l'union fraternelle. Apôtres d'une foi nouvelle, maintes fois, eux aussi, sortirent de ces mystiques solennités pour marcher aux tortures.

Car Lagrange s'est fait l'apôtre du pardon.

A diverses reprises, et sans jamais se décourager devant l'opposition systématique, impitoyable de la majorité, le citoyen Lagrange, représentant du peuple, a déposé sur la tribune de la Constituante, et développé avec l'éloquence du cœur et de la fraternité, sa proposition en faveur de l'amnistie.

Debout, la coupe en main, parlons et parlons haut !...

Le citoyen Joly, représentant du peuple, ouvrit la série des discours prononcés dans ce banquet, par un toast *à la presse de Paris et des départements* !

Le citoyen Ribeyrolles, rédacteur en chef de LA RÉFORME, répondit au citoyen Joly, et burina, en termes incisifs et chaleureux, l'histoire de la presse révolutionnaire. — Avant de descendre de la tribune, s'écria Ribeyrolles, permettez-moi de vous dire un mot sur le plus grand journaliste et le plus grand écrivain que nous ayons et qui préside cette réunion fraternelle. Lamennais, c'est le premier citoyen du suffrage universel, car il a été le premier citoyen de la raison générale, car il a été le consolateur du peuple dans ses livres ; car il est encore, aujourd'hui, un des esprits les plus éminents de la politique et de la philosophie. Lamennais brisé sous la République !... Mais c'est une infamie !... (Tonnerre d'applaudissements !) A Lamennais, qui résume la pensée et le courage du journaliste ! —

> Ceux-là que, sans linceul, les bourreaux ont pliés
> Dans la tombe.... LES MORTS ne sont pas oubliés.

La France démocratique frémissait encore sous la douloureuse impression que lui avait causée la mort de Robert Blum, fusillé sans jugement, le 17 novembre, par les sicaires de la monarchie impériale, fêtant sa rentrée dans les murs de Vienne. Aussi les quatre ou cinq mille citoyens qui se trouvaient dans la salle du banquet, laissèrent-ils déborder l'indignation dont leurs poitrines étaient gonflées, à ces paroles du citoyen Ledru-Rollin, qui, après avoir retracé les lâchetés et les hontes de notre politique extérieure, s'écria :

Aujourd'hui, qu'advient-il ?... Il advient que la Liberté est opprimée... Il advient, ô souvenir funèbre ! qu'un homme, à qui une seule fois dans ma vie j'ai eu l'insigne honneur de serrer la main... Robert Blum, expie son courage et son patriotisme... (Vive Robert Blum !) Vous avez acclamé le nom du glorieux martyr, je vous demande pour sa femme et ses enfants une triple salve d'applaudissements !... (Nouveau tonnerre d'applaudissements sur tous les points de la salle.) Blum ! puisse ta grande âme être émue de nos profondes sympathies et mettre à l'Allemagne frémissante une épée à la main pour chasser ses despotes !...

> A vous tous dont la place est vide en cette enceinte,
> La fleur du souvenir, à la corolle sainte !...

Le citoyen Martin-Bernard, représentant du peuple, porta un toast *à nos frères absents !*

A Barbès ! s'écria Martin-Bernard, à cette noble victime de son trop ardent amour pour le peuple ! A Barbès ! à Louis Blanc ! et à tous nos autres frères absents qui ont tant fait pour la République ! Puissent-ils bientôt nous être rendus et continuer, avec nous, l'œuvre commune !...

Chacun à l'avenir apporte un rêve d'or.

Le citoyen Joigneaux, développa un toast à l'*agriculture !* Lagrange, à l'*amnistie !* Le citoyen Bareste, rédacteur en chef de *la République,* un toast au MANIFESTE DE LA JEUNE MONTAGNE ! Schœlcher, à *la République honnête !* c'est-à-dire à la République une, indivisible, démocratique, etc... Bac tint, pendant une heure, l'immense auditoire sous le charme de sa parole ; le citoyen Mangin fils, rédacteur du *National de l'Ouest,* jeune publiciste, d'une haute distinction, prit la parole au nom de la presse départementale ; Ivan Golowine, démocrate russe, que la police du tzar épie, comme le chacal sa proie, de cités en cités, appela, au nom de la famille universelle des peuples, l'anathème sur les Nérons du septentrion.

J'osai ce toast, en vers, qui me fut pardonné.

La commission des toasts, composée de plusieurs commissaires du banquet et d'un certain nombre de membres de la Montagne, se montra d'abord peu disposée en faveur de notre toast écrit en vers et que lui présentait le citoyen Damyot. Félix Pyat, intervenant alors en faveur de la poésie, fit observer qu'avant de rejeter des vers il fallait au moins les entendre.... Cette observation prévalut, et mon toast en alexandrins fut admis, *quoique* ou peut-être *parce que...* merci, Félix Pyat !...

Aux femmes qui, rompant le pain dans les corbeilles,
Sont du toit conjugal les fleurs et les abeilles.

Ajoutons que les femmes étaient aussi l'ornement de cette fête démocratique, où une tribune leur avait été réservée ; alors que tombait de la bouche des orateurs quelque grande pensée, alors que jaillissaient de quelque improvisation les étincelles de l'avenir, les dames se faisaient remarquer par la vivacité de leurs démonstrations. Le jour où les femmes seront, en majorité, sympathiques à la République, l'Europe n'aura plus à craindre d'être Cosaque.

Le levier, qu'autrefois, voulait à la statique
Appliquer Archimède.

Donnez-moi un point d'appui, a dit Archimède, et je soulèverai le monde !...

LE DIX DÉCEMBRE

ou

LA PRÉSIDENCE.

LE DIX DÉCEMBRE

ou

LA PRÉSIDENCE.

X

Vous vous piquez, Monsieur, d'une haute logique,
Vous avez défendu, pamphlétaire énergique,
Le droit et la raison ; puis, dans un cas urgent,
Aux pillards de la cour disputé notre argent ;
Vous fûtes, en un mot, l'avocat du principe,
Et voilà, qu'aujourd'hui, quand le droit s'émancipe,
Lorsque l'égalité promène son niveau,
Dans le livre des droits, dans le pacte nouveau,
Vous venez implanter l'article PRÉSIDENCE,
Exotique produit, germe de dissidence,
Superfétation dont la gibosité
Se nourrira des sucs de notre liberté !...
Vous dites, en dépit de ceux qu'elle importune,
Vous dites, tout d'abord : la République est une,

Et de son unité, vous la désarçonnez ;
Elle est indivisible et vous la tronçonnez ;
Vous dites : au Sénat la suprême puissance,
Et de l'exécutif tentant l'obéissance,
Vous le faites plus grand que vous n'auriez voulu,
Du peuple, tout entier, en le faisant l'élu !
Ah, messieurs, ah messieurs du grand aréopage,
C'est trop accumuler d'erreurs en une page,
Faire trop bon marché des droits au peuple acquis,
Droits qu'on lui déroba, mais qu'il a reconquis ! —
J'en conviens, avec vous, monsieur le journaliste,
Oui notre République est un peu royaliste :
Eh c'est que, nonobstant sa souveraineté,
Notre peuple a besoin d'une autre autorité. —
Ah vous voilà bien tous, docteurs en politique,
Toujours vous immolez la règle à la pratique
Et c'est aussi pourquoi sans boussole, ou jalons,
De gâchis en gâchis nous tombons, nous roulons.
Ah ! si trop peu jaloux de son indépendance,
Parfois, le peuple affecte une molle tendance
A s'abdiquer soi-même, en relevant son front,
Sachons à son honneur épargner un affront ;
Sachons, dût-il bouder, lui dire, lui redire :
— Aux faibles que les forts prétendent interdire,
Qu'on veut mettre en tutelle, on dresse un guet-à-pens
Pour que le curateur s'engraisse à leurs dépens. —
Tu veux un maître, peuple, affranchi de la veille :
A tes cris, à ta voix, mon souvenir s'éveille,
Je songe en souriant, à ce peuple mutin,
Aquatique tribu, qui voulut, un matin,

Fatigué de l'état qu'on appelle anarchique,
Passer, dans son caprice, à l'état monarchique.
Peuple de France, eh bien les grenouilles : c'est toi!
Tu n'en es pas encore à demander un roi,
Tu veux un Président, — mot nouveau, mot baroque; —
Va, le nom n'y fait rien : tu veux que l'on te croque
Et tu seras croqué, pauvre gagne-petit,
Les Présidents ayant un royal appétit;
Si l'autruche digère acier, plomb, cailloutage,
Ils absorberont, eux, grommelant du partage,
Traitement, suppléments, profits, dotation,
Sans compter le menu de la collation....
S'il est de par le monde une héritière riche,
Juive ou chrétienne, fille ou de France ou d'Autriche,
Nobles et roturiers, gens ou non comme il faut,
Jeunes, vieux, beaux et laids ne font jamais défaut :
LA PRÉSIDENCE aussi, dignité virginale,
Au corsage paré de sa fleur triennale,
Près d'elle entend bruire essaim de soupirants ;
Tribuns, soldats heureux se sont mis sur les rangs;
A l'avant-garde, un prince au profil consulaire....
Tous ceux-là, hautement, aspirent à lui plaire ;
D'une indiscrète ardeur d'autres se sont épris :
Beaux talents méconnus, héros, cœurs incompris,
Ils voient leur espérance, avec leur renommée,
Dans ce tendre tournoi, s'en aller en fumée.
Parmi ces céladons, ces transis amoureux,
Deux peut-être entre tous, méritaient d'être heureux :
L'un qui, plus tard, n'aura pas même une ambassade,
Se nomme *ad libitum*, Marrast-Alcibiade

Ou Marrast le marquis ; il fait, dans ses salons,
Sauter la République au son des violons !
Long-temps le favori d'une autre présidence,
En vain, il convoita plus haute résidence :
Il ne vit, qu'un instant, au sol national ,
Fleurir sa dynastie, éclose en un journal.
L'autre est un enchanteur, au lyrique trophée,
Lamartine, ténor de l'école d'Orphée
Et qui perlant le trille et ses variations,
Sur un point d'orgue endort les révolutions....
Ou qui physicien, sous un air débonnaire,
Trompant les factieux, en un paratonnerre
A transformé son front, jeu d'électricité
Auquel il a perdu sa popularité.
La révolution est toujours la gloutonne
Qui, soit qu'elle se taise, une heure, ou qu'elle tonne,
Dévore ses enfants ! bienheureux les crétins,
Ils filent, à l'écart, de paisibles destins !...
Qui sera PRÉSIDENT ?... Puisqu'il faut à la foule,
Au peuple, un maître, un chef qui sous ses pieds le foule
Ou qui, s'il ne l'écrase, en singeant le César,
Éclabousse ses droits du sommet de son char,
A qui donc, aujourd'hui, le lion populaire
Sans que ses reins nerveux en tremblent de colère,
Sauf à broyer le nain, à son prochain réveil,
Va-t-il de marche-pied servir en plein le soleil ?...
Trois hommes tenteront la redoutable épreuve :
De mérite et de droits, jactance n'est pas preuve....
Seul, de la liberté, parmi ces trois mortels,
Ledru-Rollin, jamais, ne souilla les autels.

Eh qu'importe, ici-bas, la vertu, la constance :
Le succès n'est-il pas fils de la circonstance ?
En mars, même en avril, le Peuple, avec fierté,
Au faîte du pouvoir, Ledru, t'aurait porté ;
En juillet, même en août, la République honnête
D'une palme sanglante eut couronné ta tête,
Crédule Cavaignac, mais déjà tu n'es plus
Du bois dont, en décembre, elle fait ses élus.
Oui, madame RÉAC, que son ardeur emporte,
Veut pour amant un prince, un prince, eh oui, qu'importe
S'il est de contrebande ou d'assez bon aloi,
Elle sourit au prince en attendant le roi !
Eh pourquoi voulez-vous que la Phryné s'arrête,
A ses débordements quand le Peuple se prête,
Quand au lieu de jeter cette infame aux égouts,
Il fait de son honneur litière à tous ses goûts !...
Ah ! c'est que sous la main qui l'approche, la flatte,
Notre fauve sirène est si douce, si plate !...
C'est que la Canidie à ses discours mielleux
Unit, avec tant d'art, les liniments fièleux,
Que s'il n'est protégé par une double lame
De civisme, le cœur sous le charme s'enflamme....
Puis on est, tout-à-coup, changé de citoyen,
D'homme en brute, à l'instar de certain roi payen.
Disons que la RÉAC, élève de Bazile,
Pour toute calomnie a le verbe facile :
Elle sait, dans ce genre, enfler un *crescendo*
Mieux qu'en leur art divin Musard et Pilodo.
Nous sommes en décembre écoutons sa harangue,
Pour cette élection elle a doré sa langue :

— Gardez-vous, mes amis, mes braves campagnards,
D'avoir pour candidat, le chef des montagnards!
Ledru-Rollin, ce chef est un homme sauvage
Que le flot ou le vent jeta sur ce rivage;
Chenu m'a raconté que ce grand scélérat
Est fils de Proserpine et du démon Marat.
On retrouve en ses traits, tous les traits du vampire :
Ce n'est pas seulement notre sang qu'il aspire,
Il a soif de notre or ; le voleur, le pillard
S'est, depuis Février, gorgé d'un milliard!
En outre, qui ne sait, parmi vous, ô victimes,
QU'IL GREFFA SUR L'IMPÔT QUARANTE-CINQ CENTIMES?...
Le tout à son profit! — A mort! à mort Ledru!...
Un hachis de son cœur! Qu'on nous le serve cru! —
Vous l'aurez, mes amis et sans beaucoup attendre;
Nous le mangerons cuit, afin qu'il soit plus tendre.
J'en conviens, poursuit-elle, un certain Cavaignac,
En juin, nous a sauvés d'un horrible mic-mac;
S'il est républicain, de dame République
Il fit bon marché, puis il est bon catholique :
Je me rappelle, non sans attendrissement,
Qu'il sut, avec le Pape, en user saintement,
Mais ROSE est Cavaignac : de la démagogie,
Par son père et son frère, il a chauffé l'orgie;
Mieux que moi, du péril l'adage vous instruit :
On a beau la laver, la caque sent son fruit;
Même sous de bons doigts mauvais instrument grince...
Vous voulez un phénix? eh bien, prenez, mon Prince....
Comme à l'oncle au neveu formons, avec nos voix,
Le pied sur l'anarchie, un civique pavois.

Lorsque représentant nous le fîmes, d'emblée,
Vous le savez, amis, de la grande Assemblée
On lui ferma la porte... en notre zèle ardent,
Pour venger cet affront, faisons-le PRÉSIDENT!... —
Elle dit et le peuple avec elle pactise.
Malheur! qui, de soi-même incline à la sottise,
Qui veut se perdre, marche, arrive, sans qu'au but
Le pousse, en ricanant, messire Belzébuth.
Parfois en politique ainsi qu'en hygiène,
Chez les civilisés, surgit un phénomène :
D'un germe épidémique aussi prompt que l'éclair,
De même que nos corps sont imprégnés par l'air,
Salutaire ou funeste, imprudente ou sensée
Circule, dans nos cœurs, une même pensée ;
Elle nait, elle vole et par vaux et par monts,
Sur l'aile de l'archange ou l'aile des démons.
Tous les peuples, alors, vers un but grandiose
Ou vers un but mesquin, ou vers l'apothéose
Ou vers la décadence, à leurs destins livrés,
Par l'ombre ou le soleil, gravitent, enivrés.
Dans la France qu'agite un faux patriotisme,
Le fluide qui court c'est le bonapartisme :
D'où vient-il?... eh qui sait d'où nous viennent les vents
Qui vont berçant la vague ou les épis mouvants!...
C'est une voix, un souffle, une brise, un murmure
Qui d'un tombeau s'exhale, à travers une armure,
Et nous fait tressaillir, sous le charme d'un nom,
Comme aux rayons du jour le buste de Memnon.
Mais si de Bonaparte, ainsi que d'Alexandre
Ou de César, on rêve, assis près d'une cendre,

Croire au bonapartisme, à son dogme incomplet,
C'est avec le soleil confondre son reflet.
Ah ! c'est que l'Empereur, le héros-météore
Nous a tant éblouis, qu'il éblouit encore,
Astre crépusculaire ! !.... Artisan ou bourgeois,
Agronome ou soldat, citadin, villageois
Du héros reproduit sous le bronze ou le plâtre,
Chacun a fait le dieu, le fétiche de l'âtre.
Vernet l'a si bien peint, Béranger l'a chanté
Si bien, las ! aux dépens de notre liberté,
Que le peuple bercé d'un sommeil léthargique,
Vient de s'éveiller fou, rien qu'à ce nom magique !...
Fou ! je l'ai dit, j'y tiens. Oui, car l'oncle au neveu
Ressemble comme l'onde, amis, ressemble au feu;
Si l'un fit Austerlitz, Eylau, Wagram, Arcole,
A Boulogne, à Strasbourg l'autre fit double école ;
L'oncle brandit l'épée : au sortir d'Eglington,
Le neveu du constable agita le bâton.
De peur d'être écrasé par l'altière cavale,
Celui-là d'un seul bond enfourcha sa rivale,
LA RÉVOLUTION qui blanchissant le frein,
Ecuma, piétina sur les rois d'outre-Rhin :
Celui-ci peu jaloux des gloires souveraines,
D'une apathique main laissant flotter les rênes,
Doit chevaucher ayant en croupe Loriquet,
Persigny pour coureur et Thiers pour perroquet.
LA RÉVOLUTION de ton sang elle est née,
Peuple, et des maquignons en font leur haquenée !...
Tu ne devines pas que maint caméléon
Pour crier *vive Henri* ! chante Napoléon ! !...

Tu ne devines rien... à défaut de la chose
Et sans doute en vertu de la métempsycose,
Tu veux avoir le nom, l'écho sinon la voix,
L'ombre sinon l'objet !... Six millions de fois,
Sur le faux bulletin que LA RÉAC délivre,
Ouvriers égarés par le prisme d'un livre
Qu'on écrivit captif, ou qu'on n'écrivit pas,
Ecrivez donc ce nom !... hors d'haleine, à grands pas,
Accourez, villageois, votez, la cloche sonne !...
Au scrutin de ce jour vous guident en personne,
Abdiquant avez vous, leurs procédés hautains,
Les marquis, les barons, curés et sacristains....
Ainsi qu'avec le vent on gonfle une outre vide,
Gonflez de ce vain nom, gonflez l'urne perfide :
Plus tard et de dépit vous meurtrissant les flancs,
Vous saurez ce que vaut le bulletin des blancs !

ANNOTATIONS.

—

Vous vous piquez, Monsieur, d'une haute logique.

Nous reproduisons, ici, les arguments émis dans une conversation que nous eûmes avec Timon, au moment où la question de la Présidence était agitée dans la presse. On se rappelle que Timon était un des membres du comité chargé de rédiger le projet de constitution de la République. Au reste, il est peut-être heureux que l'on ait expérimenté la Présidence : De même qu'il a fallu user la royauté constitutionnelle pour arriver à la forme républicaine, il fallait encore user la présidence pour conquérir enfin l'unité démocratique.

Je songe, en souriant à ce peuple mutin...

Il est presque inutile de faire observer que l'auteur fait allusion, dans ce vers et dans les vers suivants, à *la fable des grenouilles demandant un roi*.

. . . . Il fait, dans ses salons,
Sauter la République, au son des violons.

Il n'était bruit, pendant tout le temps que M. Marrast fut président de la Constituante, que des fêtes splendides qu'il donnait dans ses salons. Certes, nous ne le blâmons pas d'avoir, par ce moyen, cherché à raviver certaines industries languissantes dans la capitale, mais ce que nous contestons à ces fêtes c'était leur opportunité. En effet, tandis que l'on dansait, chez M. Marrast, des milliers de républicains gémissaient sur les pontons.

Ou qui physicien, sous un air débonnaire,
Trompant les factieux, en un paratonnerre
A transformé son front.

Oui, j'ai conspiré avec les factieux, s'écria Lamartine, à la tribune, un jour que la réaction venait de lui reprocher, par un de ses orateurs, ses relations avec Blanqui, Sobrier et autres, *comme le paratonnerre conspire avec la foudre!* Si l'image du grand poète est brillante, l'aveu de l'homme d'état sent quelque peu son Machiavel.

La révolution est toujours la gloutonne.

Danton a dit : — la révolution est comme Saturne, elle dévore ses enfants. — Grande et terrible vérité ! Mais qu'est-ce donc que la nature elle-même si admirable dans son ensemble et dans ses résultats, sinon un immense foyer de destruction et de reproduction ?...

Eh pourquoi voulez-vous que la Phryné s'arrête!...

Phryné, courtisane fameuse de l'antiquité.

C'est que la Canidie à ses discours mielleux....

Célèbre empoisonneuse, qui vivait à Rome sous le règne d'Auguste.

Elle sait, dans ce genre, enfler un crescendo,
Mieux qu'en leur art divin Musard et Pilodo.

Musard et Pilodo sont deux chefs d'orchestre également chers à la chorégraphie parisienne ; l'un s'illustra sous Louis-Philippe comme directeur des bals de l'Opéra, l'autre est l'ornement, l'âme des fêtes de *Mabile* et du *jardin des fleurs.*

Chenu m'a raconté que ce grand scélérat....

Chenu, auteur d'un ignoble pamphlet où les hommes de Février sont traînés dans la boue de la calomnie ; la publication de cette œuvre policière a été une bonne fortune pour les journaux royalistes et élyséens qui ont sali leurs pages de sa reproduction.

Je me rappelle, non sans attendrissement,
Qu'il sut, avec le pape, en user saintement.

Lorsque le pape s'éloigna de Rome en 1848, soit par peur, soit par astuce politique, le général Cavaignac fit inviter Pie IX à se rendre en France. Cette générosité n'obtint pas le succès qu'on s'en promettait. Le pontife refusa et accepta l'hospitalité du roi de Naples.

Comme aux rayons du jour le buste de Memnon.

La statue de Memnon, un de ces colosses dont les Egyptiens avaient parsemé leur sol, rendait, dit-on, au lever de l'aurore, des sons harmonieux. Vraisemblablement les prêtres de ce temps-là n'étaient pas étrangers à ce phénomène. Quelle religion n'eut pas ses miracles ?...

RÉACTION.

RÉACTION.

XI.

Ah! nous la connaissons cette vieille ennemie
Dont le manteau des rois abrite l'infamie,
Hyène aux yeux sanglants, démon des mauvais jours
Qui, toujours abattu, se relève toujours.
Son nom! Il est inscrit, par l'esprit des ténèbres,
En traits de feu, de sang, sous nos dates funèbres,
Au seuil de l'ossuaire où toute nation
Inhume ses martyrs, ce mot : RÉACTION!...
Lorsque le ciel sourit aux enfants de la terre,
Des poumons de ce monstre un souffle délétère
S'exhale, et du progrès la divine moisson
S'étiole, au contact de l'infernal poison.
Qui donc ne la connaît la perfide sirène ;
Qui de nous ne l'a vue, à l'œuvre dans l'arène?
Par ses coups de Jarnac, qui donc fut épargné,
Sous sa griffe, quel flanc n'a donc jamais saigné?

Vainement on la cherche, au fort de la bataille:
Dès que le canon gronde, elle amoindrit sa taille,
Et l'odeur de la poudre affectant son cerveau,
Pour quartier général elle adopte un caveau.
Mais après la mêlée, à l'instar de la fouine,
Le nez, l'oreille au vent, allongeant son échine,
On la voit reparaître et, lorsque tout se tait,
Célébrer, à grand bruit, l'ardeur qui l'emportait.
C'est un roquet qui s'enfle, un merle qui jacasse :
Barberousse, Artaban, Capitaine-Fracasse
Et Bugeaud dont Lucine exhaussa le pompon,
Ne lui vont même pas à hauteur de jupon.
Au caprice du temps son caprice varie ;
Vite ! il faut qu'un sang pur étanche sa furie :
Des anges au berceau reposent innocents...
Dans Bethléem, Hérode en immole trois cents.
Bientôt, d'un sang divin la rage frénétique
La poursuit, la dévore, et, dans Sion l'antique,
Le peuple, soudoyé par l'or du publicain,
L'abreuve avec le sang d'un Dieu républicain.
Dans Rome, aux délateurs elle escomptait les têtes ;
A Madrid, à Lisbonne, elle ordonnait des fêtes,
Lorsque sur le bûcher, qu'allumaient ses bourreaux,
Se tordaient, en hurlant, les penseurs libéraux.
Faut-il de siècle en siècle énumérer ses crimes,
Pour que la vérité découle de mes rimes,
Que le sang et les pleurs en jaillissent à flots?
Faut-il, pour que chacun déteste ses complots,
Des murs du Vatican évoquer les mystères,
Des vieux plombs de Venise et des noirs monastères

Remuer les linceuls; au Louvre, au Châtelet,
Pour la faire parler, poser mon gantelet
Sur sa gorge? A quoi bon cette puissante étreinte?
Peuple, ce qu'il me faut, à moi, c'est une empreinte,
L'empreinte de ses traits, pour qu'armé d'un marteau,
Je puisse, palpitants, les clouer au poteau.
Sous les Bourbons aînés, c'était une marquise,
Fière de sa noblesse, à l'Œil-de-Bœuf conquise,
Et qui donnant la main à quelqu'abbé mîtré,
Conspuait, sottement, tout homme non titré.
Sous Philippe-Harpagon, c'était une luronne,
Bourgeoise, au teint vineux, par les écus baronne,
Et qui, dans les salons de monsieur le préfet,
Vingt fois, dans la soirée, abordait le buffet.
Aujourd'hui, devant elle, inclinons notre tête,
C'est madame Honnesta, la République honnête,
Au seul nom de Danton qui se signait d'horreur,
Et fait, depuis six mois, de la blanche terreur;
C'est madame ARISTO, la sainte royaliste,
Qui, dans le mois dernier, folle impérialiste,
Par le janvier qui court, soudain, virant de bord,
Vogue d'un Bonaparte au comte de Chambord.
Le peuple, cependant, le bon peuple de France,
Espérait, en décembre, un terme à sa souffrance...
Bast!... la Réaction ignore la pitié.
— Le peuple est trop nombreux, qu'il en crève moitié!
Ce qu'il en restera, se dit, tout bas, la belle,
A gouverner, demain, ne sera plus rebelle. —
Faut-il vous étonner, amis, de sa rigueur?
C'est une grande dame, ayant caprice au cœur,

Une dame très-grande!...Approchant votre oreille,
Ecoutez cette histoire à nulle autre pareille :
Le peuple de Paris, en cinquante ans, trois fois,
Escalada, vainqueur, le vieux palais des rois,
Oui, trois fois, de ses flots la vague amoncelée
Du trône recouvrit la pourpre maculée.
Victorieuse en juin, dame Réaction,
Voulant claquemurer la Révolution,
Lui donna, pour cachot, les sombres galeries,
Où les yeux du passant, longeant les Tuileries,
A travers les vapeurs des fumants aloyaux,
Voyaient blanchir l'essaim des marmitons royaux.
Dans ces mornes captifs, au front sale, aux yeux ternes,
Pêle-mêle entassés dans ces noires poternes,
Qui donc reconnaîtrait des jours de février
Le lion bondissant, le grand peuple-ouvrier !
On dit que, maintes fois, l'ardente sentinelle
Couvant ses prisonniers d'une fauve prunelle,
Quand ils criaient j'ai soif! les a lardés sanglants,
Ou d'un plomb fratricide a déchiré leurs flancs.
On dit, on dit, aussi, qu'au pied de la statue
Du géant Spartacus, une voix cria : tue!
Et que l'on a tué, sans jugement, sans bruit,
Ainsi qu'on assassine au milieu de la nuit...
On raconte, tout bas, plus d'une horrible scène...
Heureux! heureux ceux-là que chariait la Scène!...
Dame Réaction, amis, que voulez-vous!
A caprices, j'ai dit, à nous rendre tous fous!
Aux flancs casematés des nouvelles bastilles,
Pour les ensevelir entre les écoutilles

Des pontons vermoulus de Brest et de Cherbourg,
Un jour, elle arracha les vaincus du faubourg....
Jeunes, vieux, innocents, ou coupables qu'importe !
Elle les fit sortir, par une même porte,
Ainsi que des forçats, deux par deux enchaînés,
Tous sans être entendus, sans être condamnés !
Thémis à leur aspect se voila le visage...
Les mères et les fils pleuraient sur leur passage !
Et vous parlez, ô blancs, du fameux Comité !...
Si vous n'avez fait plus, vous l'avez imité.
Quoique l'état de siége ait disparu naguère,
Vous maintenez, debout, le tribunal de guerre ;
Cornemuse toujours, votre grand justicier,
Traduit les citoyens à sa barre d'acier.
A l'échafaud, dressé par l'altière Montagne,
Vous avez, réacteurs, substitué le bagne !
Le condamné vous crie : invoquant le trépas ;
Vive la guillotine ! elle n'avilit pas ! !
De juin nul homme encor n'a sondé le mystère :
Avant que vers le fond de l'immense cratère
Qui long-temps crépita, plonge un regard hardi,
Il faut que le volcan soit au moins refroidi.
L'histoire dira tout, oui tout, sans réticence,
L'aveuglement fatal, le crime, l'innocence ;
Au front elle a marqué les durs septembriseurs :
Elle écrira vos noms, sombres pontonniseurs.
Des anciens montagnards, sauveurs de la patrie,
La mémoire, chez nous, resta long-temps flétrie,
Et vous qui nous perdez, en nous déshonorant,
Quoi, vous rêvez un nom retentissant et grand !

Vanité de Pygmée! On pardonne au courage
Quand il nous associe aux périls d'un orage ;
On ne pardonne point aux lâches la terreur
Que veut nous inspirer leur mesquine fureur.
A la Réaction il faudrait une émeute,
Une émeute à tout prix ; de ses meneurs la meute
Autour du parlement, hurle de toutes parts,
Ainsi que les chacals au pied des vieux remparts.
Vainement des ligueurs la horde est rassemblée,
Holà ! *tayaut* ! *ronflaut* ! holà ! notre assemblée
N'est pas cadavre encore... allez, roquets pourris,
Allez porter, ailleurs, votre ordure et vos cris!
Ah! pour renouveler contre nous vos attaques,
Vous reviendrez, bientôt, escortés des Cosaques...
Nous vous attendons, vous et vos coupe-jarrets;
Venez, la Terre a soif, et nos fusils sont prêts.
De la Réaction, avec quelque énergie,
A défaut de talent, j'ai tracé l'effigie ;
Si d'un vaste renom mon cœur était jaloux,
Ici, j'encadrerais et Barrot et Falloux,
Et Lacrosse et Faucher et le sage Hyppolite,
Phaëton du Budget dont le char périclite.
Peindre un modèle illustre et parfois un crétin,
C'est un heureux moyen d'illustrer son destin.
Barrot, bel orateur, tribun sans caractère,
Qui soupira, vingt ans, après le ministère
Et qui semble au pouvoir s'être assis, en passant,
Pour démontrer à tous qu'il était impuissant ;
Falloux qui, couronné de lys et de verveine,
Tous bas, à Saint-Acheul récite une neuvaine,

Et qui, donnant naguère un mystique banquet,
Oublia d'inviter le père Loriquet;
Faucher le paladin, le preux du libre-échange,
Dont l'Anglais fabricant entonna la louange,
Et qui, pour conquérir le cœur de Duchâtel,
Rouvre à tous ses préfets le seuil de leur hôtel;
Rulhières, faux Carnot de notre République,
Qui, gardant à Bugeaud le surnom d'Italique,
Fera par nos soldats, le chapelet en main,
Conduire au Vatican le Pontife romain ;
Lacrosse, né marin, qui, malgré son étoile,
Pour les travaux publics, hier, mit à la voile,
Et qui, des délateurs consultant le carnet,
De destitutions jonche son cabinet;
Buffet qui, par son nom, lorsque régnait Villèle,
Eut, pour tous nos ventrus, été sans parallèle,
Mais qui ne représente, en ces temps rigoureux
De jeûne et d'atonie, hélas! qu'un buffet creux.
Voilà donc les Colberts, les piteuses figures,
Que la Réaction a choisis pour augures,
Les grands hommes d'État qu'a pris, au Panthéon,
Pour s'immortaliser, votre Napoléon!...
Malheur et honte! on veut que la France avilie,
Buvant au déshonneur, boive jusqu'à la lie!
Dérision! pitié!... pitié n'est pas le mot;
Écrivez : trahison! ou vous n'êtes qu'un sot!...
La trahison partout, partout elle est flagrante!
Oui! des vils délateurs la tourbe délirante,
Ramène au parc royal le peuple, doux troupeau
Dont aux riches tyrans elle a vendu la peau.

Ne riez pas trop tôt, messieurs du blanc panache!
Avant que sur nos reins votre noble cravache
Ne vous serve de knout, les rouges et les blancs,
J'ai dit, pour en finir, s'empoigneront aux flancs.
Ah! nous vous connaissons, messieurs les gens honnêtes,
A défaut de nos biens, vous prendriez nos têtes!
Mais nous les défendrons jusqu'au dernier cheveu,
Fallût-il mettre, un jour, tous vos châteaux en feu.
Le passé, c'est ta loi, Réaction barbare :
Mais les sentiers nouveaux que ta rage nous barre,
Les sentiers du progrès nous les féconderons;
Où Dieu nous dit d'aller, hardiment nous irons.
Plus modérés que toi, nous te crions : Arrière!
Mais si tu veux, long-temps, obstruer la carrière,
Nous t'écraserons, nous, les instruments de Dieu,
Entre les flancs du roc et notre dur essieu!

ANNOTATIONS.

—

Et Bugeaud dont Lucine exhaussa le pompon.

Allusion à la veille des armes que fit, à Blaye, le général Bugeaud, pendant la grossesse et la captivité de la duchesse de Berry. On sait que Lucine était chez les anciens la déesse protectrice de la maternité.

Fière de sa noblesse, à l'Œil-de-Bœuf conquise...

On appelait l'ŒIL-DE-BOEUF un des appartements du château de Versailles, mystérieux asile où les Sardanapales de la cour de Louis XV nouaient et dénouaient leurs intrigues.

Lui donna pour cachot les sombres galeries.

Après les journées de juin, des centaines de prisonniers furent entassés dans le passage souterrain qui conduit à la terrasse du bord de l'eau et dans la partie inférieure du château des Tuileries destinée, en d'autres temps, au service culinaire du roi et de *sa maison*.

**Quand ils criaient : j'ai soif ! les a lardés sanglants,
Ou d'un plomb fratricide a déchiré leurs flancs.**

Il résulte, dit Léonard Gallois, d'un rapport de M. de Cormenin, chargé de visiter les prisons et les hôpitaux, que l'infection des caveaux des Tuileries provenait, non-seulement de l'air vicié par l'humidité, mais encore, et plus particulièrement, de corps humains en putréfaction ; c'étaient ceux des victimes tombées sous les coups de fusil que les factionnaires tirèrent souvent, par les lucarnes, sur les insurgés qui s'en approchaient pour respirer.

L'odeur qu'exhalaient ces caveaux était telle qu'il fut impossible à M. de Cormenin d'y pénétrer.

> On dit, on dit aussi qu'au pied de la statue
> Du géant Spartacus une voix cria : tue !...

Les journaux ont affirmé que, pendant les premières nuits qui suivirent l'insurrection de juin, des exécutions militaires eurent lieu, dans le jardin des Tuileries, à quelques pas de la statue de Spartacus.

> Aux flancs casematés des nouvelles Bastilles,
> Pour les ensévelir entre les écoutilles
> Des pontons vermoulus de Brest et de Cherbourg,
> Un jour, elle arracha les vaincus du faubourg.

Les insurgés de juin, qui depuis plusieurs mois languissaient dans les casemates des forts détachés qui environnent Paris, en furent extraits pour être dirigés sur le Hàvre et de là transférés à Brest et à Cherbourg. Leur trajet des forts à la gare du chemin de fer, donna lieu à des scènes déchirantes entre les captifs et leurs familles qui vainement essayaient de les embrasser une dernière fois.

> Et vous parlez, ô blancs, du fameux Comité.

Le comité de salut public révolutionnaire que présidait Fouquier-Thinville.

> Cornemuse, toujours, votre grand justicier.

Le colonel Cornemuse du 14e léger, présidait le conseil de guerre; plus d'une fois, il condamna, aux travaux forcés, des citoyens accusés d'avoir pris à l'insurrection de juin une part plus ou moins active.

> Holà ! notre assemblée
> N'est pas cadavre encore.....

Chaque jour, les royalistes faisaient affluer sur la tribune des pétitions demandant la prompte dissolution de la Constituante.

> Ici, j'encadrerais et Barrot et Falloux.

A l'époque où cette satire a été écrite, le ministère de M. Louis Bonaparte était ainsi composé : Barrot, à la justice, président du conseil ; Léon Faucher, à l'intérieur ; de Falloux, à l'instruction publique ; Drouyn de L'huys, aux affaires étrangères ; de Tracy, à la marine ; Rullières, à la guerre ; Hyppolite Passy, aux finances ; Buffet, à l'agriculture ; Lacrosse, aux travaux publics.

LE VINGT-NEUF JANVIER.

LE VINGT-NEUF JANVIER.

XII

Attention ! Paris, insoucieux naguère,
Soudain, a revêtu sa tunique de guerre :
De la porte Denis au vieux quartier Latin,
Des barrières du Roule aux berceaux de Pantin,
Du civique tambour gronde la voix sinistre,
Toscin qui, maintes fois, accusa le ministre,
Et par l'ordre de Dieu, tonnant au Carrousel,
L'an dernier, proclama le vote universel.
Au signal trop connu des milices armées,
Les ateliers sont clos, les boutiques fermées ;
Ainsi que chez un mort le sang artériel,
Se glace, dans Paris, le sang industriel.
Le tambour bat ! honneur au PACTE DE FAMINE !
Gens au binocle d'or, faites joyeuse mine ;

Grâce aux complots maudits que trama votre main,
Aujourd'hui, Paris chôme, il jeûnera demain.
Si n'étaient les douleurs de la mère qui crie :
Du pain, pour mes enfants, au nom de la patrie !
Si nous n'avions pour ciel un horizon suspect,
On s'émerveillerait au belliqueux aspect
De ces soldats brunis sur la plage africaine ;
De Danton, le tribun, l'âme républicaine
Sourirait en voyant, au bruit de cent tambours,
Sous leur ruche de bois, s'agiter les faubourgs ;
Certe, il reconnaîtrait, dans nos gardes mobiles,
Héros, au cœur de fer, soldats, aux bras débiles,
Ces gamins de Paris, qu'en leur impuberté,
Accepte, pour amants, la mâle Liberté !....
Nonobstant sa misère, en dépit de ses larmes,
Paris est toujours beau, toujours beau sous les armes.
Mais soldat ou pékin, Paris est raisonneur :
— Je suis *flambant*, dit-il, soit ; mais en quel honneur ?
Pour jouer aux soldats, par le temps où nous sommes,
On ne réveille point, en sursaut, cent mille hommes.
Avons-nous à venger quelqu'éclatant affront ?
Dites-nous quels périls grondent sur notre front ?
Attendez-vous la peste, ou bien la monarchie,
Ou la guerre ? Parlez !... — L'ogre de l'anarchie,
Paris, à ton insu, s'agite dans tes flancs,
Répond Faucher Léon, l'astrologue des blancs.
Amis de l'ordre, alerte ! alerte ! car l'infâme,
Pour masquer ses forfaits, hautement nous diffame :
Il accuse Barrot, il médit de Falloux...
Au faubourg St-Germain nous faisons les yeux doux ;

Nous voulons (j'en rougis, la mesure est comblée)!...
Croquer la République, absorber l'Assemblée!
Regardez-nous, messieurs, de si grands appétits
Peuvent-ils exister en des corps si petits?... —
Calomnier Faucher!... Fi donc! c'est du cynisme!
Suspecter de Falloux le républicanisme,
Douter de monsieur Thiers et de ses alentours :
Anarchie, anarchie, oh! voilà de tes tours!...
A la Seine! à la Grève! au gibet la traîtresse!
Sois maudite, toi seule, auteur de la détresse!...
On te connaît, c'est toi, si ce n'est Changarnier,
Qui, par surprise, as fait, ce matin, prisonnier
Marrast, qui reposait sur sa couche dorée,
Rêvant de l'Alboni, la chanteuse adorée;
Oui, si ce n'est encor Changarnier le marquis,
C'est toi qui, te raillant de tous les droits acquis,
Brises, par un décret, l'héroïque phalange,
Dont les amis de l'ordre entonnaient la louange;
Si ce n'est Radetzki, c'est toi, sinon Barrot,
Ou Changarnier toujours, qui fis mettre au cachot
Le fier Aladenise, incarcérer, sans preuve,
Le digne colonel dont la milice est veuve,
Forestier, qui venait, en loyal chevalier,
A la Constituante offrir son bouclier?...
Qui faut-il, aujourd'hui, croire sur sa parole?
Delescluze ou Véron, Genoude ou Ribeyrolle,
Lorsque la République, à l'heure du danger,
Crie à tous ses enfants : Il faut me protéger?...
C'est Genoude et Véron : chacun d'eux se décore
D'un passé non suspect.... Que vous dirai-je encore?...

La Solidarité, sous le ciel de Faucher,
Faisait ombrage au lys... on vient de la faucher...
Oui, c'est le royalisme ou la démagogie
Qui, provoquant la foule à la sanglante orgie,
Ainsi que sur le sol où règne le turban,
Traque nos libertés en rupture de ban,
Qui, craignant de trouver, quelque jour, leur compagne,
La fille de Danton, notre jeune Montagne,
Assise en quelque club et professant la foi,
Comme au temple le Christ, prétend briser la loi.
Pour armer tous les bras, irriter les courages,
C'est plus qu'il ne faudrait, en certains jours d'orages,
D'injures et d'affronts !... Mais le peuple, aujourd'hui,
Contre son habitude, est le maître de lui.
Vainement son cornac le harcèle, le trompe,
Le colosse indien, à l'onduleuse trompe,
Diffère sa vengeance, et regarde en pitié
L'homme qui mendiait, hier, son amitié.
Belle est la mise en scène !... Habile à la manœuvre,
Dame Réaction a caressé son œuvre :
Comme pour un combat, pour un choc de géants,
De machines de guerre et de canons béants,
Paris est tout jonché : Jamais plus de cohortes
N'attendirent, hélas ! les Russes à nos portes !...
Aujourd'hui, comme alors, des preux Croisés les fils,
Sous leur plus bel habit, cachent la fleur-de-lys ;
Les dames, au balcon, se donnant en spectacle,
Préparent leurs drapeaux pour l'enfant du miracle...
Monseigneur, à genoux, derrière le rideau,
Peut-être a-t-il, déjà, ceint le royal bandeau...

Ou bien Tom-Pouce-Thiers, naviguant de conserve
Avec Atlas-Bugeaud, nous tient-il en réserve
Le comte de Paris, autre enfant qu'un aïeul,
Follement, couronna d'un précoce linceul?....
J'ai dit : la mise en scène est belle, mais la trame,
En ce moment, languit. Du drame ! allons, du drame !...
Où donc le premier rôle, et le grave accident ?
Silence ! on bat aux champs ! Voici le Président !
Il sort de l'Elysée, et l'intérêt commence :
Vient-il pour essayer si le peuple en démence,
Idolâtre, toujours, de la gloire au tombeau,
Va, comme un papillon, dans un pâle flambeau,
Saluant le soleil, crier : VIVE L'EMPIRE !
Non ! pour la Liberté le grand peuple respire,
Et non plus pour un homme.... Entendez-vous ces cris
Qui, d'échos en échos, roulent dans tout Paris,
Et font de Février crépiter le cratère :
Vive la République ! à bas le ministère !
A bas les blancs ! à bas ! à bas Faucher Léon !
Et si Falloux se meurt, vive Napoléon !
Ces cris, des vœux du peuple expriment le sommaire ;
Le vent ne souffle pas vers un dix-huit brumaire,
Et notre Président, conseillé par des fous,
N'a point à Changarnier donné de rendez-vous ;
Pâle, et la voix fébrile, il rentre à l'Élysée...
Allons, flamberge au vent, troupe fleurdelysée,
Voltigeurs de Coblentz, criez : Vivat Henri !
Le peuple, ivre d'amour, va répondre à ce cri...
Certaine légion, au trône convertie,
Veut, dit-on, exhumer la sainte dynastie.

Venez, fils des Croisés, le peuple vous attend,
Et, du haut de sa tour, Madame vous entend.
Quoi ! vous dissimulez l'ardeur qui vous enflamme,
Et votre étui béni garde son oriflamme !
Sifflons, sifflons la pièce ! ah ! c'est pitié, vraiment !
Mise en scène pareille, et point de dénouement !...
A l'instant décisif, Réaction, vampire,
Oui, le cœur t'a manqué pour harponner l'empire ;
Tu marchais vers le but, mais le sol est glissant,
Et tu viens de tomber, en flairant notre sang,
Dans la honte, à plat ventre, au milieu de la rue,
Et la foule te raille et la foule te hue !
Cours plonger ta tunique au lavoir du ruisseau,
Et laisse désormais en paix, dans son berceau,
La République, enfant qui n'a pas une année,
Qu'on voulait étrangler, pendant cette journée,
Mais que le peuple fort, contre un bras assassin,
Pour le bonheur du monde, abrita dans son sein.
Or, à l'heure où veillait Paris, que la souffrance
Et la faim n'ont pu rendre infidèle à la France,
Lamartine, couvrant, de son pompeux manteau,
L'obscur législateur que l'on nomme Rateau,
Le front orné d'un crêpe et la lyre voilée,
A se suicider exhortait l'Assemblée,
Et nos Constituants, sous ce sermon confits,
De la Réaction oubliaient les défis...
Ainsi qu'un nautonnier qui tremble pour sa tête,
Vous lâchez le timon au fort de la tempête ;
Décidément, le peuple est seul grand, ici-bas :
Quand il fait son devoir, vous ne l'imitez pas...

Quoi ! votre ardeur faiblit quand son ardeur éclate !
Quoi ! vous capitulez sous la main qui vous flatte !...
Quand le peuple veillait, nos tribuns ont dormi,
Et nous n'avons, hier, triomphé qu'à demi.

ANNOTATIONS.

———

Le 29 **Janvier** fut et restera une journée historique. C'est, en effet, une de ces dates sur lesquelles s'arrêtent les chroniqueurs pour suivre du doigt les sinuosités, les trames plus ou moins énigmatiques à l'aide desquelles les partis s'efforcent de parvenir au pouvoir.

Que se passa-t-il le 29 janvier 1849? Par les ordres du général Changarnier, commandant de l'armée de Paris, la capitale se trouva, dans la matinée, couverte de troupes, sillonnée de canons; puis, après quelques heures d'attente, cette armée rentra dans les casernes ou dans les forts.

Que devait-il se passer?... Là, se trouve l'énigme dont le mot, selon les uns, aurait été un 18 brumaire; selon les autres, une restauration Bourbonnienne à laquelle une tentative impérialiste, aussitôt comprimée, aurait servi de prétexte, de piédestal. Le parti républicain se tenait, lui aussi, prêt à toute éventualité, et ce qui aurait fait avorter le plan des metteurs en scène de la journée, ce serait l'admirable et fière attitude de la population ouvrière de Paris; cette fois encore, comme lors de la fameuse démonstration *des bonnets à poils*, le peuple fit échouer, par sa seule présence, les machinations de la réaction. Quoiqu'il en soit, **le 29 janvier**, fut ce qu'on peut appeler en histoire et en politique : **une réticence**.

Le tambour bat! honneur au Pacte de famine!

Avant ou après nos grandes révolutions, la rareté des denrées alimentaires et du numéraire, la cessation des travaux auxquels les classes riches emploient, en d'autres temps, les classes ouvrières, se sont toujours fait sentir. Ces calamités ont-elles pour origine des causes réelles ou factices?... A tort ou à raison, le peuple ne voit, dans ce fléau social, que le renouvellement de ce fameux *pacte de famine* qui, sur la fin du siècle précédent, fut l'œuvre de la cupidité ou d'une politique machiavélique.

> Anarchie! anarchie! oh! voilà de tes tours!...

Il entre dans la tactique de tous les gouvernements rétrogrades et oppresseurs d'attribuer à l'opposition libérale, au parti du progrès tous les malheurs, tous les incidents qui tendent à jeter de la perturbation dans les esprits et dans les affaires. Jamais cette tactique n'a été plus effrontément mise en œuvre que depuis 1848.

> Qui, par surprise, as fait, ce matin, prisonnier,
> Marrast...

Le 29 janvier, au matin, le palais législatif, dans la dépendance duquel se trouve l'hôtel de la Présidence, alors occupé par M. Marrast, fut, pour ainsi dire, bloqué par un cordon de troupes de toutes armes.

> Rêvant de l'Alboni, la chanteuse adorée.

Alboni, célèbre cantatrice qui remplaçait Madame Stoltz sur notre première scène lyrique.

> Brises, par un décret, l'héroïque phalange.

Vers le moment où cette satire fut écrite, commencèrent le licenciement, la dislocation de la garde nationale mobile ; revenue à ses sentiments démocratiques, elle paraissait un danger pour la contre-révolution.

> Le fier Aladenize.

Aladenize, chef de l'un des bataillons de la garde mobile, s'étant présenté chez le général Changarnier, pour réclamer en faveur de ses frères d'armes, fut envoyé à la prison militaire de l'Abbaye par ordre du commandant de l'armée de Paris.

> Forestier qui venait, en loyal chevalier.

La veille du 29 janvier fut arrêté et incarcéré le citoyen Forestier, colonel de la 6ᵉ légion de la garde nationale parisienne ; son républicanisme et sa résolution pouvaient être un obstacle à certains projets.

> C'est Genoude et Veron ; chacun d'eux se décore
> D'un passé non suspect....

M. de Genoude, rédacteur en chef de la *Gazette* et M. Veron, directeur et propriétaire du *Constitutionnel;* ces deux messieurs venaient de publier leur apologie libérale, dans la feuille dont ils disposaient respectivement.

> *La Solidarité*, sous le ciel de Faucher,
> Faisait ombrage au lys...

En ce temps-là, commençaient les persécutions sans nombre dont fut et est encore l'objet, *la Solidarité républicaine*, société formée quelques mois après Février, dans le but de maintenir, de défendre et de développer les institutions démocratiques.

> Qui craignant de trouver, quelque jour leur compagne.

Les représentants de la gauche, voyant la liberté de réunion traquée, harcelée par la police, avaient résolu de se porter, en masse, dans un des clubs menacés d'une fermeture brutale, pour y protester contre cette violation du droit.

> Monseigneur, à genoux, derrière le rideau.

Le bruit de la présence à Paris du comte de Chambord, s'était alors accrédité.

> Et si Falloux se meurt, *vive Napoléon!*

MM. Faucher et de Falloux étaient, alors, les deux ministres les plus impopulaires ; nul doute que leur renvoi eût ranimé la popularité, déjà défaillante, de M. Louis Bonaparte.

> Certaine légion, au trône convertie.

La 2e légion qui occupait le jardin des Tuileries, était animée des sentiments les plus réactionnaires.

> Pâle et la voix fébrile, il rentre à l'Elysée.

Le Président, au sortir de son palais, fut d'abord salué du cri de *vive Napoléon!* mais arrivé à la hauteur de la rue de Rivoli, M. Louis Bonaparte fut accueilli par le cri de *vive la République!* si unanimement, si formidablement poussé par plus de 40,000 voix, qu'il rétrograda brusquement vers l'Elysée.

> L'obscur législateur que l'on nomme Rateau.

La proposition qui demandait la dissolution presque immédiate de l'Assemblée constituante, avait pour auteur un certain M. Rateau. On sait que M. de Lamartine se montra favorable à cette proposition.

Vous lâchez le timon, au fort de la tempête.

Le rejet de la proposition Rateau aurait eu pour résultat de déjouer une des combinaisons les plus funestes de la réaction. Il était évident que la Législative serait, en majorité, hostile à la République.

LE RÉVEIL DES PEUPLES.

LE RÉVEIL DES PEUPLES.

XIII

Ainsi que du métal le fil atmosphérique
Au magique contact du fluide électrique,
Elles ont tressailli nos sœurs, les nations,
Sous le souffle imprévu des révolutions.
Puis, d'un ardent regard, interrogeant la nue,
Elles ont demandé : l'heure est-elle venue?
— Aidez-vous et le ciel à votre aide viendra ;
Peuples soutenez-vous et Dieu vous soutiendra. —
Debout! à l'œuvre donc, réplique l'Italie,
Du baiser des prélats frémissante, salie....
Et Milan, que trahit le despote voisin,
Affronte, le sein nu, Radetzki l'assassin......

13

La sublime novice, en l'art des barricades,
A défaut de granit, oppose aux mitraillades
Des débris de palais, le marbre, le métal,
Des divans et des chars, l'acajou, le santal....
O prodige! Milan triomphe à l'heure où Gênes
Et Bergame et Venise ont secoué leurs chaînes ;
Où sous la Liberté, le Vatican fléchit,
Où Florence renaît, où Naples s'affranchit ;
Tandis que la Sicile, au pied de son cratère,
Du vieil Etna qui dort, redoutable mystère,
Peuple en éruption, de ses transports vengeurs
Fait éclater la lave au front des égorgeurs !
A l'œuvre! a répliqué Germania la blonde,
L'Allemagne qui rêve en voyant couler l'onde
De ses fleuves nacrés, mais qui couve, en son sein,
De héros, de martyrs un intrépide essaim.
A l'œuvre! ont murmuré les Roumains et les Slaves,
Bohèmes et Hongrois, nobles tribus esclaves,
Que chassent devant eux, que tiennent en échec
Habsbourg et Romanow, vautours au double bec.
Les temps sont accomplis où la famille humaine
N'ensanglantera plus la terre son domaine ;
Entre les nations, plus de remparts d'airain,
Plus de murs de granit : la Seine est l'épouse du Rhin.
L'Europe de rails-ways est étreinte, bardée ;
Avec la vapeur court et s'agrandit l'idée;
C'est en chemin de fer qu'un jour la Liberté
Fera le tour du monde à ses destins voté.
Siècle, entends-tu mugir, haleter les poitrines
De ces monstres de bronze, aux fumantes narines;

Oui, les vois-tu bondir remorquant les wagons?

L'homme a réalisé la fable des dragons.

Volcan ou cétacé, qui tonne et qui voyage,

La machine-Crampton n'est-elle pas l'image

Des colosses ailés, messagers flamboyants,

Dont l'Arioste orna ses récits chatoyants?...

Le Progrès, je l'ai dit, indomptable génie,

Emporte les humains au ciel de l'harmonie;

Oui, mais l'absolutisme, aux vieux abus du sol

Polype impur soudé, paralyse son vol.

Des mœurs, des intérêts pour effacer les zones,

Et rapprocher les cœurs, il faut briser les trônes.

Les rois n'ont-ils point dit — ah! ne l'oublions pas! —

Divisons pour régner, nous démons d'ici-bas!...

Eh bien, trônes et rois, tombez, tombez en poudre!...

Ouvre les arsenaux où sommeille ta foudre,

Peuple des opprimés!... A votre tour, Germains,

De payer votre dette au bonheur des humains;

D'expier tous vos torts, envers les patriotes,

Car deux fois en un lustre, à la voix des despotes,

Volontaires sortis des universités,

Fils de la *Tugend bund,* au carnage excités,

Vous avez envahi, profané notre France,

L'oasis de l'espoir et de la délivrance.

Puis le jour, où pour prix de vos sanglants lauriers,

Vous avez réclamé, philosophes guerriers,

Les constitutions, les libertés germaines,

Les rois, en ricanant, vous ont donné des chaînes.

L'auriez-vous oublié, Saxons et Berlinois,

Fils de Bade et d'Augsbourg, Mayençais et Viennois?...

Non! non! vengeance et mort!... Tyrans, tyrans arrière!
De Vienne ont répondu la jeunesse guerrière
Et les fiers travailleurs!... A toi, vieillard maudit,
Dont le crâne conçut et dont la main ourdit
Les traités qui, pour date, eurent dix-huit cent quinze,
A toi, guerre, anathême, ô Metternich le prince!...
Et Metternich, glacé d'effroi, non de remords,
Du Danube en courroux abandonne les bords,
Tandis que des Habsbourg la tribu stupéfaite,
Sur les rocs du Tyrol va percher sa défaite....
Elle redescendra du sommet de ses tours :
L'oiseleur a laissé des ailes aux vautours!
Silence! c'est Berlin, la ville militaire,
Qui s'indigne du joug, du frein héréditaire...
Au cri de liberté, d'épouvante a frémi,
Dans les murs de Potzdam, le despote endormi.
Berlin, dont se râillait la jeunesse dorée,
Aura, comme Paris, sa semaine illustrée
Et ses déceptions... Ah! le peuple vainqueur,
Puissant par le courage, est faible par le cœur!...
Emule de Paris, Berlin verra les balles
De ses larges trottoirs ensanglanter les dalles ;
Il verra le dragon et le svelte lancier,
Après avoir rougi le fratricide acier,
Détester, mais trop tard, leur courage servile.
Mais ce que n'a pas vu Paris la grande ville,
Sainte expiation, sublime enseignement!...
Berlin, victorieux, le voit en ce moment :
— Descends, a dit le Peuple, à son porte-couronne,
Descends, oui je le veux, les marches de ton trône ;

Viens, le char de la mort, de la gloire et du deuil,
De ton palais, ô roi, touche, heurte le seuil......
Descends et chapeau bas, allons, genoux à terre,
Fils du grand Frédéric, devant le prolétaire,
Mort pour la Liberté, tombé sous le canon
Pour affranchir le monde, autre Jésus sans nom ! —
Ainsi parle le Peuple, à la voix absolue,
Et le prince s'incline, et le prince salue....
Il se relèvera, Peuple, ce souverain
Que ta voix humilie et qu'épargne ta main....
Oui, pour te flageller, sans pitié, sans relâche,
Il se redressera, vindicatif et lâche !...
Qui le croirait ! vos rois, ils sont tombés si bas
Que le Peuple à ses pieds ne les aperçoit pas !...
Voyez-vous, dans Munich, ce monarque, en délire,
Qui, couronné de myrthe et les doigts sur sa lyre,
Met aux pieds de Lola sa couronne et son cœur ?...
Dans un siècle en rira le malin chroniqueur ;
A l'aspect de Montès, la lorette amazone
Que le vieux potentat enrichit et blasonne,
Londres, Paris, Berlin, le monde tout entier,
Le pape et le sultan, l'artiste et le portier,
Vont riant aux éclats ; la tribu des lorettes,
Tout le quartier Bréda, les brunes signorettes
De Madrid, de Séville, aux bras de leurs amants,
Ont ri, rêvant aussi blasons et diamants...
Frisette, en un accès d'envieuse tristesse,
A dit : Eh ! pourquoi pas, soyons aussi comtesse !...
Mais, comme au résumé, Français ou Bavarois,
Acquittent, au dessert, la carte de leurs rois,

Le peuple de Munich, gaîment, met à la porte
Le vieux roi qui soupire et Lola qui s'emporte,
Et qui, pour ses exploits rêvant le Panthéon,
Médite un second tome au chevalier d'Eon.
Quelle époque! quel temps! en deux ou trois journées,
L'Europe, alors, vivait deux ou trois cents années ;
Tel peuple s'endormait, esclave d'un cretin,
Qui se réveillait, libre, aux brises du matin.
Oui, chaque capitale, ainsi que l'édifice
Dont un Ruggieri prépare l'artifice,
Eut son explosion, son ciel illuminé,
Sa fraternelle étreinte et son droit couronné...
Après Munich, c'est Dresde où la révolte éclate,
C'est le Hanovre où trône, en habit écarlate,
Cumberland, le vieux duc, hier fort arrogant,
Aujourd'hui fort bénin, non moins souple qu'un gant.
Ailleurs, je vous l'ai dit, notre ardente complice,
Polonia, dès Mars, se ruait dans la lice.
Le Krakus a chanté l'hymne de Dombrowski,
La lance en main, Posen revoit Mierolawski.
Trèves, fille du Rhin, au cri de délivrance,
Arbore, sur son front, les couleurs de la France;
La même sympathie agite Luxembourg ;
Les Badois ont daté leur charte d'Offenbourg ;
Stockholm a son émeute, une émeute sanglante,
Aux lueurs de la torche, à minuit, vacillante;
La guerre des duchés s'allume vers le Nord,
Interminable guerre, où le droit aura tort.
Dans les murs de la Haye, aux bords du Zuydersée,
La Liberté poursuit sa splendide odyssée :

Sous le balcon royal, le fier Néerlandais
La promène aux flambeaux, comme un Dieu sous le dais.
Au souffle du printemps et sous l'aîle d'Eole,
L'auguste pèlerine, à l'ardente auréole,
Remonte la Tamise, et le gris firmament
Des feux de l'avenir resplendit un moment.
Oui, car le temps viendra, cruelle oligarchie,
Où tu seras broyée, avec ta monarchie,
Pour avoir refusé, complice du destin,
A l'Irlande, ta sœur, les os de ton festin.
Encore quelques jours, ô terre désolée,
Erin, et sous le ciel ton pâle mausolée,
Surmonté d'une harpe et d'une simple croix,
Attestera le crime et du riche et des rois.
A ce tableau navrant, je m'arrête et je songe,
Je songe que l'espoir enfante le mensonge;
Que Février ne fut qu'un mirage éclatant,
Oui, qu'un feu d'artifice, au foyer crépitant....
Après la bombe, après l'aurore boréale,
Le silence, la nuit et la paix sépulcrale!..
Pourquoi tant de martyrs couchés sous le cyprès,
Le triomphe, d'abord, et la défaite après?...
C'est qu'envers les tyrans, jusques à la démence,
Les Peuples ont poussé la bonté, la clémence.
Des nations pourquoi le stérile réveil,
Cette demi-victoire et ce demi-soleil?...
Ecoutez! écoutez! la sublime rebelle,
Notre France, parfois et si grande et si belle,
A l'œuvre, qu'elle prend, quitte et reprend toujours,
Sans s'arrêter jamais, ne donna que trois jours:

Or, si du Créateur la sagesse féconde
En consacra le double à parfaire le monde,
Pour fonder, maintenir, l'œuvre de liberté,
O peuples, ce n'est pas trop de l'éternité!

ANNOTATIONS.

—

Debout ! à l'œuvre donc, réplique l'Italie.

Les populations Italiennes n'avaient même pas attendu le signal qu'allait donner, de Paris à l'Europe, la révolution de Février, pour entrer en lutte contre les Autrichiens et contre quelques-uns des tyrans ou tyranneaux qui, sous les noms de rois, princes ou ducs, oppriment ces belles contrées, berceau des arts et de la civilisation. Alors, l'attitude des Patriotes à Rome avait arraché au nouveau pape, Pie IX, des concessions plus ou moins libérales ; il en était de même à Naples où Ferdinand, après avoir ensanglanté sa capitale, était contraint de renvoyer son ministère et de promettre une constitution ; quant aux Autrichiens, ils ne se maintenaient dans la Lombardie qu'à la condition de tenir, mèche allumée, leurs canons braqués sur les places publiques.

Et Milan que trahit le despote voisin.

Charles-Albert, roi de Piémont, s'était lui-même aussi, avant le 24 Février, montré sympathique aux dispositions émancipatrices des cités Lombardes. La proclamation de la République en France, refroidit l'ardeur princière de Charles-Albert et de l'aristocratie piémontaise. On prévoyait, à Turin, que l'exemple de la France pourrait devenir contagieux. Aussi, quand le 18 mars 1848, Milan s'écria *Vive la Liberté ! vive la France ! et mort aux Autrichiens !* ce cri ne trouva-t-il pas d'écho à la cour de Turin. Toutefois, l'armée frémissait d'indignation.

Affronte, le sein nu, Radetzki l'assassin.

Les Milanais, au moment où ils arborèrent les couleurs nationales Italiennes, n'étaient pour ainsi dire pas armés. — Quelques-unes des barricades furent élevées dans les rues de Milan, dit Léonard Gallois, avec des meubles de luxe, commodes, secrétaires, pianos, et même avec des canapés recouverts en damas.

Tandis que la Sicile, au pied de son cratère.

Ferdinand s'étant refusé, au moment où il promettait une charte aux Napolitains, à accorder aux Siciliens un parlement indépendant, Palerme et Messine élevèrent de nouveau l'étendard sacré de la révolte nationale. La France resta muette et immobile. — C'était la politique de MM. Lamartine et Bastide qui prédominait alors, — et la Sicile redevint esclave et martyre !...

A l'œuvre ! ont murmuré les Roumains et les Slaves !

Les Roumains (*Roumi*) habitants de la Romélie ou Romanie, autrefois la Thrace, sont aujourd'hui sous la dépendance de la Turquie, dont ils ne supportent le joug que très-impatiemment ; ils tendent à se rapprocher des Valaques et des Moldaves auxquels les unit une commune origine. En effet, les Roumains, les habitants de la Valachie et de la Moldavie auraient eu pour souches d'anciennes colonies romaines. Quant aux Slaves, ils sont les descendants des anciens Scythes ou Sarmates ; les uns, les Russes, vivent abrutis et patients sous le knout autocratique ; les autres, les Polonais, résistent au joug de la Russie, aussi bien au nom de leur religion, qu'au nom de leur nationalité. La race Slave ne compte pas moins de 70 millions d'hommes dispersés, répandus des bords de l'Adriatique au détroit de Behring. Une partie suit, en religion, le rit grec chrétien, l'autre le rit catholique romain.

Habsbourg et Romanow, vautours au double bec,

Les empereurs d'Autriche descendent, par Albert Ier, de la maison de Habsbourg ; les empereurs de Russie de la maison de Romanow, par Michel Féodorowitz. L'Autriche et la Russie ont pour emblème de leurs armées l'aigle à deux têtes.

L'homme a réalisé la fable des dragons.

Le dragon, création fantastique qui défraya le monde poétique antérieur au nôtre.

La machine-Crampton n'est-elle pas l'image
Des colosses ailés, messagers flamboyants
Dont l'Arioste orna ses écrits chatoyants !...

Crampton, ingénieur anglais, a inventé un système de locomotive qui accroit, dans une proportion notable, la puissance de traction acquise aux systèmes antérieurs et tend à assurer la stabilité aux plus grandes, comme aux plus petites vitesses, par l'adhérence des roues motrices sur les rails. — l'Arioste, un des plus grands poètes de l'Italie et peut-être du monde, fait souvent voyager ses héros et ses héroïnes sur des hippogriffes, sur des chimères et autres coursiers élevés et nourris dans les domaines de la féerie.

Volontaires sortis des universités.

Lors de la grande collision des rois contre la France, en 1813, la jeunesse des universités allemandes prit les armes pour défendre l'indépendance germanique. Mais l'esprit du libéralisme avait échauffé les cœurs de la jeunesse des écoles ; aussi les rois et les princes, afin d'éveiller le patriotisme national, s'empressèrent-ils de promettre à leurs sujets des institutions libérales. Les traités de 1815 apprirent à l'Allemagne ce que valent les promesses des rois en-deçà comme au-delà du Rhin.

Fils de la *Tugend bund* au carnage excités.

Une société secrète s'était formée en Allemagne, sous la dénomination de la *Tugend bund*, (Société des amis de la vertu.) Comme la plupart des associations secrètes de notre siècle, comme le carbonarisme entre autres, la *Tugend bund* avait pour but l'émancipation des peuples.

> Non ! Non ! vengeance et mort ! tyrans, tyrans arrière !
> De Vienne ont répondu la jeunesse guerrière
> Et les fiers travailleurs !...

Le 13 mars 1848, la jeunesse des écoles, le peuple et la garde bourgeoise elle-même, se soulevèrent en masse pour s'affranchir de l'odieuse oppression exercée par le gouvernement de Metternich. Tout d'abord, le peuple se porta sur la villa de Metternich, située sur le Renneway et la saccagea de fond en comble. L'empereur François, comme la plupart des princes lorsque grondent les tempêtes révolutionnaires, fit des concessions, ce qui n'empêcha pas, quelques heures après, ses soldats de se déployer dans les rues et de balayer avec des feux de peloton le peuple de l'Hindenplatz ; mais, après deux jours de lutte sanglante, les étudiants, les ouvriers, les bourgeois et les commerçants avaient, à leur tour, balayé de Vienne des soldats impériaux. Pendant le combat, Metternich avait pris, tout effaré, la route de Londres, et quelques jours après, le crétin qui régnait sous le nom de François II et sa famille se retiraient à Inspruck.

> Silence ! c'est Berlin, la ville militaire,
> Qui s'indigne du joug, du frein héréditaire.

Le 14 mars, à l'heure où s'accomplissait à Vienne un grand mouvement révolutionnaire, le peuple de Berlin élevait des barricades dans les rues de cette capitale, et le roi, lui aussi, promettait des réformes. Quelques jours s'écoulent en pourparlers ; mais bientôt la bourgeoisie libérale et le peuple reconnaissent qu'ils sont joués par les ministres et par la cour, et dans la nuit du 18 au 19, un combat acharné s'engage dans les rues de Berlin. Le peuple, maître des barricades, prend la résolution de porter au palais du roi les morts et les blessés tombés dans cette nuit de deuil. Frédéric paraît

sur son balcon, le peuple exige qu'il descende ; le roi obéit, et, contraint de se
découvrir devant les victimes, il salue les citoyens morts pour la liberté. Une
heure après, Frédéric, quoique entouré de soldats, se sentant vaincu, publiait une proclamation conçue en termes mielleux, comme les rois savent
si bien en faire, quand ils cèdent pour mieux se venger ensuite.

Voyez-vous, dans Munich, ce monarque en délire.

Quelques mois avant février 1848, Lolà-Montès, danseuse d'origine espa-
gnole selon les uns, d'origine irlandaise selon les autres, avait porté ses
pénates errants à Munich. Elle y fit une si vive impression sur le cœur de
Louis Ier, que bientôt ce vieux roi se livra, à son sujet, à une foule d'excentri-
cités qui le rendirent la risée de ses peuples et de toute l'Europe. Entre autres
folies, il créa Lola-Montès comtesse de Lansfeld. Bientôt éclata le mécontentement public ; la bayadère, devenue comtesse, dut quitter Munich, et quelques jours après Louis Ier abdiquait, laissant la couronne à son fils, Maximi-
lien II.

Frisette, en un accès d'envieuse tristesse.

Frisette, bayadère favorite des lions parisiens, et qui, en l'an de grâce où
l'auteur écrivait ces vers, avait succédé à Pomaré, autre reine de la chorégraphie excentrique.

Médite un second tome au chevalier d'Eon.

On retrouve, en feuilletant les annales du XVIIIe siècle, un personnage
appelé le chevalier ou la chevalière d'Eon, et dont le caractère offre quelque analogie avec celui de Lola-Montès. Comme le chevalier d'Eon, la
comtesse de Lansfeld ne vient-elle pas de publier ses mémoires !...

Dont un Ruggieri prépare l'artifice.

Ruggieri, célèbre artificier, qui présidait aux fêtes publiques qui eurent
lieu sous l'empire et la restauration.

Après Munich, c'est Dresde où la révolte éclate.

A Dresde, dit Léonard Gallois, une grande masse de citoyens s'était ren-
due au château en criant *mort aux ministres! en chantant la Marseillaise* et en réclamant les plus larges réformes politiques ; elles lui furent pro-
mises.

C'est le Hanovre où trône en habit écarlate.

Ernest de Cumberlan, roi de Hanovre, prévenu que toute la population
allait se porter en masse sur son palais, se décida, instantanément, à satis-
faire de la manière la plus explicite aux demandes des délégués du peuple.

Le Krakus a chanté l'hymne de Dombrowski.

On appelle Krakus les habitants de Cracovie et des contrées qui dépendent de cette fraction de la noble Pologne, devenue la proie de l'Autriche. L'hymne de Dombrowski, la *Dombrowska*, est la *Marseillaise* de nos frères du Nord ; elle se termine par ce refrain : *Non, la Pologne ne périra pas !*

Les Badois ont daté leur charte d'Offenbourg.

Vingt mille habitants du pays de Bade, réunis à Offenbourg, rédigèrent un programme de gouvernement dans lequel étaient énoncées les réformes les plus radicales. Un des articles demandait la protection de l'industrie par un règlement, pour garantir les travailleurs contre l'influence du capital et de la concurrence ; un autre article proposait le transport, dans un pays au-delà de l'Océan, des usuriers et autres mauvais citoyens.

Stockholm a son émeute, une émeute sanglante.

Une insurrection des plus formidables éclata à Stockholm le 18 mars. La troupe fit feu sur le peuple, tua ou blessa plusieurs insurgés ; vers une heure du matin, la rue fut balayée, après que le roi lui-même eut paru sur le théâtre de l'insurrection.

Dans les murs de la Haye, aux bords du Zuydersée,
La liberté poursuit sa splendide odyssée.

Le 16 mars, toute la population de la Haye se porta dans la soirée sous les balcons du roi. Les militaires prirent part à cette immense manifestation qui, du palais du roi, se rendit devant ceux du prince d'Orange et du prince Frédéric. Cette promenade avait lieu à la lueur de milliers de flambeaux.

L'auguste pèlerine, à l'ardente auréole,
Remonte la Tamise :

Au moment où l'Europe continentale secouait de toutes parts les vieux oripeaux de l'absolutisme prête à les lacérer, des meetings monstres étaient convoqués à Birmingham, à Manchester et ailleurs pour célébrer le glorieux triomphe des Français. A Londres même, les Chartistes tenaient d'immenses réunions. La fermentation du peuple était telle que la police se vit dans la nécessité de s'adjoindre des constables-amateurs. Un Français, dit Léonard Gallois, Louis-Napoléon Bonaparte, sollicita et obtint la faveur de figurer parmi eux.

Erin, et sous le ciel ton pâle mausolée.

Erin est le nom poétique de la malheureuse Irlande dont la bannière est ornée d'une harpe.

RESSUSCITÉE ET MORTE.

RESSUSCITÉE ET MORTE.

XIV

Debout et chapeau bas! debout, famille humaine,
Et chapeau bas devant la liberté romaine!
Morte, après deux mille ans, la mère de Brutus,
Secouant son linceul, renaît à ses vertus!
Du Pape leur fétiche, au seuil du Capitole,
Les Romains, à genoux, ne baisent plus l'étole...
Ils sont redevenus libres et triomphants :
Tels enfin que Dieu veut les hommes ses enfants.
Nous voilà donc aux jours prédits par les oracles,
Aux jours calamiteux et féconds en miracles,
Où les peuples anciens, comme galvanisés,
Se lèvent et, bientôt, retombent épuisés.
Nos dévots, qui du prêtre adoraient la sandale,
S'en vont partout criant : au forfait! au scandale!

14

Et vieux Jérémias, veufs de la royauté,

Sans trop savoir pourquoi pleurent la papauté.

Des ris et des amours délaissant le calice,

Le faubourg Saint-Germain revêt le dur cilice,

Et demain nous verrons le preux Montalembert

Monter à la tribune, armé de son haubert.

Bientôt, nous l'entendrons prêcher les dragonnades!...

Provoquer, à grands cris, les saintes canonnades!...

Si j'étais là, râillant son jésuitique émoi,

Je crierais, à mon tour, Silence! écoutez-moi!

Trève, pour un instant, aux pleurs de crocodile!...

Votre Rome dont Pie était, hier, l'édile,

Oui votre Rome à tous, n'était plus qu'un bazar

Où moines et prélats, ainsi que Balthazar,

Faisaient large ripaille, escomptant l'ignorance,

Aux dépens du bon peuple et d'Espagne et de France;

N'était plus qu'un comptoir où des juifs tonsurés

Et poussant à la hausse, aux chrétiens pressurés,

Inclinés sottement devant leurs exigences,

Marchandaient le pardon, vendaient les indulgences

Et, selon qu'on était plus ou moins généreux,

Nous faisaient, tour à tour, damnés ou bienheureux.

Mais le Christ, indigné de votre brocantage,

Vous voyant professant le dol et *le chantage*,

Dit à la Liberté : —Venge-moi de l'enfer;

Frappe, chasse à grands coups, par la verge et le fer,

Chasse du temple saint cette impure phalange

Qui fit de ma maison la caverne du change. —

A ces mots de Jésus, le ciel battit des mains...

La liberté vengea le Christ et les humains!...

Les marchands sont en fuite et votre cœur s'enflamme ;
Le veau d'or est à bas et votre voix réclame !
Vous n'êtes point chrétiens, vendeurs de bénitiers,
Vous n'êtes de Satan que les honteux courtiers !...
Or, maître Lucifer que vous vantez au prône,
Espère, grâce à vous, remonter sur son trône,
Et déjà Radetzki, le caduc général
Dont Bugeaud, volontiers, serait le caporal,
A poussé ses pandours au-delà de Ferrare...
Mais ainsi qu'au tombeau Christ a ravi Lazare,
La France qui naguère, élevant son pavois,
A ressuscité Rome, aux accents de sa voix,
Pour fêter Loyola, Satan et son collége,
Ne tolèrera point un affreux sacrilége :
Elle ne verra pas redescendre au tombeau
Rome ressuscitée, au pied de son drapeau !...
C'est assez, oui c'est trop et de honte et de boue,
C'est assez de soufflets plaqués sur notre joue !
Quoi ! nous avons laissé de lâches assassins,
De leur infâme prince infâmes spadassins,
Sur Vienne, notre sœur assouvir leur furie !
Nous les avons laissés violer la Hongrie,
Et ces chefs de brigands, suant le sang humain,
Sur Rome, tous en rut, se vautreraient demain !...
Windischgraetz et Welden, et les bandes Croates
Oseraient, à nos yeux, clouer, sous leurs stygmates,
Rome qui recouvrait, avec sa liberté,
Hier, toute sa gloire et sa virginité ! ! !
Bourreaux, arrière ! Non ! la France n'est pas lâche !...
Il se peut que devant la grandeur de sa tâche,

Qu'au moment d'affranchir le monde tout entier,

Et de lancer son char sur l'immortel sentier,

Son cœur ait hésité... Mais je le dis : arrière !

Le grand peuple français entre dans la carrière,

Et si quelque pygmée entravait du géant

Les glorieux destins... qu'on le jette au néant!...

Tais-toi, pauvre poète ! ah ! la douleur t'égare...

La France est immobile et de son sang avare.

Oui, Faucher, le pédant, n'a pas trop de mousquets

Pour surveiller Raspail, les clubs et les banquets;

Quand l'Europe des rois, partout coalisée,

Hurle, un Napoléon s'endort à l'Elysée,

Et la Constituante, à l'ombre du scrutin.

Que voulez-vous ! Paris apprend, chaque matin,

Qu'un bonnet phrygien par le fer des gendarmes

Fut décroché du chêne et passé par les armes ,

Ou qu'un soldat cruel, stupide batailleur,

A cloué, sous la latte, un rude travailleur,

Ou que, dans le Midi, des verdets, —les infâmes !! —

De quelques Montagnards ont outragé les femmes...

Quoi! n'est-ce point assez de lauriers, de bonheur!...

Plions donc sous le faix de notre déshonneur

Et demeurons parqués dans la fangeuse enceinte...

Ainsi tu peux, ô Rome, ô cité trois fois sainte,

Lançant à Dieu lui-même un regard ulcéré,

Recoudre ton linceul à demi lacéré!

Le mot de RÉPUBLIQUE et le doux mot de FRANCE

Synonymes, hier, de GLOIRE et d'ESPÉRANCE,

Tous les peuples trahis, demain, les rediront

En nous jetant, à flots, des ordures au front...

Pauvre Rome revêts, oui revêts ton suaire,

Couche-toi, de nouveau, dans l'immense ossuaire

Où dorment les cités et tant de nations

Que moissonna la faulx des révolutions!...

Toutefois, dans la nuit, pendant la nuit profonde,

A cette heure où les morts voyagent dans le monde,

Tu te réveilleras, et trouvant, près de toi,

La Pologne au cercueil, tu lui diras : Suis-moi!

Puis, vous irez, alors, pâles et mutilées,

Toutes deux, par les rois martyres violées,

A la France endormie, aux bras des oppresseurs,

Demander, à minuit : QU'AS-TU FAIT DE TES SŒURS?

ANNOTATIONS.

—

Trève, pour un instant, aux pleurs de crocodile.

On prétend que le crocodile, afin d'attirer vers lui les animaux errants sur la plage, feint de pousser des cris plaintifs. De là, l'origine de cette locution : *Verser des larmes de crocodile*, c'est-à-dire dans le dessein de tromper.

A poussé ses pandours au-delà de Ferrare.

A l'époque où l'auteur écrivait ces vers, les Autrichiens, rentrés dans Milan, menaçaient d'envahir les Etats romains. On sait que les pandours, sorte de soldats hongrois, forment ordinairement l'avant-garde des armées autrichiennes.

Oui, Faucher, le pédant, n'a pas trop de mousquets.

M. Faucher, avant d'entrer dans la carrière du journalisme, avait exercé les modestes fonctions de maître d'études dans un collège.

Qu'un bonnet phrygien par le fer des gendarmes.

C'est aussi vers le temps où cette *montagnarde* fut composée que commença la chasse aux emblèmes républicains. Les journaux nous apprirent le brillant fait d'armes d'une brigade de gendarmerie qui, délaissant ses coursiers pour monter sur une échelle, avait mis le sabre à la main pour décapiter, de son bonnet phrygien, un arbre de Liberté.

A cloué, sous la latte, un rude travailleur.

Dans une émeute qui eut lieu à Lyon dans le courant du mois de mars 1848, un dragon tua, d'un coup de pointe, un homme du peuple.

Ou que dans le Midi, des verdets, — les infames ! —
De quelques montagnards ont outragé les femmes....

Dans une de ces rixes, malheureusement si fréquentes, qui éclatent dans les contrées méridionales de la France, entre les légitimistes et les républicains, les champions du droit divin s'étaient oubliés jusqu'à frapper des femmes qui stationnaient aux environs d'une salle où se donnait un banquet démocratique.

LA HAUTE COUR DE JUSTICE.

LA HAUTE COUR DE JUSTICE.

XV

Encore un procès monstre! emprunt aux saturnales
Dont la royauté morte a sali ses annales!
Pasquier, Guizot, Decaze, allons : vive le roi!
On veut, en vous singeant, tous nous glacer d'effroi!
Place à la haute-cour, à la magistrature
Que Charles et Philippe, avec leur signature,
Sacrèrent parmi nous et que l'on vit blanchir,
Sans que la Liberté pût jamais la fléchir!
Accusateurs de Ney, spectres de la pairie,
Debout! juges, bourreaux de Berton, de Borie,
Ombres des Marchangy, des Mangin, des Bellart
Barrot, ainsi que vous a le savoir et l'art!!
On parlait d'amnistie, on parlait de clémence :
Fi donc! fi donc! L'Empire, aujourd'hui recommence;

Je ne suis point de taille à m'appeler Titus;

D'ailleurs, jamais César ne pardonne à Brutus.

Or, Brutus le voilà! vils policiers, arrière!

Geôliers et mirmidons, déblayez la carrière,

Et salut à Barbès, démocrate et martyr,

Accusé sans forfait, comme sans repentir.

Vous tremblez, ô chacals, le lion est en scène!...

Les voilà tous, enfin, les captifs de Vincenne:

Vous les avez traînés dans ces cachots roulants

Où les forçats, flétris des stygmates brûlants,

Assassins et voleurs, cachent leur infamie....

Oh! que c'est bien là vous! Oui, mais la foule amie,

Faisant étinceler son regard abattu,

Les venge en s'écriant: honneur à la vertu!

Le peuple que n'a point gangrené l'égoïsme,

En dépit des Nérons, sourit à l'héroïsme:

Mais des Pharisiens le cœur ossifié

N'a que de froids dédains pour le crucifié.

Peuple, vois tes martyrs: leur front est maigre et pâle:

C'est que ce front, jamais, au soleil ne se hâle.

Si l'astre qui ne luit que trois jours, en vingt ans,

Le réchauffe, il est vrai, de ses feux éclatants,

De ses murs salpêtrés le cachot le recouvre,

Sitôt que ce soleil sur les dômes du Louvre,

Le soleil du Lion, terni par vos complots,

De ses divins rayons n'épanche plus les flots.

Sous Guizot, ou Falloux, implacable harpie,

Ces hommes, la RÉAC les suit et les épie,

Les saisit et les livre à son Laubardemont,

Qui lui, tantôt, les jette à Saint-Michel-le-Mont,

Tantôt aux plombs de feu, tantôt aux casemates,
Puis, qui les entourant de geôliers automates,
Les voiture, aujourd'hui, Tristan au front moqueur,
Des donjons de Vincenne aux tours de Jacques-Cœur.
Vivants, vous les changez de linceul et de tombe,
Vils sacrificateurs d'une sainte hécatombe :
De même nous voyons promener, en nos murs,
Des lions enchaînés par des cornacs impurs.
Un mot, un mot d'éloge à votre courtoisie :
Pour vider le débat l'enceinte est bien choisie,
Le procédé piquant! Vendéen en Berry,
Bourges tout palpitant du triomphe d'Henry,
Devait, à ce seul titre, avoir la préférence ;
Trop grands seigneurs, messieurs, pour sauver l'apparence,
Sûrs d'un public ami, pour demeurer vainqueurs,
Vous n'aurez même pas à solder vos claqueurs.
Cependant, de votre œil, inquiet et barbare,
Avant de les traduire encore à votre barre,
Ici, vous les comptez. Or, manquant à l'appel,
Plusieurs de vos rigueurs ont trompé le scalpel;
Oui, plusieurs se sont ri de votre surveillance :
Caussidière, héros dont on sait la vaillance,
La prudence et la foi; l'idole du faubourg,
Louis Blanc qui rendait, naguère au Luxembourg,
Des oracles maudits par votre bourgeoisie,
N'ont pas cru — pardonnez à cette fantaisie —
Qu'ils devaient affronter, débonnaires captifs,
De votre tribunal les coups rétroactifs.
C'est mal! très-mal! Aussi, la presse royaliste
Des joûteurs du tournoi nous ressassant la liste,

A traité de félons les accusés absents...
Prête à les condamner s'ils étaient... innocents.
Ah! madame RÉAC, chère petite ogresse,
Pour amuser, charmer vos loisirs de tigresse,
Il ne vous suffit pas de dix républicains!
Madame, vous avez les goûts trop africains.
Au moins la qualité du peu vous dédommage!...
Courtisanne à genoux! à genoux!... Rends hommage
A Barbès le héros au bras aventureux,
De la démocratie infatigable preux!
Cet homme était né riche : il pouvait, dans la joie,
Filer, insoucieux, des jours d'or et de soie,
Eh bien! ce fils du riche a dit : je souffrirai,
Pour toi, comme toi, pauvre, ou je t'affranchirai.
Puis, hommage à Raspail qui, blanchi dans les veilles,
De la haute science a sondé les merveilles,
Qui pense en philosophe et parle en orateur
Et dont le siècle suit le souffle inspirateur;
A Courtais le vieillard! sa poitrine étoilée
Devant aucun péril ne s'est jamais voilée;
Si comme Lafayette il eut sauvé l'État,
Par la mitraille... alors il serait apostat...
Voici Blanqui : ses jours ne sont qu'une agonie
Et Baroche se plaint de son acrimonie!
Vous l'avez irrité, nos seigneurs les bourreaux,
En lardant le captif, à travers les barreaux...
Puis Albert l'ouvrier, ministre prolétaire,
Qui n'est plus, aujourd'hui, qu'un infâme sectaire;
Sobrier, Seigneuret que vous voulez salir,
Parce que leur journal d'effroi vous fit pâlir.

Flotte hardi penseur : de ses plates injures
L'*aristo* le poursuit; vous oubliez, parjures,
Que l'auteur du Contrat, l'immortel écrivain,
Se fit copiste obscur pour éluder la faim?
Vipères, de poisons gonflez donc vos vessies :
Tous de la République ils furent les messies
Ces hommes que salit la bave des tyrans!
De la démocratie ils sont les vétérans
Ceux-là que le geôlier, de sa griffe, tenaille;
Que vous dirai-je? ils sont les dieux de la canaille,
Le cauchemar des grands!... Ces hommes, ici-bas,
Le riche les condamne, il ne les juge pas...
Avant le jugement on connaît leur sentence;
Ils sont au Capitole ou bien à la potence;
Oui selon que le sort rompt ou marche avec eux,
Lâches, vous les traitez de héros ou de gueux!
Pour eux, votre justice est donc une ironie :
Leur dédain la repousse et troublant l'harmonie
Des fastueux débats, de leur puissante voix,
Flotte, Albert et Barbès protestent à la fois!!
Vous pouvez les traîner, les jeter au prétoire,
Ils n'accepteront pas l'arrêt contradictoire.
Convaincus de leur droit, forts de la vérité,
Ils en appelleront à la postérité!...
Quand le présent s'écroule, oh! l'avenir est proche!
Si Raspail et Blanqui luttent avec Baroche,
De pied en cap armés, et, le code à la main,
Le battent sur le droit et français et romain;
Avec l'incompétence et le déclinatoire
S'ils joutent, applaudis par l'immense auditoire,

C'est pour prouver à tous que, même au point du droit,

La Réac leur intente un procès maladroit.

Oui, ce pompeux débat, par devant la cour haute,

En droit ainsi qu'en fait, est une lourde faute :

Ces hommes étaient grands, ils vont encor grandir...

Ils brillaient.., grâce à vous, on les voit resplendir.

Ils ont, au quinze mai, dans leur folle espérance,

Outragé, dites-vous, la Liberté, la France!...

Du vote universel méconnu les saints droits!!...

Pitié! la Liberté, vous l'avez mise en croix,

Du Christ au Golgotha formant le parallèle.

La France! vous l'avez au Cosaque, à Villèle,

Aux Bourbons, à Philippe, au régime expectant,

Vendue et revendue, à beau denier comptant.

Le vote universel! mais avant sa naissance

Vous l'avez bafoué, redoutant sa puissance,

Et vous le briserez, si le peuple vénal

Vous accorde, demain, le parlement bannal...

Le quinze mai! ce jour, parmi les jours néfastes,

Est à jamais marqué sur le livre des fastes!

Le peuple, remontant la révolution,

Le quinze mai, se crut à la Convention

Où sa vue exerçait un magique prestige...

Ce jour-là, quelques-uns, saisis par le vertige,

S'enivrèrent du peuple... au demeurant, à qui

Profita-t-il, ce jour?... à Barbès? à Blanqui?...

Réacteurs, à vous seuls...! Pas de sang! pas de larmes!

Et ceux-là qui, d'ailleurs, en proie à leurs alarmes,

S'étaient, à l'Assemblée, assigné rendez-vous

Pour sauver la Pologne, étaient-ils donc si fous?

S'ils étaient fous, alors, les fous sont des prophètes!...
Ils avaient pressenti les lugubres défaites
De la démocratie et vu la trahison,
Sous un masque blafard, rôdant à l'horizon,
La Pologne rouvrir son incurable plaie,
Plus tard, la République attachée à la claie...
Ils pressentaient qu'un jour, eux, vieux républicains,
Ils auraient à répondre aux valets des Tarquins!
Frappez, pour que bientôt la royauté revienne!
Comme pour le retour de l'empereur à Vienne,
En toute hâte, il faut déblayer le sentier :
A l'œuvre donc, bourreaux ! du sang ! pas de quartier!
Windischgraetz, Radetzki vont plus vite en besogne,
Et Bugeaud, sabre au poing, raille votre vergogne....
Pour Raspail et Barbès, succombant à l'effort,
N'est-il donc pas de fers à Brest, à Rochefort?
Un mot, un dernier mot, portiers des catacombes :
Lorsque vous les croirez tous scellés dans leurs tombes,
Quoique vous ayez fait pour écraser leur front,
Comme Christ au sépulcre, ils ressusciteront !
Vous les croirez couchés dans leurs lits funéraires,
Perdus pour la patrie et perdus pour leurs frères,
Quand, par la Liberté, glorifiés vivants,
Entre les bras du peuple ils seront triomphants :
Et vous, pharisiens, caste, phalange immonde,
Vous serez à leurs pieds... Déjà, déjà le monde
Contempla ce prodige.... Ah! tremblez, à ma voix
Il le contemplera, pour la deuxième fois!...

ANNOTATIONS.

Ombres des Marchangy, des Mangin, des Bellart.

MM. de Marchangy, avocat général à la cour de cassation ; Mangin, procureur général à la cour de Poitiers, depuis préfet de police ; Bellart, autre
procureur général, acquirent, sous la Restauration, une triste célébrité par
leurs animosités contre la presse et contre les patriotes. Mangin occupait le
siége du ministère public pendant le procès du général Berton, et nos cœurs
se révoltent au souvenir de la partialité que déploya Bellart lorsque le maréchal Ney comparaissait devant la pairie.

Vous les avez traînés dans ces cachots roulants.

Le 4 mars, Blanqui, Albert, Barbès, Raspail, Sobrier, Flotte, Quentin,
Degré, Larger, Borne, Thomas, Courtais, Villain, furent extraits de la
forteresse de Vincennes pour être conduits à Bourges. Ils firent le trajet de
Vincennes en chemin de fer dans une de ces voitures cellulaires destinées
au transport des forçats.

Les venge en s'écriant : Honneur à la vertu !

Sur le passage des accusés de mai, le Peuple a fait, plus d'une fois,
retentir l'air d'acclamations sympathiques.

Tantôt aux plombs de feu, tantôt aux casemates.

A Venise, sous le règne de cette oligarchie qui, pour gouvernement, avait institué le conseil des Dix, les prisonniers d'Etat étaient renfermés dans des cachots dont les toitures étaient en plomb. Si ce raffinement de barbarie n'est pas en usage dans notre pays, il n'en est pas moins vrai que les prisonniers politiques ont, en France, à souffrir cruellement, tantôt de la chaleur torride de l'été, ou de l'excessive humidité de leurs demeures souterraines.

. . . . Tristan, au front moqueur.

Tristan-Lermite fut l'exécuteur et l'instrument des vengeances de Louis XI, qui l'appelait son *compère*.

Des donjons de Vincenne aux tours de Jacques-Cœur.

Pendant la durée du procès de Bourges, les accusés de mai avaient pour prison le vieux château féodal de l'Argentier de Charles VII, Jacques-Cœur.

. . . . Vendéen en Berry,
Bourges, tout palpitant du triomphe d'Henry.

Bourges, aujourd'hui chef-lieu du département du Cher, était la capitale de l'ancienne province du Berry, dont un prince du sang portait habituellement le nom. Quelques semaines avant l'ouverture du procès de Bourges, un banquet avait été donné par la garde nationale de Bourges à une députation de la garde nationale de Paris. Cette réunion avait eu un caractère légitimiste.

A traité de félons les accusés absents.

Plusieurs journaux royalistes reprochaient à ceux des accusés de mai qui n'avaient pas cru devoir rentrer en France pour se constituer prisonniers, de ne pas oser se présenter devant ce qu'ils appelaient la justice du pays. De même on verra, plus tard, ces mêmes feuilles accuser de lâcheté les républicains qui se refuseront à descendre dans la rue pour accepter la bataille que leur proposera le général Changarnier.

Cet homme était né riche. . . . .

Barbès, né à Carcassonne, d'une famille opulente, a consacré sa fortune à peu près tout entière à la défense de cette cause sainte pour laquelle il serait encore heureux de donner sa vie. Caractère héroïque, chevaleresque, ses ennemis doivent le haïr et le redouter ; ils n'auront jamais le droit de le mépriser.

> Puis, hommage à Raspail qui, blanchi dans les veilles,
> De la haute science a sondé les merveilles.

Non-seulement Raspail a imprimé à la marche de l'idée sociale une vigoureuse impulsion, mais il est un des hommes qui, de nos jours, ont le plus contribué à agrandir l'essor de la science. On sait aussi de quelle remarquable suavité d'élocution la nature l'a doué !...

> A Courtais, le vieillard !. . . . . . .

Courtais, commandant en chef de la garde nationale de Paris au moment de la regrettable échauffourée du 15 mai, était un des plus braves officiers de la vieille armée.

> Si, comme Lafayette il eût sauvé l'Etat,
> Par la mitraille.

Moins scrupuleux que Courtais lorsque, lui aussi, il était général en chef de la milice parisienne, Lafayette, au Champ-de-Mars en 1791, balaya par le canon et la fusillade les masses populaires !...

> Voici Blanqui, ses jours ne sont qu'une agonie.

La vie politique de Blanqui est une des plus agitées parmi tant d'autres existences contemporaines si tourmentées! si persécutées!

> Sobrier, Seigneuret que vous voulez salir.

Tous deux rédigeaient, dans les premiers temps qui suivirent la Révolution de Février, le journal la *Commune,* dont la verve et l'énergie révolutionnaire se retrouvèrent, plus tard, dans le *Journal le Peuple.*

> Flotte, hardi penseur. . . . .

Flotte, un des plus infatigables défenseurs de la démocratie, exerçait la profession de cuisinier; combien d'épigrammes, de sarcasmes cette condition sociale ne lui attira-t-elle pas!...

> Se fit copiste obscur pour éluder la faim !...

Jean-Jacques Rousseau, l'auteur du *Contrat social* et de la *Nouvelle Héloïse,* copia, pendant longtemps, de la musique pour subvenir aux besoins de son existence.

> Si Raspail et Blanqui luttent avec Baroche.

Pendant le cours des mémorables débats du procès de Bourges, Raspail et Blanqui déployèrent, comme légistes, un talent, une éloquence dont l'auditoire et les juges eux-mêmes furent émerveillés.

Et vous le briserez si le Peuple vénal
Vous accorde, demain, le parlement bannal, ...

Nous écrivions ces vers en mars 1849 et, en mai 1850, la Législative mutilait le suffrage universel !..,

Comme pour le retour de l'empereur à Vienne.

Après les événements de Vienne, l'empereur d'Autriche et sa famille s'étaient, on se le rappelle, réfugiés à Inspruck. La réaction austro-russe se chargea de préparer leur retour sur des monceaux de cadavres.

LE SABRE.

LE SABRE.

XVI

— Vive LE SABRE, amis! Guerre et mort à l'IDÉE!...
L'ardente question, demain, serait vidée,
Entre la République et notre cher Henry,
Si tous les bons Français s'unissaient à ce cri. —
Rejeton d'un Pimbeuf et cousin du cosaque,
Ainsi parle le noble, à la blanche casaque,
Et qui le sabre aidant, s'attribua, vainqueur,
Le milliard fameux qui tant nous tient au cœur.
Vive, vive le sabre! il est le roi du monde!
Hurle le loup cervier, monstre, bipède immonde
A l'estomac d'autruche, aux griffes de condor,
Au ventre d'éléphant qui, depuis thermidor,
Mange, boit et rumine, accoudé sur cette auge
Qu'on nomme le budget et que Passy nous jauge.

Grand dommage, vraiment, que le peuple rétif
Ait troublé du boa le sommeil digestif !
Au sabre, au sabre honneur ! Son ombre nous protège !...
Des lièvres à deux pieds répète le cortège,
Famille de trembleurs, nombreuse en la cité,
Et dont l'*ami de l'ordre* est la variété.
Vive le sabre ! enfin, autour de nous s'écrie
Certain état-major, vocifère, en furie,
Maint héros africain qui, de Bône ou d'Oran,
Rapporta variés les versets du Coran,
Et dit préméditant, ô Peuple, ta défaite :
Il n'est de Dieu que Dieu, Bugeaud est son prophète !
A qui dira ces mots, Omar-Faucher promet,
De par le *Moniteur*, l'éden de Mahomet,
Agréable séjour où les têtes coupées,
Les tronçons de cadavre et les tronçons d'épées,
Les sceptres en éclats et les trônes pourris
Émaillent les divans où dorment les houris.
Il ne nous reste plus, pour conquérir la place,
Qu'à boire le sorbet et le punch à la glace
Dans quelque crâne humain. Émules des Hurons,
A la voix de Bugeaud, demain, nous scalperons.
Gloire aux civilisés ! Des peuplades sauvages
On importe, aujourd'hui, les mœurs sur nos rivages :
Un général d'Afrique, ah ! gloire à Changarnier !
N'a-t-il pas dit : Soldats, plus un seul prisonnier ?
Trève, trève messieurs à la sanglante orgie !
Et dût-on m'accuser, moi, de démagogie
Me raillant de Bugeaud, le gascon-Gengis-Khan,
Je dis : à bas le sabre ! à bas l'iatagan !

Afin de prolonger la haineuse souffrance,
LE RÉAC, en deux parts, fractionna la France :
Ici, le peuple en blouse; ici, le peuple armé;
Là, le peuple oppresseur; là, le peuple opprimé,
Vous voulez, dites-vous, écraser l'anarchie!...
Mensonge! vil emprunt fait à la monarchie!...
Où la liberté règne on ne s'insurge pas.
Fiers héros qui traînez un sabre sur vos pas,
Et qu'on veut enflammer d'une ardeur fratricide,
Ce n'est point, à Paris, qu'aujourd'hui se décide
Le sort des nations : c'est au-delà du Rhin
Qu'il faut brandir l'acier, faire tonner l'airain.
Courez, courez venger nos frères de Pologne!
Sauvez la République à Florence, à Bologne!...
Partez! la Liberté bénira vos drapeaux
Que la réaction change en vains oripeaux.
De même qu'autrefois la noble chatelaine
Adressait à ses preux, rassemblés dans la plaine,
Et tous prêts à mourir pour leur dame et pour Dieu,
Vers l'heure du départ, des paroles d'adieu,
La Liberté, debout, objet d'idolatrie,
Aux Français, entourant l'autel de la patrie,
Dirait, au Champ-de-Mars, — Partez! modernes preux.
Parés de mes couleurs et vaillants et nombreux!
Partez! le glaive est saint, alors qu'aux mains des braves,
Des peuples opprimés il brise les entraves.
Partez! je sonnerai moi-même le tocsin,
Des bords de l'Océan jusqu'au vieux Pont-Euxin.
La Germanie attend, l'œil tourné vers la France,
Le char de la victoire et de la délivrance.

Jeunes républicains, complétez, sous les cieux,
L'œuvre que commença le bras de vos aïeux!
Puis après le combat, l'Europe tout entière,
Les peuples abaissant les murs de la frontière,
Célébreront le jour de la fraternité,
S'écriant : gloire à Dieu! paix à l'humanité!...
Soldats libérateurs, le Christ vous accompagne. —
Français, que pensez-vous de ce plan de campagne?...
Après les trois grands jours, on vous le proposa :
Mais Philippe était vieux et Philippe n'osa.
Sous d'ignobles traités la France gémissante,
A grands frais entretint une armée impuissante,
Au sac de Varsovie assistant l'arme au bras!
Or, après Février, aussi lâches qu'ingrats,
Marchant vers l'infamie et vers la banqueroute,
De la paix à tout prix reprendrons-nous la route?
A solder des héros, qui jamais n'ont vaincu,
Faudra-t-il consacrer notre dernier écu?
C'est payer de Bugeaud trop cher les gasconnades...
Oui, de grâce, il est temps : trêve aux fanfaronnades!
Oui ne nous laissons pas, de frayeur hébêtés,
Confisquer notre argent avec nos libertés.
Eh d'ailleurs les soldats que possède la France
N'en sont-ils pas le sang, le bras et l'espérance?
La jeune République, éclose en février,
Est fille de l'armée et du peuple ouvrier :
Car ainsi qu'une femme, en dépit d'elle-même,
Mollement se défend contre celui qui l'aime,
Notre vaillante armée au peuple, son ami,
N'opposa, dans le choc, qu'un bras mal affermi.

Ce que d'elle on espère est plus qu'un homicide,
Plus qu'un assassinat, c'est un infanticide...
On ne l'obtiendra point! bien mieux qu'au parlement,
On raisonne, aujourd'hui, dans chaque régiment...
Que peuvent donc Bugeaud, tous les ogres d'Afrique
Pour enchaîner l'idée? Etincelle électrique,
Elle illumine l'âme, elle embrase les cœurs.
Celui qu'on surnommait le vainqueur des vainqueurs,
Afin que sa couronne à l'airain fût soudée,
Napoléon, aussi, voulut tuer l'idée :
Il fut tué par elle... Entre l'esprit de Dieu
Et l'homme dont le bras dominait, en tout lieu,
Entre la Liberté, l'impérissable archange,
Et celui dont le nom volait du Tibre au Gange,
La lutte fut terrible et l'homme y succomba...
Mais ce fut devant Dieu que le géant tomba.
C'est en vain qu'à l'idée il opposa la gloire,
Au char de la raison le char de la victoire,
Il glissa, brandissant son rude gantelet,
Renversé par l'idée et non par le boulet...
L'homme peut dans son lit emprisonner le Rhône
Et niveler les monts, briser trône sur trône,
Et le glaive à la main, défier le tombeau !
Mais pas plus qu'au soleil son radieux flambeau,
Miroir des temps, foyer de la chaleur première,
Nul ne peut à l'idée enlever sa lumière.
C'est le souffle de Dieu que l'ange Gabriel
Apporte à nos penseurs, doux papillon du ciel.
Irai-je maintenant arrêter ma pensée
Sur cette vieille idole, ici-bas encensée,

Qu'on appelle la gloire? Abaissant mon élan,
Ressusciter Cambyse, Omar et Tamerlan
Et quiconque érigea la conquête en système,
Pour leur crier à tous : anathême! anathême!
Non : l'ange de la vie et l'ange de la mort
Écrivent, tour à tour, sur le livre du sort;
Dieu qui conduit leur main, tantôt au cimeterre
Et tantôt à l'idée abandonne la terre.
Ah! puisse-t-il, bientôt, sur le feuillet divin,
Après le mot BATAILLE, écrire le mot FIN!
Entre l'esprit du bien et le mauvais génie
L'interminable lutte, alors, sera finie;
Le canon se taira; les corbeaux, les vautours
N'attendront plus, perchés sur le dôme des tours,
Que le sabre et l'obus, le salpêtre et la mine,
A défaut de la peste ou de dame famine,
Leur jettent la curée, et le loup carnassier
Ne rongera plus l'homme auprès de son coursier!
Ainsi que, sous les yeux de la foule amusée,
De nos jours, on expose au milieu du musée
La lance d'un malais, les flèches, le carquois
D'un guerrier des Sandwich ou d'un chef Iroquois,
Plus tard, on montrera, souvenir de notre âge,
Le sabre, le mousquet, vieux instruments de rage
Et de destruction, pourvoyeurs du charnier,
Le glaive d'un Bugeaud, l'arme d'un Changarnier.
— Eh! comment nommait-on cette vilaine chose,
A son père dira l'enfant, au teint de rose? —
Un sabre, — son usage? — à défaut du canon,
Avec le sabre, enfant, pour un oui, pour un non,

L'homme tuait son frère, à la voix d'un monarque —
— Je frissonne, j'ai peur... et quelle est cette marque? —
Une tache de sang — mon père, éloignons-nous? —
Cher ange, que veux-tu! nos pères étaient fous !

ANNOTATIONS.

——

Rejeton d'un Pimbeuf et cousin du Cosaque.

Le poète, pour indiquer les tendances générales de la caste nobiliaire, a laissé tomber de sa plume un nom patronimique quelconque; il eût pu dire tout aussi bien : Rejeton d'un Kerdrel ou d'un Morlac.

Hurle le loup-cervier. . . . . . .

Le mot loup-cervier a été employé, pour la première fois, par M. Dupin aîné, sous le règne de Louis-Philippe, pour désigner les habitués de la Bourse et autres individus de la gent rapace qui vivent de la hausse et de la baisse, des bonnes et des mauvaises affaires.

. . . . Qui depuis thermidor.

Le 9 thermidor est une date funeste à laquelle il faut faire remonter l'époque de la grande réaction contre-révolutionnaire. Combien de gens, depuis thermidor, ont battu monnaie aux dépens du trésor public !...

. . . . Emules des hurons,
A la voix de Bugeaud, demain, nous scalperons.

On sait que certaines peuplades de l'Amérique, entre autres les Hurons, avaient l'habitude de scalper la tête de leurs ennemis, morts ou blessés, afin de se faire un trophée de leur chevelure.

Me raillant de Bugeaud, le gascon-Gengis-Khan.

Gengis-Khan ou Djenguys-Kan, chef d'une horde de Mogols, fameux conquérant, vécut dans le treizième siècle. Il se rendit maître absolu des contrées asiatiques depuis la mer Caspienne jusqu'à Pékin.

16

. . . . Bien mieux qu'au parlement,
On raisonne, aujourd'hui, dans chaque régiment.

Lorsque nous constations ainsi le développement, le progrès de l'idée politique et sociale dans les rangs de l'armée, la lecture des journaux n'était pas encore interdite, dans les casernes, sous peine du cachot, et de la déportation dans l'Afrique septentrionale.

Ressusciter Cambyse, Omar et Tamerlan.

Comme Gengis-Khan, ces trois hommes ont marqué leur passage sur la terre en l'abreuvant de sang et de larmes.

Cambyse, roi de Perse, après avoir conquis l'Egypte au sixième siècle, échoua dans deux expéditions contre l'Ethiopie et la Lybie, où il vit son armée engloutie dans une mer de sables brûlants.

Omar : plusieurs kalifes ont régné, en Orient, sous ce nom ; celui dont nous rappelons ici la mémoire était cousin de Mahomet. Né vers la fin du sixième siècle, il conquit la Syrie, la Perse, l'Egypte, et porta ses armes jusqu'à Tripoli. On lui attribue l'incendie de la bibliothèque d'Alexandrie, où se trouvaient renfermés huit cent mille volumes, trésors, legs intellectuel du monde ancien. Omar aurait fait brûler ces livres en disant : « S'ils sont conformes au Coran, ils sont inutiles ; s'ils lui sont contraires, ils sont dangereux. » De nos jours, l'autocrate de Russie, Nicolas, professe à peu près ces idées-là, et soyez bien convaincu que s'il pouvait faire un auto-dafé de tous les livres philosophiques, socialistes et révolutionnaires aujourd'hui répandus dans le monde, il ferait des trésors de la civilisation moderne ce que le stupide Omar fit des richesses intellectuelles de la civilisation ancienne.

Tamerlan, célèbre conquérant mogol ; après avoir dépossédé le fils de Toglouk-Timour, il se fit proclamer khan vers l'an 1370. Il soumit toute la partie de l'Asie qui, de l'est de la mer Caspienne, s'étend à l'Indoustan ; il vainquit et prit Bajazet, kalife de Bagdad, qu'il promenait à sa suite, enfermé dans une cage de fer. Il marchait sur la Chine, quand il mourut à Otrar en 1405. Malgré sa cruauté, il aimait les sciences. Comme César, il aurait laissé des Commentaires. Langlès en a donné une traduction d'après la version anglaise de Davy, sous le titre : *Institutes politiques et militaires de Tamerlan.*

D'un guerrier des Sandwich ou d'un chef Iroquois.

Les habitants des îles Sandwich, archipel de la Polynésie, n'en sont déjà plus à se servir de flèches et autres armes qui leur étaient familières lorsque le capitaine Cook découvrit ces îles ; ils ont, par suite de leurs relations avec les Européens, adopté nos armes, nos mœurs et quelques-uns de nos arts. Quant aux Iroquois, tribu de l'Amérique septentrionale, ils n'existent plus, comme la plupart des autres races primitives de cette contrée ; les Castors eux-mêmes disparaîtront bientôt devant l'invasion de la civilisation.

LES ÉLECTIONS DE 1849.

LES ÉLECTIONS DE 1849.

AVANT.

XVII.

Debout ! Peuple revêts la pourpre souveraine,
Prends la main de justice et descends dans l'arène :
Tu vas, sous le soleil, et beau de majesté,
Faire acte de puissance, acte de liberté.
Les rois, aux jours anciens, pour tenir cour plénière,
Convoquaient leurs vassaux, arboraient leur bannière ;
C'est le Peuple, aujourd'hui, qui, maître de son sort,
Sur tous et sur chacun parle en dernier ressort.
Peuple, debout ! L'airain qui mugit à la ronde,
Le tambour qui rappelle et le canon qui gronde,

Et la Presse, aux cent voix, du scrutin triennal,
De Bayonne à Strasbourg, ont donné le signal.
C'est la deuxième fois, pendant ta longue vie,
Qu'au vote universel le destin te convie,
O grande nation des Gaulois et des Francks !
Comme pour le combat, marchons, formons nos rangs,
Marchons, et que pas un ne déserte sa place !
Peuple, si dans tes mains le bulletin remplace
Le glaive, ah ! c'est toujours, oui, toujours pour tes droits
Qu'il faut vaincre ou mourir en combattant les rois !...
Si les rois sont absents, à leur race maudite
Si la terre de France est encore interdite,
De leurs stipendiés les bataillons nombreux
Inondent le forum et militent pour eux.
Le mensonge à la bouche, au mot d'ordre dociles,
Ne les voyons-nous pas, dupant les imbéciles,
Effrayer les peureux, éveillant les repus,
Tenter les indécis, solder les corrompus !...
C'est le bon ton : chacun impunément conspire,
Ceux-là pour les Bourbons et ceux-ci pour l'Empire ;
Ils veulent, à tout prix et par tous les moyens,
Transformer en valets leurs frères citoyens.
Avant de pénétrer dans cette auguste enceinte,
Où du vote civique apparaît l'urne sainte,
Il nous faut traverser les rangs des bateleurs,
Coudoyer mons Paillasse et vingt autres jongleurs.
Écoutons Arlequin, c'est une forte tête :
— Je suis, en ce moment, la République *honnête*,
Avec chaque drapeau, grâce à mon justaucorps,
Je suis en harmonie, aux jours de nos discords.

Peuple, mon bon ami, sois docile, sois sage,
Et le nanan viendra ! Cependant, au passage,
Ne va pas grapiller, sinon, gare tes doigts !... —
J'entends la grosse caisse et des éclats de voix :
Voici maître Paillasse, astre du blanc panache,
Sac de farine aidant, son pourpoint est sans tache.
Toutefois, gardons-nous de lui souffler au flanc,
Car nous verrions rougir ce gros monsieur tout blanc.
Sa langue, tour-à-tour dévote et libertine,
Accuse la Terreur, maudit la guillotine.
Ah ! — qu'au ciel l'hypocrite en demande pardon : —
De l'échafaud souvent il lâcha le cordon...
Place au gros matamore, à l'accoucheur de Blaie,
A qui de Transnonain ouvrit la large plaie !
Il faut de la chair fraîche à notre ogre africain :
Qu'on lui donne à saigner quelque républicain !...
Friand de notre sang, de celui de l'Autriche,
Ainsi que du ruisseau l'hydrophobe caniche,
— Flatteuse exception ! — il a la sainte horreur !...
— Vive Napoléon et le grand empereur !...
Sur les tréteaux s'écrie un vaniteux pygmée.
— Bravo ! dit un grognard de notre grande arméé ;
Vengeons de Waterloo les affronts éclatants !
Partons ! j'ai retrouvé mes jambes de vingt ans. —
Tout beau, mon vieil ami ! nous adorons la Prusse,
Nous caressons l'Autriche et vénérons le Russe ;
Mais si nous revêtons l'habit de général,
Nous ne serons, jamais, le Petit Caporal. —
Il ne vous dit pas tout : nous, Ferrère Aristide,
Le futur porte-clefs, nous, la cariatide

De l'empire électif, compléterons l'aveu :
Si nous crions si haut en faveur du neveu,
Du pouvoir décennal si la gloire est prônée,
C'est que six millions, chers badauds, par année,
Nous feront, en vertu de la part du lion,
A palper, en dix ans, cent fois un million !
C'est assister pour rien au plus charmant spectacle.
Eh boum ! boum ! boum ! entrez ! à nos vœux plus d'obstacle !
Entrez, vous allez voir du piquant et du neuf ;
Notre Austerlitz à nous, c'est le janvier vingt-neuf ! —
Arrivez, écoutez, et faites diligence,
Je suis le petit Thiers, courtier de la Régence ;
Guizot, Molé, Bugeaud, moi, Barrot-Peyronnet
Font cinq têtes, amis, en un même bonnet.
Si nous ne croyons pas à la vie éternelle,
A dame Royauté constitutionnelle,
A toutes ses vertus nous croyons fermement.
Sous nul autre régime, avec plus d'agrément,
On ne peut tripoter à la Bourse, à la ville :
Vive donc, mes amis, ou *Nemours,* ou *Joinville !*
Fort habile de main, faites-moi scrutateur,
Et j'escamoterai le peuple usurpateur.
Nous avons plus d'un tour en notre gibecière :
Pour nous la présidence est une souricière
Où je veux captiver, dans un même filet,
Tous les républicains, à mon coup de sifflet.
Alors vous comprenez ! — Je comprends, dit Paillasse. —
Parfaitement, répond capitaine Fracasse. —
Bravissimo ! s'écrie en riant Arlequin,
Quand la farce est jouée, à bas le mannequin ! —

Amis de l'ordre, à moi ! Pauvreté, ma voisine,
En veut à mes écus ! alerte, on m'assassine !
Hurle ce gros monsieur qu'on nomme Capital ;
J'irai, comme un manant, crever à l'hôpital.
Si toute ma fortune, en rente convertie,
Au tribut annuel se trouve assujétie !
Trois mille francs sur trente !... Au voleur ! au voleur !
Vous qui mourez de faim, pleurez sur mon malheur,
Et, par humanité, ne portez sur vos listes,
Sensibles électeurs, que des capitalistes.
Nous promettons, pour prix de votre doux arrêt,
De tripler, quadrupler pour vous notre intérêt.
En conséquence, amis, j'en jure par Macaire,
Vous n'obtiendrez jamais la banque hypothécaire !... —
Silence, Capital ! tu veux nous endormir !
Tandis que sur moi seul il convient de gémir,
Réplique, en larmoyant, le papa Territoire.
Tout droit au communisme, ah ! le fait est notoire,
Nous marchons, nous courons par l'impôt progressif ! —
La famille s'éteint, si le droit successif
Est augmenté, répond certain célibataire,
Qu'une vieille dévote a fait son légataire. —
Tous les républicains, à Doullens, au ponton !
Beugle l'ami de l'ordre, en bonnet de coton. —
A bas Christ et Leroux ! à bas le sans-culotte !
Dit Basile en goguette et gloire à ma calotte !
Long-temps on m'a cru mort ; grâce à l'abbé Falloux,
Et dût Quinet Edgard en être ici jaloux,
On se porte assez bien !... ananas, confitures,
Bonbons et testaments, galantes aventures,

Rien ne nous fait défaut ; la chance nous revient !...
Quelle peur ! quelle peur ! toujours il m'en souvient,
Quelle venette, amis, me galopa naguère !...
A l'Université je déclare la guerre ;
Il faut de la commère abaisser le caquet ;
Votez, petits et grands, votez pour Loriquet ! —
Silence aux passions ! Vers moi, peuple de France,
Accours, de tes douleurs pour calmer la souffrance,
— Les écus dans ma loge arrivant à foison. —
J'ai, dans mon blanc cabas, j'ai du contre-poison.
C'est une panacée, une de ces merveilles
Qu'enfantent les savants au milieu de leurs veilles,
Et qu'offrent aux mortels d'aimables enchanteurs :
Je la donne gratis à tous les électeurs.
Tendez poches et mains ; qui veut du spécifique ?
J'ai pris, pour composer la drogue mirifique,
Une dent à Philippe, à Chambord un cheveu,
Au grand homme un laurier, deux zéros au neveu ;
A Bugeaud une blague, à Thiers une muscade,
A Guizot de la bile, à Lhuys une cacade,
Un *puff* à Girardin, le tout entremêlé
De Faucher, de Falloux, de Denjoy, de Molé,
Le tout mouillé du sang versé par la canaille.
Si le Socialisme, un moment te tenaille,
Avale de mon *Rob* dit CONCILIATEUR,
Et tu seras guéri, bénévole électeur,
Guéri du proudhonisme et de la République.
Sauf à mourir, plus tard, de royale colique.
Croyez, comme à l'oracle, à la MÈRE POITIERS,
Des rois tous mes amis ont été les portiers. —

Quelle est (sauve qui peut!) la fougueuse avalanche
De bulletins, de noms qui sur nos fronts s'épanche?
Le ciel s'en assombrit, l'air en est vicié,
Plus d'un sein généreux s'en trouve asphyxié;
C'est ainsi que l'azote altère l'oxygène.
Phalange, tour-à-tour, exotique, indigène,
Des candidats la troupe, avide de butin,
A grands cris, à grands flots s'abat sur le scrutin.
Vautours et perroquets, chauve-souris et grues,
Hiboux et tiercelets, et corneilles des rues,
Au gré des auditeurs, modifiant leurs voix,
Se carrent, font la roue et jasent à la fois.
— Votez, votez pour moi, nous caquette la pie,
J'aime le positif, et je hais l'utopie. —
Je jouis, grâce à Dieu, d'une bonne santé,
Faites-moi, dit Jacquot, faites-moi député. —
Le héron, qui battit, tout crotté, la campagne,
Nous dit qu'avec le prince il sable le champagne,
Et fréquente, avec lui, le sacré tribunal.
Paul offre au président son concours virginal,
Doux billet de Ninon, fine fleur de matrone.
Pierre apprend au public que Barrot le patrone.
L'auguste Ramponneau, filleul d'un sénateur,
Deviendrait, volontiers, notre législateur.
L'aimable sansonnet, farci d'outrecuidance,
A défaut de discours, lit sa correspondance,
Une lettre où le prince écrivit, de sa main :
— Vous désirez me voir, je vous attends demain. —
Ecoutez et lisez, étudiez ces hommes,
De leurs titres réels agglomérez les sommes,

Leur valeur politique égalera zéro ;
Puis, ainsi qu'au colis il faut un numéro,
Une marque commune à la nomenclature,
Donnez, pour étiquette à leur candidature,
Le chiffre négatif, et des monts aux vallons,
Laissez, gonflés du *puff*, errer tous ces ballons.
Et maintenant, ô Peuple, à toi seul la parole :
Jadis, pour écarter une impudente idole,
Pour chasser princillons et rois de leurs palais,
A défaut de fusil, tu t'armais de balais ;
Maintenant, tu n'as plus à brûler de la poudre,
Plus à brandir le fouet ; ainsi qu'avec sa foudre,
Jupiter, en courroux, écrasait les Titans,
Tu peux avec le vote, effroi des charlatans
Et des ambitieux, oui, sans miséricorde,
Tu peux, des exploiteurs pulvériser la horde.
Arrière donc ! Paillasse, Arlequin et Pierrot !
Crescelles de Falloux, crescelles de Barrot,
Vipères dont la dent s'émousse sur la lime
De nos droits reconquis !... Par un retour sublime,
Le Peuple tend la main aux rudes Montagnards.
Tels aux champs de Bellone étaient ces vieux grognards,
Courtisans du malheur, favoris de la gloire,
Que le Verdet nommait LES BRIGANDS DE LA LOIRE,
Tels sont au parlement ces hardis vétérans,
Dont la réaction a décimé les rangs,
Dont la troupe invincible, en un carré formée,
Des blancs, sur la Montagne, a défié l'armée.
Sur vos gonds éternels devant le PEUPLE-ROI,
Tournez, portes d'airain ! l'heure sonne, ouvre-toi,

Temple des droits de l'homme! Arrière, tous! arrière,
Aristos et tyrans, ronces de la carrière!
Oui, place! car, ainsi qu'au céleste festin,
Les grands seront petits, au banquet du scrutin,
Les petits seront grands... Arrière, on le répète!...
D'un autre Josaphat écoutez la trompette :
Que ceux qui vont mourir échangent un adieu,
Car le Peuple s'assied au tribunal de DIEU!

ANNOTATIONS.

—

Place au gros Matamore, à l'accoucheur de Blaie.

M. le maréchal Bugeaud se trouvait, alors, en verve de nouvelles rodo-
montades ; chaque jour, les feuilles réactionnaires nous redisaient quelque
harangue plus ou moins excentrique, prononcée par lui, dans le cours de son
voyage à Lyon.

Mais si nous revêtons l'habit de général.

Chacun connaît, lors même qu'il ne serait point lecteur assidu du *Charivari*, la préférence marquée, accordée par un grand personnage, à l'habit de
général. Il est vrai que, à l'instar de Charles X et de Louis-Philippe, ce haut
dignitaire se contente de revêtir les insignes de général en chef de la garde
nationale.

Nous Ferrère Aristide ,

Une brochure signée Aristide Ferrère, était répandue à des milliers
d'exemplaires dans les campagnes. Elle proposait de nommer consul, pour
dix années, M. Louis Bonaparte. Hélas ! cette solution a passé comme tant
d'autres !...

Parfaitement, répond capitaine Fracasse.

Le capitaine Fracasse, personnage ridicule de la vieille comédie, aux longues moustaches retroussées et à la longue rapière.

..... à L'huys une cacade

M. Drouyn de L'huys était ministre des affaires étrangères, et il continuait cette modeste, cette humilissime politique inaugurée par M. Bastide.

Croyez, comme un oracle, à LA MÈRE POITIERS.

Nous avons personnifié, dans le grotesque orateur qui s'exprime ainsi, la réunion de la rue de Poitiers, centre d'action, quartier-général des royalistes. On se rappelle que de cette officine sortirent, pour inonder la France, ces petits livres, ces brochures, ces pamphlets dits anti-socialistes, pour la publication desquels avait été réalisée une souscription s'élevant à 300,000 fr.

LES ÉLECTIONS DE 1849.

LES ÉLECTIONS DE 1849.

APRÈS.

XVIII.

Montjoie-et Saint-Denis ! Grâce au peuple de France,
Madame Royauté tressaille d'espérance ;
A bientôt les Bourbons, Orléans ou Chambord !...
A tout seigneur, honneur : Vive Ignace d'abord !...
Oui, grâce à toi, cher Peuple, à ta bonté naïve,
La noblesse sourit, Loyola se ravive,
Car tu viens, du passé défiant la leçon,
Contre tes intérêts de leur donner raison.
Libre à toi, j'en conviens, de servir de concierge
Aux royaux prétendants et de porter le cierge ;

Libre à toi — vieux dicton — pour bâtonner tes reins
De fournir le gourdin à tes fiers suzerains !
Vieux baudet révolté, qu'on t'attache à la grille ,
Qu'à grands coups de lanière, on te cingle on t'étrille,
Tu l'as bien mérité ! Pour toi, pas de pardon !
Drôle, tu t'ennuyais de brouter le chardon
Et de porter le bât ; bien plus , dans la prairie,
Domaine de moine ou de dame seigneurie,
Tu songeais à flâner, à t'ébattre au soleil,
Avec d'autres baudets, même à tenir conseil !
Tu n'as, pour opérer cette métamorphose,
Pour être libre , enfin , oublié qu'une chose :
De brûler ton vieux bât, plus le gourdin maudit....
Tu manques de mémoire ; on te l'a toujours dit.
Faut-il, plus clairement, traduire l'apologue ,
Pour la verte satire abandonner l'églogue ?...
Dans nos alexandrins , eh bien ! nous redirons,
Aux flancs d'un siècle mou dardant nos éperons :
— Villageois , ouvriers , manants et prolétaires,
Pauvres gueux , prenez donc des gueux pour mandataires.
Là bas, dans la Babel où se font les décrets ,
Chacun se meut au gré de ses ressorts secrets :
Le riche y légifère à l'usage du riche.
Lors des élections, chacun se masque ou triche ;
Mais après le scrutin et le vote conquis ,
Le peuple reste peuple , et le marquis, marquis. —
J'ai dit, et maintenant , vive Ignace et la joie !
Redisons le vieux cri : Saint-Denis et Montjoie !
Pas de gentilhommière et d'antique château,
De presbytère assis au penchant du côteau,

Dont la face ne soit de festons pavoisée,
Du portique au sommet toute fleurdelysée ;
Où pour fêter de mai le glorieux scrutin,
On ne sable, aujourd'hui, le plus vrai Chambertin.
Vieux dahlia fanné sous les rois légitimes,
La marquise douairière à faire des victimes
Se sent prédisposée, et le noble faubourg
Attèle pour rentrer en masse au Luxembourg,
Sous le manteau de pair, à l'hermine étoilée.
Chantons, en attendant, une hymne à l'assemblée :
Salut, ô voltigeurs de Coblentz et de Gand,
Voltigeurs de l'Empire, au corsage fringant,
Salut ! Je vous croyais confits dans la peluche,
Luttant, non sans péril, contre la coqueluche
Ou dans votre fauteuil, posant pour les savants,
Pour Marco Saint-Hilaire, et vous êtes vivants !!!
Salut ! trois fois salut, ô phalange de l'ordre,
Avec de l'ordre, toi, tu feras du désordre !...
Non, jamais parlement, même au temps des Bourbons,
N'aura fait plus de bruit que tous ces vieux barbons.
Contre la République une haineuse entente
Les rassemble, un instant, sous une même tente,
Mais plus tard — doux espoir qui me rend presqu'heureux —
Nous les verrons, amis, se dévorer entr'eux.
Amen ! En attendant ce beau jour qui trop tarde,
Droit divin, droit du sabre et royauté bâtarde
Contre la République, à part, conspireront,
Mais, tout en la veillant, Cerbère au triple front.
La République aura pour protéger sa tête,
Pour égide plus sûre, aux jours de la tempête,

Le bataillon sacré de ses fiers Montagnards,
Apôtres et tribuns, conscrits et vieux grognards.
Ah! c'est que, si le Peuple, hier, en ses comices,
De son indépendance a flétri les prémices,
S'il a des vieux partis arboré les drapeaux
Et, pour faire du neuf, pris d'anciens oripeaux,
Le Peuple aussi, parfois, dans la lutte dernière,
A su de l'avenir arborer la bannière,
A tous ses ennemis loin de prêter le flanc,
Opposer ruse à ruse et l'écarlate au blanc.
A vous que les curés maudissent, à leur prône,
A vous départements que la Saône et le Rhône
Baignent, trois fois honneur! Votre audace me plaît!...
Bourgogne, c'est du sang et non du petit lait
Qui fait battre ton cœur; de même, dans les tonnes,
Crépite, généreux, le vin de tes automnes.
Le houblon, vers le nord, alourdit les Flamands;
Et le cidre, vers l'ouest, les Bretons, les Normands:
Qu'arrive-t-il alors? Le clergé, la noblesse,
Aux heures du scrutin exploitent leur mollesse.
Il n'en est pas ainsi, dans les ardents climats
Où le pampre serpente, à l'abri des frimats;
La vérité sortit, un jour, du fond d'un verre,
Redit, depuis mille ans, l'adage peu sévère:
Or, si notre Bourgogne est dans la vérité,
C'est que, le verre en main, la Bourgogne a voté.
S'il s'agit de scrutin, toute science est vaine:
Paris, pour échanson, n'a guère que la Seine,
Et cependant Paris, narguant certain docteur,
Est et sera toujours démocrate électeur.

Pourquoi? Si de Bacchus le feu ne l'enlumine,
Du progrès et du droit le phare l'illumine;
Quand la France mollit, Paris, la charte en main,
Ou le mousquet, proteste au nom du genre humain.
Hier, avec des noms qui sont tout un programme,
A la France Réac, en forme d'épigramme,
N'a-t-il pas répondu? La province a dit Blanc
Et Paris a dit Rouge, en jacobin pur sang.
Eh que m'importe à moi, si de l'Ile-et-Vilaine
Ou des Côtes-du-Nord, du mont ou de la plaine,
Nous vient un Treveneuc suivi d'un Legorrec,
Ou bien un de Kerdrel, flanqué d'un Kermarec;
Ou que le bourg pouri de Falloux, Maine-et-Loire,
Du duc de Saint-Pancrace ait pressenti la gloire;
Sur les bancs de la Droite, où siége d'Andigné,
Que m'importe de voir Bucher de Chauvigné;
Que la Franche-Comté, par la grâce ravie,
Ainsi que la Bretagne, ait ressenti l'envie
De presser, sur son cœur, le doux Montalembert
Qui sourit à chacune, en aimable Vert-Vert;
Que pour le vieux Ravez la Gironde s'enflamme,
Quand, parmi ses élus, le grand Paris proclame
Lamennais et Ledru que la haine a grandi,
Leroux et Perdiguier, l'apôtre du Midi,
Pyat, Considérant!! Eh que m'importe encore,
Si la Réac se gonfle, impudente pécore,
Auprès de Changarnier, deux ou trois fois élu,
Quand Paris prolétaire, à la paix résolu,
Dans Rattier, dans Boichot, fiers de leur renommée,
D'une civique palme enlace notre armée;

Et quand Strasbourg, écho d'un fraternel scrutin,
A siéger auprès d'eux appelle Valentin !
Vous voilà donc vengés, martyrs de la Rochelle,
Car à d'autres sergents, faisant la courte échelle,
Le peuple élève — Foin de l'ère des Césars ! —
L'épaulette de laine à la hauteur des tzars.
Mais que vois-je ! Paris, au sommet de sa liste,
Vient de jucher Murat, choix impérialiste,
Vote dont l'Élysée et maître Franconi
Se disputent, entr'eux, l'honneur mal défini.
Eh je l'ai dit, ailleurs, en ces éphémérides,
Que j'écris, en hâtant, l'époque de mes rides :
Le scrutin est un sphinx, à l'œil de basilic,
Qui jette, outrecuidant, ses défis au public.
Cherchons, binocle à l'œil, la nouvelle charade :
Que la foule en goguette, un jour de mascarade,
Ainsi qu'on promenait Silène triomphant,
Promène Murat fils, le bipède éléphant,
Soit; mais glorifier, en son exubérance,
Murat dont l'abdomen est sans rival en France :
Fétichisme ou folie ! où trônera Dupin,
Mieux valait exhiber Battur ou Falempin !...
Non : Du nouveau sénat en acclamant pour membre
Murat, le peuple en mai se croit au dix décembre.
Nommons le fils, dit-il, pour rappeler au tzar
Que, maintes fois, le père, aventureux Bayard,
Sublime matamore, Achille au blanc panache,
Ah ! — c'était trop d'honneur, — à grands coups de cravache,
Dispersa ses Baskirs. Foi de vieux nécromant,
Le peuple de Paris est un peuple charmant !

Si le scrutin est sphinx, il est aussi Protée :
Selon que sa tunique, en chemin, s'est frottée
Contre carmin ou lys, il pose, en phrygien,
Ou bien en Jupiter, marquis olympien.
Pour être mieux compris, soyons plus prosaïque :
Chaque département est une mosaïque
Où du rouge ou du blanc prédomine le ton,
Selon que l'électeur est plus ou moins mouton ;
Oui, selon que le peuple est prudent ou crédule,
Qu'il cède ou qu'il résiste à la main qui l'adule,
Qu'il lit ou ne lit pas, et s'il lit des journaux,
Qu'il consulte Veron ou son ami Joigneaux.
Si des élections nous entr'ouvrons les fastes,
Sur le même horizon, que d'étranges contrastes !
Ainsi que sur le *turf* les coursiers élancés,
De l'urne du chef-lieu, plus ou moins distancés,
Sortent les candidats, ayant Chambord en tête,
Tantôt Ledru, tantôt la République honnête.
Pour frère de scrutin, de son choix étonné,
Le Nivernais à Miot donne Dupin l'aîné !
Sur eux le spectateur arrêtant son binocle,
Croira voir Polynice en face d'Étéocle.
Autre caprice : Lille à Thouret Antony,
Jouant avec le lierre, enlace Persigny !...
Démolisseur obscur, dont le vœu téméraire,
Hâta de nos élus la marche funéraire,
Pavane-toi, Rateau ! Le temps, sans trop d'orgueil,
De la Constituante emporte le cercueil....
Eh bien, à l'horizon braquant mon télescope,
Je vais, en quelques vers, tracer ton horoscope,

Parlement nouveau-né dont, le forceps aidant,
Accoucha la Réac, grosse d'un prétendant :
Sénat arlequiné, Babel rétrospective,
Qui, sans légiférer, seras Législative,
Ainsi que des portraits miroitent aux lambris,
Du passé, sur ton front, scintillent les débris.
Gomme l'ouragan fait, en ses grandes colères,
S'aborder sur les flots, se briser les galères,
On verra se heurter, en tes frêles parrois,
Les folles passions des partisans des rois ;.
De leurs rivalités, de leurs haines profondes,
Les faux amis de l'ordre effrayer les deux mondes ;
En l'an cinquante-deux, devant d'autres élus ;
Crouler l'amas impur des partis vermoulus ;
Puis la démocratie, arche que Dieu protège,
Des peuples à sa foi ralliant le cortège,
Porter l'humanité vers LE MIEUX RELATIF,
But non insaisissable et toujours fugitif....

ANNOTATIONS.

———

Montjoie et Saint-Denis!....

Tel était, dans les batailles, le cri de ralliement des Français, à la bannière de l'ancienne monarchie. *Montjoie* était le titre du premier homme d'armes du roi, et Saint-Denis l'objet d'une dévotion particulière de la part de nos pères, d'où il s'en suit que dans ce cri *Montjoie-Saint-Denis!* ils en appelaient tout à la fois à l'épée et au ciel. C'était pour nos soldats l'*allah! allah!* des musulmans ou *le hurrah!* des cosaques.

Pour Marco Saint-Hilaire!...

Marco Saint-Hilaire, le feuilletoniste de tous les héros de l'empire, de tous les personnages qui, de près ou de loin, ont approché ou servi Napoléon, généraux, ministres, sénateurs, valets de chambre et marmitons, l'historiographe des maréchaux et des cantinières de la grande armée.

A vous, départements que la Saône et le Rhône
Baignent, trois fois honneur!....

Les départements du Rhône, de Saône-et-Loire, de la Côte-d'Or et la plupart des départements du Midi, élurent, en 1849, des démocrates ardents pour les représenter à la Législative. Le département de l'Yonne, lui-même, qui, au 10 décembre, avait donné plus de 100,000 voix à Louis Bonaparte, nomma trois montagnards, les citoyens Robert, Savatier-Laroche et Roussel. L'auteur des *Montagnardes* avait composé pour la grande bataille électorale du 13 mai 1849, une sorte de ballade ou de mélopée politique, qui, chantée

par les électeurs des communes en allant voter au canton, exerça, peut-être
alors, sur les masses, un entraînement qui ne fut pas sans résultat sur les
élections de l'Yonne. Nous reproduisons ce chant qui, en 1852, pourra re-
devenir de circonstance et qui, aujourd'hui, est à l'index de la police,
comme *la Marseillaise, le Chant des Girondins*, et autres! C'est trop
d'honneur, vraiment!

LE CHANT DES CAMPAGNARDS

AUX ÉLECTIONS DE 1849.

AIR : *De la Parisienne.*

I

Le tambour bat, la cloche sonne,
Demain nous serons triomphants :
Marchons au rendez-vous que donne
La République à ses enfants.
Des travailleurs de la campagne,
O Liberté, sois la compagne !
En avant! votons! contre les Bourbons,
En dépit des blancs, des curés, des barons,
Votons pour la Montagne !

II

La République, la première,
En déployant les grands moyens,
Des esclaves de la chaumière,
Dieu l'aidant, fit des citoyens.
Des travailleurs de la campagne, etc.

III

La République, la nouvelle,
Sans autre arme que le scrutin,
Domptant l'égoïsme rebelle,
Pour tous fera place au festin :
Des travailleurs de la campagne, etc.

IV

Bientôt la banque hypothécaire
Viendra féconder le travail :
Quel malheur pour Monsieur Macaire,
L'ennemi du prêt à long bail !...
Des travailleurs de la campagne, etc.

V

Si l'usure est une tricheuse,
Soyons-en tous bien avertis,
La justice est une écorcheuse :...
Afin que nous l'ayons gratis,
Des travailleurs de la campagne, etc.

VI

Jadis les prêtres et les nobles
Fauchaient la dîme sur le sol ;
L'impôt qu'on arrache aux vignobles
N'est pas la dîme, c'est le vol !
Des travailleurs de la campagne, etc.

VII

A tous la blanche République
Marchande et le vin et le sel ;
Des gabelous chassons la clique,
Avec le vote universel !...
Des travailleurs de la campagne, etc.

VIII

Non, non, plus d'impôt qui grapille
Sur l'estomac de l'indigent !...
Fi de ce pouvoir qui gaspille
Et notre gloire et notre argent !...
Des travailleurs de la campagne, etc.

IX

La science est une chimère,
Au prône, nous dit l'homme noir ;
La République, en bonne mère,
Répond : arrière l'éteignoir !
Des travailleurs de la campagne, etc.

X

Si la Liberté bienfaisante
Doit rendre heureux les travailleurs,
La science, non moins puissante,
Fera tous les hommes meilleurs.
Des travailleurs de la campagne, etc.

XI

Arrière, valets d'antichambre,
A la peau de Caméléon !...
Vous nous pipâtes en décembre,
En faisant miroiter un nom !
Des travailleurs de la campagne, etc.

XII

C'est en vain que monsieur l'HONNÈTE
Nous chante deux et deux sont trois...
N'en faisons plus qu'à notre tête
Lorsqu'il s'agira de nos droits.
Des travailleurs de la campagne, etc.

XIII

Ceux qui gagnèrent la bataille
Des libertés, en Février,
Sont des *brigands,* de la *canaille,*
Dit l'exploiteur de l'ouvrier.
Des travailleurs de la campagne, etc.

XIV

Eh bien ! à bas les royalistes!
Les Bourbons et les d'Orléans !
A bas les impérialistes!
Tous les rois sont des fainéants!...
Des travailleurs de la campagne, etc.

XV

Jamais les sacristains du pape,
Qui nous vantent leurs candidats,
Ne feront endosser la chappe
Ou le surplis à nos soldats !
Des travailleurs de la campagne, etc.

XVI

Le scrutin vient : bonne espérance
Aux ouvriers, aux campagnards !
Mais du salut de notre France,
Ne nous fions qu'aux Montagnards!
Des travailleurs de la campagne
O Liberté, sois la compagne !
En avant! votons ! contre les Bourbons,
En dépit des blancs, des curés, des barons,.
Votons pour la Montagne !

A. EUDE-DUGAILLON.

27 *Avril* 1849.

> Eh que m'importe à moi, si de l'Ille-et-Vilaine
> Ou des Côtes-du-Nord, du mont ou de la plaine,
> Nous vient un **Treveneuc** suivi d'un **Legorrec**,
> Où bien un de **Kerdrel** flanqué d'un **Kermarec**...

Le département du Nord compte, parmi ses représentants, MM. de Treveneuc et Legorrec, et celui d'Ille-et-Vilaine, MM. de Kermarec et de Kerdrel. Ce dernier, notamment, est un des royalistes les plus fougueux de l'assemblée actuelle.

> Ou que le bourg pourri de **Falloux**, Maine-et-Loire,
> Du duc de **Saint-Pancrace** ait pressenti la gloire....

MM. de Falloux et Oudinot sont représentants de Maine-et-Loire. Ce département a donc à revendiquer l'honneur, aux yeux de l'Europe absolutiste et ultramontaine, d'avoir produit dans M. de Falloux l'homme qui eut la pensée d'exterminer la République romaine, et dans le général Oudinot l'exécuteur de cette pensée. Inutile de rappeler que M. Oudinot a été fait par le pape Duc de Saint-Pancrace, en mémoire du siège de Rome, dont les principales opérations eurent lieu à la porte Saint-Pancrace.

> Et cependant **Paris**, narguant certain docteur...

Le docteur Véron, propriétaire breveté de la pâte de Regnauld, puis directeur de l'Opéra, puis directeur du *Constitutionnel*, l'ami de l'Élysée, de M. de Montalembert, et bientôt candidat à l'Académie....

> Sur les bancs de la droite où siège d'**Andigné**,
> Que m'importe de voir **Bucher de Chauvigné** ! —

M. d'Andigné, représentant d'Ille-et-Vilaine ; M. Bucher de Chauvigné, représentant de Maine-et-Loire. Pure Vendée !...

> Que la Franche-Comté, par la grâce ravie.
> Ainsi que la Bretagne, ait ressenti l'envie
> De presser, sur son cœur, le doux **Montalembert**
> Qui sourit à chacune, en aimable **Vert-Vert**.

En 1849, M. de Montalembert fut élu dans les Côtes-du-Nord et dans le Doubs. Que serait-il donc arrivé si alors il eût été le grand, le premier sacristain du Pape et de la chrétienté !...

> Que pour le vieux **Ravez** la Gironde s'enflamme.

La Législative vit apparaître en son sein, non sans quelque étonnement, M. Ravez, nommé par la Gironde, et qui, sous la restauration, avait été, pendant plusieurs années, président de la Chambre des députés.

Auprès de Changarnier, deux ou trois fois élu...

L'ex-commandant en chef de l'armée de Paris fut élu, en 1849, dans la Somme et dans Seine-et-Oise.

> Quand Paris prolétaire, à la paix résolu,
> Dans Rattier, dans Boichot, fiers de leur renommée,
> D'une civique palme enlace notre armée.

Rattier, sergent dans le 45ᵉ régiment de ligne, et Boichot, sergent-major dans le 7ᵉ régiment d'infanterie légère, furent nommés représentants du peuple par les électeurs de la Seine. Le premier obtint 110,482 voix; le deuxième, 127,998 voix !....

> Et quand Strasbourg, écho d'un fraternel scrutin,
> A siéger auprès d'eux appelle Valentin.

Le citoyen Valentin, sous-lieutenant dans un bataillon de chasseurs, a été nommé représentant par le département du Bas-Rhin. Il siége encore à l'assemblée. Quant à Rattier et à Boichot, expulsés de la Suisse à l'heure où nous écrivons ces lignes, nous ignorons sur quels bords ils vivent aujourd'hui du pain de l'exil !...

> Mais que vois-je ! Paris, au sommet de sa liste,
> Vient de jucher Murat, choix impérialiste.

Fils de Joachim Murat, roi de Naples, fusillé plus tard, comme un obscur rebelle par un Bourbon, obscur comparse de la Sainte Alliance, Lucien Murat sortit le premier de l'urne électorale parisienne, en 1849; il obtint 134,825 voix; Ledru-Rollin, sorti le second, en avait réuni 129,068. Au reste, la nomination de Lucien Murat, personnage qui ne se recommande à la curiosité que par l'énormité de sa protubérance abdominale, est une de ces énigmes, une de ces bizarreries électives qui, comme la nomination de Louis Bonaparte lui-même au 10 décembre, ne peuvent s'expliquer que par cette sorte d'ivresse, d'énivrement posthume que produisent dans les masses l'écho des grandes popularités.

> Vote dont l'Élysée et maître Franconi
> Se disputent, entr'eux, l'honneur mal défini.

Le costume théâtral de Murat, ses allures chevaleresques, devaient en faire un des héros favoris de la foule dans les pantomimes militaires et mimodrames représentés au cirque Franconi; aussi Murat y fut-il glorifié jusqu'à l'apothéose. Ne nous étonnons donc pas trop des 134,068 voix données au fils de Murat en 1849 !...

-Mieux fallait exhiber Battur ou Falempin !...

Battur et Falempin, deux noms illustrés par le *Charivari*, avant que Ratapoil et Casmajou ne les eussent détrônés.

Sublime matamore, Achille au blanc panache.

Chacun sait que Murat, pendant la campagne de Russie, fondit, un matin, seul et sans autres armes que sa cravache, sur une nuée de cosaques qui, devant cette apparition quasi-fantastique, se dispersèrent, comme une volée de passereaux, à l'aspect d'un aigle.

Croira voir Polynice en face d'Étéocle.

Étéocle et Polynice, les deux frères ennemis de l'antiquité, fils jumeaux d'Œdipe et de Jocaste ; ils se haïssaient d'une telle haine, qu'ils se battaient, dit-on, déjà dans le ventre de leur mère. Ils finirent par s'entretuer dans un combat singulier. M. Dupin et le citoyen Miot n'en viendront pas là. L'un, Jupiter de la présidence, se contente de lancer au fier montagnard la foudre de ses rappels à l'ordre ; et le montagnard, en vrai Titan, continue, lui, de lancer ses défis aux ennemis de la République.

Autre caprice : Lille à Thouret Antony.

Le département du Nord a donné au citoyen Antony Thouret, pour collègue à l'assemblée législative, M. Fialin de Persigny, l'Ephestion d'Alexandre-Louis Bonaparte.

Pavane-toi, Rateau !...

Rateau, membre de la Constituante, et aujourd'hui encore membre de la Législative, l'auteur de la proposition qui demandait que l'assemblée abdiquât ses pouvoirs avant d'avoir voté les lois organiques. Grand homme ! que le voile de l'oubli te soit léger !

LE FRATRICIDE.

LE FRATRICIDE.

XIX.

Ainsi que la Pologne au tombeau profanée,
J'avais dit qu'à périr elle était condamnée,
La liberté romaine, et, qu'à son cri de mort,
Ne s'indignerait pas notre honneur qui s'endort.
J'avais dit que les dieux, trahissant son courage,
Radetzki sur la vierge assouvirait sa rage,
Et que ce vieux bourreau, la rivant au carcan,
Suspendrait son cadavre aux murs du Vatican ;
Mais je n'avais pas dit — oh! que la France est lâche ! —
Que Falloux aux Teutons ravirait cette tâche
Et que, grâce au concours de nos législateurs,
Il aurait nos soldats pour ses exécuteurs ! ! ..
Je suis, ah! j'en conviens, un mauvais Jérémie!...
Non, je n'ai point prévu, prophète d'infamie,

France de Février, que le peuple romain,
A périr condamné, périrait par ta main !...
Eh qui pouvait prévoir, triste oracle biblique,
Qu'une Caïn-femelle, une autre république,
Au nom même du ciel, égorgerait sa sœur,
Qu'un grand peuple affranchi se ferait oppresseur,
Qu'aux Français dût écheoir le rôle des barbares ! !...
Eh bien, sonnez, sonnez, jésuitiques fanfares,
Clairons du Sunderbund, trompettes de Falloux,
Sonnez, l'enfer triomphe et triomphe par vous !...
Certes, de Loyola l'astuce satanique
Du monde, bien souvent, défraya la chronique,
Ministre, confesseur et prélat tour-à-tour,
Aux peuples, à Dieu même il joua plus d'un tour,
Dressa maint guet-à-pens ; mais ce diable, fait homme,
S'est surpassé d'honneur ! dans l'affaire de Rome.
A l'égard des tyrans que la France, on le sait,
Depuis trente ans et plus contumière du fait,
Lorsqu'un peuple, en Europe, à bon droit s'émancipe,
De la neutralité proclame le principe ;
Que le chacun chez soi, grand mot vide de cœur,
L'emporte, on le conçoit, peut-être, à la rigueur ;
Oui, mais de nos soldats si jaloux de leurs armes,
Faire les paladins du pape ou les gendarmes,
C'était le beau du beau, le sublime de l'art :
Eh bien, nous le devons à Falloux-Escobard !...
C'est à ne pas y croire !... Oh ! combien, quand j'y songe,
Il fallut consommer d'astuce, de mensonge,
Pour prendre notre armée à ce perfide appeau,
Mystifier sa gloire, égarer son drapeau !...

Dans sa presse, d'abord, ensuite à la tribune,
Du Pape Loyola déplora l'infortune.
De la religion il conta les douleurs....
Il larmoyait... Pareille à la naïade en pleurs,
Larmoyait, avec lui, LA DROITE très-chrétienne.
— Mes frères, disait-il, poursuivant son antienne
Surtout n'allez pas croire, et la France avec vous,
Qu'ici, la Liberté soit en butte à nos coups !
Nous aimons, adorons la vierge des lumières
Et ne l'oublions point en nos chastes prières....
Mais qui pourrait confondre, avec la Liberté,
L'anarchique fureur d'un peuple révolté ?...
Des Musulmans impurs pour affranchir Solime
La France se leva, par un élan sublime :
Qu'elle se lève encore, aujourd'hui, pour ravir
Le trône de Saint-Pierre à l'affreux triumvir !
Les fils de nos Croisés — et dans cet auditoire,
J'en contemple plus d'un — connaissent leur histoire :
Ils n'hésiteront point, du ciel doux candidats,
A nous sacrifier millions et soldats !... —
Il dit et l'assemblée, avide d'*indulgences*,
Du pieux conquérant bénit les exigences.
Au large !... nos vaisseaux de leurs frais pavillons
Ombragent, tristement, nos tristes bataillons....
Au temps d'un autre Corse, une autre République,
Confia ses soldats à la mer italique :
Ce qu'ils firent ceux-ci !... Demandez au Thabor,
Aux rivages du Nil, ils en parlent encor....
Aujourd'hui, nos guerriers, humbles devant l'histoire,
A l'égal d'un revers, redoutent la victoire :

Vaincus le déshonneur, ou vainqueurs le remords
Les attend... Bienheureux les vieillards et les morts !...
France, quand l'Autocrate étreignait Varsovie,
Quand ta sœur t'appelait pour lui sauver la vie,
Tu n'avais ni canons, ni soldats, ni vaisseaux,
L'acier barrait la route et la glace les eaux :
Aujourd'hui, pour atteindre, au cœur, une alliée,
Ton pied n'est plus goutteux, ta main n'est plus liée ;
Tu gorges de soldats frégates et trois ponts ;
Si tu n'avais la mer, tu franchirais les monts....
C'est qu'il faut des tyrans mendier le sourire,
Il faut qu'on te pardonne — oserais-je l'écrire ! —
Le jour où tu trônas, en ta rébellion,
Amazone, aux bras nus, sur les reins du lion ;
De tes velléités, à Berlin comme à Vienne,
Surtout, à Pétersbourg, que nul ne se souvienne !...
Heureuse si du tzar l'obscur entremetteur
Apporte à l'Élysée un pli complimenteur !...
Tu l'as voulu, Falloux, les voilà donc aux portes,
Au pied du Quirinal nos vaillantes cohortes !
On lit sur la bannière, aigrette du rempart,
RÉPUBLIQUE ROMAINE, et sur notre étendard
Flottant au pied des murs, RÉPUBLIQUE FRANÇAISE,
Et nos soldats, hier, chantaient *la Marseillaise !...*
Non, non, mille fois, non ; Républicains romains,
Républicains français n'en viendront pas aux mains !
Ils ont, ô Liberté, pressuré tes mamelles,
Et comme leurs vertus, leurs gloires sont jumelles !...
— Du sentiment ! fi donc ! et plus le crime est grand,
Et plus, dit Loyola, l'enfer en est friand.

On verrait, poursuit-il, à touchante embrassade,
A la paix aboutir la nouvelle croisade !...
Ah ! le ciel en rirait.... Mais que vois-je ! en ces lieux,
Loin de se mitrailler on se fait les doux yeux....
Déchaînons la discorde, et Loyola répète
Ce qu'en juin il chantait sur son aigre trompette. —
Soldats, vous n'avez point, aujourd'hui, devant vous
De loyaux ennemis ou d'héroïques fous,
Mais bien une poignée, un hideux assemblage
De voleurs, de brigands que la lointaine plage,
Au grand effroi de Rome et des pieux mortels,
A vomi sur ces bords, pour piller les autels !...
Frappez ! pas de pitié pour cette horde immonde !...
Ou le socialisme infectera le monde....
Frappez ! aux mêmes lieux que souilla Spartacus,
Juin donna rendez-vous à d'ignobles vaincus !... —
Le soldat doute encor ; mais sous la discipline,
Sous le geste du chef il se trouble, il s'incline,
On lui parle d'honneur !... une voix lui dit : FEU !...
Puis on gagne la croix à cet horrible jeu !!...
Tu dis vrai, Loyola, ceux qui sur la muraille
Présentent, aujourd'hui, leur tête à la mitraille,
Ceux-là, qui d'Oudinot affrontent les boulets,
Oui, ce sont les vaincus des tyrans, tes valets,
Les fiers vaincus du tzar, au sac de Varsovie,
D'Haynau, de Radetzki, dans Bologne, à Pavie ;
Oui, ce sont des vaincus par miracle épargnés,
Martyrs que les bourreaux n'ont qu'à demi saignés.
Italiens, Français, germains au front sévère,
Fils du vieux Latium, peuple du Transtevère,

Dans la ville où Brutus eut jadis son berceau,
Se sont unis pour vaincre ou mourir en faisceau !...
Martyrs, si toute perle ou goutte de rosée
Féconde les épis, chaque larme versée,
Chaque goutte de sang, tribut de vos douleurs,
Au champ des libertés fait naître quelques fleurs.
A Rome reviendront les prélats et le Pape ;
Un général français sera leur porte-chape ;
Où le flambeau des droits éclaira l'horizon,
Le sbire rouvrira l'antre de la prison :
Mais Rome, contre qui Loyola se déchaîne,
Libre de sentiment sous le poids de sa chaîne,
Et d'espoir palpitante, à la voix du banni,
Te restera fidèle, illustre Mazzini !...
Ainsi, quand sur les flots de la mer d'Ionie,
Aux parages de Zante ou de Céphalonie,
D'une chaste beauté s'emparait un forban,
Il vendait la colombe au satire en turban :
Le monstre possédait le corps de la captive
Sans posséder son cœur, et la femme plaintive,
De sa triste pensée offrant à Dieu l'encens,
D'un immonde contact purifiait ses sens.
Mazzini fut le cœur, Garibaldi l'épée,
Loyola le démon de la grande épopée,
Dont la péripétie aura, pour dénouement,
L'italique unité sous le bleu firmament :
Rome libre en était la colonne angulaire,
Et nous l'avons brisée, en un jour de colère,
Sous la bombe et l'obus, fait voler en éclats,
Stupides instruments des stupides prélats !...

Pour refaire, plus tard, sur cette auguste tombe,
L'édifice naissant qu'ensevelit la bombe,
Que ne faudra-t-il point de sublimes efforts
Et de torrents de sang et de monceaux de morts!...
France, qui t'absoudra de ce grand fratricide!
On t'a dit que le sang qui s'entasse et s'oxide
Sur ton fer, du fourreau traitreusement sorti,
Deviendrait un trophée, eh bien l'on t'a menti!...
Les grognards balafrés, qui des bords de la Loire
Aux steppes du Volga promenèrent leur gloire,
Nous redisent : j'étais au bivac d'Austerlitz,
Des rois m'ont salué, moi soldat, à Tœplitz.....
Mais ceux que Loyola, sanglant énergumène,
Guida, pour immoler la liberté romaine,
Des plages de Toulon aux murs du Quirinal,
Ne nous vanteront pas leur exploit infernal!...
Ah! quand viendra le jour où l'Europe affranchie
Du Montalembertisme et de la monarchie,
Tiendra lit de justice, ainsi que Jehovah
Lors du grand jugement au val de Josaphat,
La Liberté debout, inexorable archange,
De ses martyrs sanglants évoquant la phalange,
S'écrîra, fils de Rome, aux yeux de tous, ici,
Nommez qui vous tua sans raison, ni merci!...
Et les martyrs romains, tribuns, soldats, apôtres,
Nommeront leurs bourreaux qui sont aussi les nôtres....
Et tonnerre roulant, le chœur des nations,
A ces noms crîra honte et malédictions!!...
Il n'est pas de forfait qu'un miracle n'expie :
France, pour te laver de ta victoire impie,

Il faudrait affranchir, en ta mâle vertu,
Le monde tout entier.... France, le feras-tu?....

ANNOTATIONS.

Ainsi que la Pologne, au tombeau profanée,
J'avais dit qu'à périr elle était condamnée
La liberté romaine, et qu'à son cri de mort
Ne s'indignerait pas notre honneur qui s'endort!...

Le poète reporte ici son souvenir vers les sentiments qui excitaient son indignation alors qu'il écrivait la satire intitulée : RESSUSCITÉE ET MORTE.

Le trône de saint Pierre à l'affreux triumvir!

Le pouvoir exécutif, sous le nom de triumvirat romain, était confié, pendant les dernières luttes de la République, à Mazzini, Armellini et Saffi. Toutefois il est évident que Loyola, par ces mots L'AFFREUX TRIUMVIR, désigne spécialement Joseph Mazzini, personnification encore debout de la Révolution italienne.

Au large!... nos vaisseaux de leurs frais pavillons
Ombragent, tristement, nos tristes bataillons....

C'est le 22 avril 1849 qu'a mis à la voile de Marseille la flotille sur laquelle était embarquée la première division de l'armée destinée à porter ses armes contre la République romaine. Presqu'au même moment une autre division de la flotte sortait du port de Toulon, ayant à bord des troupes pour la même destination. L'amiral Trehouart commandait la flotte, le lieutenant-général Oudinot les troupes de débarquement. Le 25 avril, le corps expéditionnaire prenait position à Civita-Vecchia.

Tu l'as voulu, Falloux, les voilà donc aux portes,
Au pied du Quirinal nos vaillantes cohortes.

C'est le 4 juin que l'armée française commença, contre Rome, les hostilités, après avoir séjourné, pendant quelques jours, sous les murs de cette capitale, incertaine de la conduite qu'elle devait tenir. On se rappelle, en effet, qu'à la suite d'une discussion au sein de l'Assemblée, M. Lesseps avait porté l'ordre au général Oudinot de suspendre toute hostilité.

Frappez! Aux mêmes lieux que souilla Spartacus.

Spartacus, né en Thrace en l'an 75 avant l'ère chrétienne. Fait prisonnier par les Romains et devenu gladiateur, il se fit le chef de la deuxième guerre des esclaves insurgés contre Rome. Après avoir ravagé la campagne et avoir tenu en échec plusieurs généraux romains, défait le prêteur Claudius et les consuls Gellius et Lentullus, Spartacus fut tué aux environs de Rhegium par Crassus, à la bataille de Silare.

Te restera fidèle, illustre Mazzini!...

Joseph Mazzini, l'un des plus éloquents et des plus intrépides défenseurs de la liberté italienne, est né à Gènes en 1808; son père était professeur de médecine à l'Université de cette ville. Il fondait, en 1828, un journal intitulé l'*Indicatore genovese*. Après la suppression de cette feuille et après avoir subi un emprisonnement de six mois dans la forteresse de Savone, Mazzini, banni des Etats sardes, se réfugia à Marseille où il créa un nouveau journal, la *Jeune Italie*, LA GIOVANE ITALIA. Bientôt traqué par la police française, le courageux publiciste va demander un asile à l'Angleterre; il fonde à Londres une école d'ouvriers italiens auxquels il donne pour catéchisme un journal: l'APOSTOLATO POPULARE, l'*Apôtre du Peuple*. Le rêve de toute sa vie a été et est encore, pour Mazzini, la constitution de l'unité italienne par la fusion en une seule nationalité des diverses provinces de la péninsule italique tronçonnée en royaumes et en principautés. Ce rêve patriotique était à la veille de s'accomplir quand l'intervention de la France dans les destinées de la République romaine vint en retarder la réalisation. Après l'occupation de Rome par l'armée française, Mazzini s'est réfugié à Malte. Depuis, il a successivement habité la Suisse et l'Angleterre. Dans plusieurs lettres admirables de vérité et d'éloquence, il a vengé la République italienne des mensonges et des calomnies de la presse réactionnaire, et aujourd'hui encore il prépare de nouveau l'affranchissement de sa patrie en tenant en haleine, par ses écrits, le patriotisme et l'espérance de l'Italie esclave, mais plus frémissante que jamais. Non, tout n'est pas fini pour l'Italie et pour Mazzini!...

Mazzini fut le cœur, Garibaldi l'épée,
Loyala le démon de la grande épopée.

Comme soldat, comme général, Garibaldi n'a pas témoigné moins d'ardeur, n'a pas développé, pour l'affranchissement de l'Italie, moins d'hé-

roïsme que Mazzini comme tribun. Compromis dans les insurrections italiennes partielles qui suivirent la Révolution de 1830, Garibaldi s'était retiré
à Montevideo. Là, devenu un des principaux chefs de la légion étrangère, il
contribua puissamment à la défense de Montevideo contre les troupes de
Rosas. A la nouvelle des événements de 1848, Garibaldi met à la voile pour
l'Europe. Général en chef des troupes romaines, il battit les Napolitains de
Ferdinand qui encombraient les murs de Rome avant l'investissement de
cette place par l'armée d'Oudinot. Au moment où Rome allait capituler,
Garibaldi sort audacieusement de la ville à la tête de quelques-uns de ses
défenseurs les plus compromis aux yeux de l'ancien gouvernement papal, et
parvient à gagner les bords de l'Adriatique. Garibaldi est aujourd'hui retiré
aux États-Unis.

Sous la bombe et l'obus, fait voler en éclats.

C'est le 3 juillet 1849 que l'armée française est entrée dans Rome après
une capitulation devenue nécessaire pour éviter à notre armée la triste gloire
d'un assaut et à la population le sort réservé aux villes où le vainqueur pénètre
de vive force ! !...

13 JUIN 1849.

13 JUIN 1849.

XX.

Ainsi que le martyr porte au front ses stygmates,
Au livre de ses jours, chaque peuple a ses dates,
Cicatrices de gloire et de rébellion,
Traces des iatagans, aux flancs du vieux lion...
Au retour des frimats que l'hiver nous mesure,
De même que se rouvre une ancienne blessure,
Quand ce chiffre revient sur le cadran des ans,
Nos souvenirs éteints se réveillent, cuisants.
Ce n'est pas tout : jaloux d'aggraver nos supplices,
Le sort prend volontiers ces dates pour complices,
Et quand leur timbre sonne, à l'ulcère endormi,
Pour l'irriter, il darde un scalpel ennemi.
Malheur! quand le soleil qui suit, vieux maniaque,
Les jalons distancés au front du Zodiaque

Au Cancer qui l'étreint se livre, incandescent,
De ma poitrine sort un lamentable accent.

Ah! c'est qu'au mois de juin toujours quelque tempête,
Trombe de feu, de sang, crève sur notre tête.

Oui, si juillet sourit à quelque grand effort,
En juin la liberté sombre en touchant au port!...

Nous avions, l'an dernier — le fossoyeur l'atteste —
Au mois de juin la guerre, aujourd'hui c'est la peste,

Le choléra!... Qui sait! peut-être que, demain,
La guerre au choléra viendra donner la main!...

Deux fléaux d'un tel rang à la même échéance!
Vieux compère du sort, Satan, à toi la chance!...

Mais, silence! prêtons l'oreille à ces bruits sourds
Que roule, dans Paris, le vent des carrefours :

— O malédiction! ô crime! on assassine,
Sans vergogne, une sœur, la liberté voisine!...

Comme au conseil des dix le bravo ses stylets,
Au pape, aux cardinaux, nous vendons nos boulets....

La Constitution écrivit sur ses tables :
— Partout les droits humains sont trois fois respectables;

La liberté d'autrui, France, vénéreras,
Et contre elle jamais, jamais tu n'armeras.

La Constitution! on l'outrage, on la crotte,
Puis quand elle est souillée, on la jette à la hotte :

Ainsi qu'avec le ciel des accommodements,
Il est avec la loi des sous-amendements.

Soit, mais Paris ne peut, lui, faillir à sa tâche,
A son apostolat, sans être vingt fois lâche....

Ah! de peur qu'il ne soit, amis, trop tard demain,
Crions, dès-aujourd'hui, paix au peuple romain! —

Voilà ce qui se dit, les mots que l'on échange
Au milieu de la rue... Alors la scène change :
Voici des corbillards !... A l'aspect du convoi
On s'arrête, on s'incline et l'on rentre chez soi ;
Car tandis qu'au dehors, on parle politique,
Il pourrait arriver, qu'au foyer domestique,
Le choléra nous prît notre femme, un enfant....
Quand on est auprès d'eux, au moins on les défend,
Ou tous ensemble on part pour la tombe commune....
Maintenant écoutons les voix de la tribune.
— Quand le torrent des faits précipite son cours,
Et quand le canon gronde à quoi bon les discours !...
Vous avez violé la loi, la loi jurée,
Et déclaré la guerre à la ville sacrée :
Eh bien nous défendrons, les armes à la main,
La Constitution et le peuple romain.... —
Ce discours est-il sage ou bien est-il impie ?...
Juvenal bâillonné, la censure m'épie,
L'histoire, un jour, dira si ce mot solennel
Fut d'un grand citoyen ou d'un grand criminel....
Aux armes ! Non, répond la voix qui m'est connue,
La voix du Peuple, allons, marchons, poitrine nue,
Marchons à l'assemblée, et là, parlementons. —
Oui, confiants et doux, allez pauvres moutons,
Vous allez rencontrer la peste? non, le sabre,
Autre vieux pourvoyeur de la danse macabre.
Il siffle, il étincelle, en sanglants tourbillons,
S'abat comme la foudre ou grêle sur sillons ;
Et la masse de fuir, délirante cohue,
Que pilent les coursiers, que le gendarme hue.

— Cela vous apprendra, fait une grosse voix,
A jouer à la paix, vauriens, une autre fois. —
Au centre de Paris passé un autre cortége,
Un bataillon sacré l'escorte, le protége;
Oui, mais ce bataillon, aux costumes coquets,
N'a pas de poudre à mettre au fond de ses mousquets.
Artilleurs, vous allez au combat sans mitraille!...
Mais nous sommes, en juin, et le destin nous raille
Et la France délire; on vous l'a dit ailleurs....

— Où vont nos montagnards et nos beaux artilleurs,
Se demande la foule? — Ils cherchent un refuge,
Où la minorité, courageuse transfuge,
Puisse se recueillir contre un mauvais destin,
Comme d'autres tribuns sur le mont Aventin!...
Non! le sort leur marchande une page d'histoire.
Ils entrent, sont entrés dans le Conservatoire,
Le Pandémonium des métiers et des arts.
Levez! levez vos fronts, grandissez, Montagnards,
Que Dieu vous abandonne ou que Dieu vous seconde,
On peut, quand le travail devient le roi du monde,
Comme Léonidas, entre les pics altiers,
Expirer sur l'autel des Arts et des Métiers!
Quand l'illégalité tente notre constance,
Où commence, où finit le droit de résistance;
Alors que le pays accuse le pouvoir,
Quand l'insurrection peut-elle être un devoir?...
Parmi les questions, thèses ou paradoxes,
Points de culte, ou de loi plus ou moins orthodoxes,
Dont le choc défraya la chaire et les écrits,
Ce débat, entre tous, enflamme les esprits.

Eh bien je le proclame, à la honte des hommes,
Et des temps écoulés et de l'âge où nous sommes,
Devant le fait brutal qui domine partout,
Qu'est-ce que le droit? rien! Que doit-il être? tout!...
On est petit ou grand, imbécile ou capable,
Obscur ou glorieux, innocent ou coupable,
Selon que la fortune, au corsage glissant,
Nous tourne le visage ou le dos en passant.
Si le succès se fût déclaré son Mécène,
Polignac était libre et Lafitte à Vincenne :
Si Philippe eût vaincu, Thiers l'eût glorifié ;
Le destin l'a trahi, Thiers l'a sacrifié...
Du moins en apparence.... Encore une parole :
Quel que soit le vainqueur, vite son auréole
S'obscurcit et Bertrand, Bertrand l'heureux larron,
Quand Raton l'a tiré, savoure le marron.
Quinze ou vingt Montagnards sont au Conservatoire...
Le Peuple les délaisse ; un instant, pour l'histoire,
Supposons que le Peuple, armé de toutes parts,
Les couvre de son corps, leur serve de remparts :
L'ARTICLE CINQ n'est plus rien qu'une lettre morte ;
La Constitution tout entière l'emporte ,
Rome est libre et Ledru, proclamé demi-dieu,
N'est plus un contumace errant sans feu, ni lieu !...
Mais, je l'ai dit, la peste éteint les nobles flammes,
Elle énerve les corps, elle amollit les âmes.
La solidarité, le droit des nations ,
Sont, d'ailleurs, pour la foule obscures questions....
Le lion est malade, allongé sur le ventre,
Le front bas et l'œil terne, il reste dans son antre,

Tandis que le chacal étonné d'être fort,
Exerce l'intérim du monarque qui dort.
Tu sommeilles, ô Peuple, et tes voix sont muettes
Quand, sur des fronts aimés, deux mille baïonnettes
Ont abaissé leurs dards, lorsque, dans sa rigueur,
Le chef peut aux soldats crier : Visez au cœur !...
A l'honneur éternel de notre belle armée,
Elle n'immola pas la troupe désarmée
De nos tribuns chéris ; oui ! mais disons, aussi,
Que ceux-ci, lâchement, n'ont point crié merci !
Cependant on osa, tant est grande la rage
De quelques réacteurs, accuser leur courage !...
Guinard aurait eu peur !... Ah ! silence et respect :
De lâcheté Bayard ne fut jamais suspect.
A peine de l'enceinte où les suit leur escorte,
Nos conventionnels ont-ils franchi la porte,
Qu'arrive au pas de charge et resserrant son front,
Un régiment... quarante, au besoin, le suivront....
Là, dans l'étroit réduit, fortin sans contrescarpe,
Ainsi que d'un linceul tous ceints de leur écharpe,
Sont groupés nos tribuns, faible minorité
Qui croit pour sa bannière avoir la vérité.
S'ils se trompent, leur foi grandit au moins leur faute !...
Ils sont là tous, debout, debout, la tête haute,
Présentant leur poitrine, à la foudre, au trépas :
La mort les tient en joue, ils ne sourcillent pas !...
Et cependant, demain, de vils folliculaires
Jetteront de la boue à des noms populaires !...
Obscurs blasphémateurs vous en avez menti,
Vous n'êtes pas Français, ni gens d'aucun parti,

Car, en France, on le sait, tous les partis sont braves,
Soit qu'ils brisent nos fers, ou rivent nos entraves,
Braves devant l'acier !... Nation d'inconstants,
Que n'avons-nous, aussi, le courage des temps !...
Quoi qu'il en soit, la balle ou le glaive homicide
Nous fait grâce, à Paris, d'un nouveau fratricide,
Le sang ne coule pas.... Parfois, il est des mots
Qui, redits, font figer la moelle dans les os :
Le sang ne coule pas, j'en conviens, matamores,
Oui, mais l'honneur français coule par tous les pores....
Rome !... qu'on me bâillonne... éteignez ce réchaud,
Ou je vais tous, au front, vous marquer d'un fer chaud !...
Parlons de la Montagne.... Hier elle était belle...
J'aimais à contempler la superbe rebelle ;
Son front tuméfié d'une sainte fureur,
Glaçait les renégats, les traîtres de terreur...
Aujourd'hui, désormais, dormez, dormez, esclaves,
Le volcan a tari la source de ses laves ;
Dupin, de son regard, peut affronter l'Etna...
Cicéron a, dit-il, vaincu Catilina...
Oui, mais quand à travers les brumes de la Manche,
De Londre ou des glaciers dont la crinière blanche
Se mire dans les lacs de Lauzanne ou d'Uri,
De nos proscrits les vents apporteront le cri ;
Lorsque des profondeurs des froides casemates
Que gardent vos argus, vos geôliers automates,
Des captifs de Doullens ou de Belle-Isle-en-Mer,
La presse redira quelque soupir amer,
Vainqueurs, vous tremblerez comme, au vol des atômes,
Les lièvres inquiets. Vous rêverez fantômes,

De Caïn, de Banco, assassins et poignards,
Ou plutôt, vous aurez peur de nos Montagnards....
Ainsi, quand respirait le Titan indocile
Qu'oppressait je ne sais quel mont de la Sicile,
De stupides crétins, en leur égarement,
S'imaginaient toucher à leur dernier moment.

◄◄◄◄►►►►

ANNOTATIONS.

Au mois de juin la guerre, aujourd'hui c'est la peste.

Le choléra asiatique, en juin 1849, sévissait avec violence sur la population parisienne. Le nombre des morts atteignait par jour le chiffre de 1,000 à 1,200 presqu'égal au chiffre le plus élevé de la première épidémie en 1832. Ce n'était pas seulement à Paris que le fléau exerçait ses ravages, il avait reparu en Russie, en Angleterre et en Amérique.

Comme au conseil des Dix le bravo ses stylets.

Le conseil des Dix, gouvernement mystérieux et tyrannique de l'oligarchie vénitienne, avait pour exécuteurs de ses arrêts sanglants, de ses vengeances secrètes, des *bravi*. On appelle *bravo*, en Italie, un spadassin, une sorte de coupe-jarret qui, moyennant quelques sequins, se charge de vous débarrasser de votre ennemi. A l'honneur de la civilisation italienne moderne, disons que le métier de *bravo* a cessé d'être fort lucratif.

Quand le torrent des faits précipite son cours,
Et quand le canon gronde à quoi bon les discours?...

Dans la séance du 11 juin, le citoyen Ledru-Rollin interpellait le ministère sur les événements de Rome, où l'armée française, sous les ordres d'Oudinot, était en état d'hostilité flagrante contre la République romaine, sœur de la nôtre. M. Odilon Barrot répondait par ce monstrueux paradoxe que si la France intervenait par les armes dans les affaires de Rome, c'était pour ne point laisser l'Autriche intervenir, aux dépens de notre influence et de la liberté italienne elle-même.

Le citoyen Rollin n'eut pas de peine à réduire à néant ces misérables arguties de procureur.

« Il est faux, s'écria-t-il, que la Constituante vous ait autorisés à aller à Rome ! qu'elle vous ait donné le droit d'investir les murs de Rome ! Il est faux que la Constitution ait été respectée par vous !... Elle a été violée au premier chef !... Quant à nous, nous la défendrons par tous les moyens possibles et même par les armes ! » En descendant de la tribune, le citoyen Ledru-Rollin y déposa une proposition décrétant d'accusation le citoyen Louis Bonaparte, président de la République, et ses ministres Odilon Barrot, Buffet, Lacrosse, Rulhière, de Tracy, Passy, Drouyn de L'Huys et de Falloux.

Vous allez rencontrer la peste ? non, le sabre.

Le 13 juin, dans la matinée, une imposante manifestation eut lieu dans Paris, en faveur de la Constitution. Composée de gardes nationaux et d'une foule de citoyens, une pacifique colonne se dirigeait du boulevard des Capucines vers l'Assemblée aux cris de *vive la République ! vive la Constitution !* quand, à la hauteur de la rue de la Paix, la foule, prise en flanc par un brusque mouvement de troupes, fut coupée en deux par M. Changarnier, à la tête de son état-major. De nombreuses charges de cavalerie avaient lieu en même temps sur d'autres points des boulevards. On vit alors des hommes du peuple se mettre à genoux, découvrir leur poitrine devant les soldats, en s'écriant : *Vive la Constitution !*

Autre vieux pourvoyeur de la danse macabre..

La danse macabre, la danse des morts.

Au centre de Paris passe un autre cortége.

Tandis que se déroulaient sur le boulevard les faits que nous venons de raconter, quelques représentants montagnards, parmi lesquels se trouvait Ledru-Rollin, sortaient de la rue des Beaux-Arts. En traversant le palais National, ils y trouvèrent une partie de la légion d'artillerie parisienne réunie en vertu d'un ordre du général commandant en chef de la garde nationale, autour de son colonel, le brave Guinard. Ledru-Rollin et ses collègues apprirent alors ce qui venait de se passer entre le peuple et les troupes du général Changarnier. Spontanément, les représentants du peuple, auxquels le colonel Guinard et une partie de ses artilleurs voulurent servir d'escorte, se dirigèrent vers les boulevards en traversant les rues populeuses de la capitale. Les représentants, salués sur leur passage par les acclamations du peuple, arrivés à la hauteur du Conservatoire des Arts-et-Métiers, pénétrèrent dans cet établissement. Etait-ce, comme l'ont affirmé leurs accusateurs, pour y constituer le quartier-général de l'insurrection, ou pour y attendre les événements ?... Un de nos amis, présent à ces différentes scènes, nous a affirmé qu'il n'y avait eu rien de prémédité dans tout ce qui s'y passa.

La mort les tient en joue, ils ne sourcillent pas!...

Oui, quoiqu'en aient pu dire et écrire d'obscurs et indignes détracteurs, les montagnards réfugiés dans l'enceinte du Conservatoire envahi par la troupe, ont fait preuve, en cette circonstance, d'une calme et mâle intrépidité. Oui, il est vrai que couchés en joue par les soldats, Ledru-Rollin et ses amis n'ont pas rompu d'une semelle.

Qu'importe si quelques instants après et au moment où la troupe, attirée au dehors par la fusillade, se reportait vers la rue, les montagnards se sont évadés par diverses issues? Ils ont bien fait de pourvoir à leur salut personnel, et leurs détracteurs, en pareille circonstance, eussent agi de même. En effet, on peut ne pas avoir peur de la mort et se défier, en temps de révolution, de ce que l'on appelle la justice du pays et surtout redouter la prison préventive, mode de vengeance si cruellement exploité, aujourd'hui, par la réaction dans les grands comme dans les moindres procès politiques.

Oui, mais l'honneur fançais coule par tous les pores....

Après la bataille de Quiberon, pendant laquelle les vaisseaux anglais s'éloignèrent de la côte où ils venaient de jeter plusieurs milliers d'émigrés français, presque tous officiers de l'ex-marine royale, comme pour les livrer sans retraite ni secours à l'armée républicaine, Scheridan, membre du parlement britannique, s'écria : « Oui, le sang anglais n'a pas coulé, mais l'honneur anglais a coulé par tous ses pores ! »

Ainsi quand respirait le Titan indocile
Qu'oppressait je ne sais quel mont de la Sicile.

Les anciens siciliens attribuaient les éruptions de l'Etna aux mouvements que faisait un des titans qui, à l'époque de la guerre contre Jupiter, avait été enseveli sous l'Etna. On sait que durant cette guerre, épisode, variante de l'affaire de Babel dans *la Genèse,* Jupiter se servait, contre ses ennemis, de montagnes en guise de projectiles. M. Dupin, Jupiter de l'assemblée, use, lui, et abuse, du rappel à l'ordre contre les républicains; quant à la presse réactionnaire, toutes les armes lui sont bonnes contre nos montagnards.

VANDALISME.

VANDALISME.

XXI.

Gloire à vous, nos seigneurs, Tamerlans ou vandales
Qui, superbes, traînez le sabre sur les dalles,
Descendants d'Alaric ou du kalife Omar,
Tous des républicains terreur et cauchemar !...
Parmi les ravageurs votre place est marquée,
Ou plutôt votre bande est aujourd'hui parquée,
Au milieu des hiboux et des chauves-souris
Qu'aveuglent le soleil, les splendeurs de Paris !...
De vieux obscurantins, gens de votre famille,
A Guttemberg-le-Grand, à la presse, sa fille,
Déclarèrent la guerre, une guerre sans fin,
Au nom du Saint-Office, au nom du droit divin ;
Fauves inquisiteurs, ils livraient à la flamme
Les livres, les écrits reflets trésors de l'âme,

Comme si la pensée, en remontant au ciel
N'en retombait, plus tard, manne, rosée ou miel !
Vous faites mieux, bien mieux vous que le Saint-Office,
Mieux que les estaffiers, voués à son service,
Torquemadas du jour, car vous vous en prenez
A la matière, au plomb que vous incriminez !....
Silence ! halte-là !... J'entends une matrone,
La Signora-Réac votre auguste patrone...
Des rigueurs du public sa passion s'accrut,
Elle éclate aujourd'hui ; Messaline est en rut !
— En vain, leur avons-nous présenté la bataille,
Tous ils se sont enfuis, comme la valetaille
A l'approche du maître, ou comme un vil troupeau
Qui laisse aux pics du houx la moitié de sa peau,
Ou comme un créancier qui sans bruit déménage...
Ils ont fui ! cependant, j'avais soif de carnage !...
Sur qui donc assouvir, éteindre ma fureur ?
La vengeance, dit-on, est une douce erreur,
Passe-temps de monarque et plaisir de tigresse,
Essayons !... tous d'abord, exterminons la Presse !...
Oh ! non plus, cette fois, avec des lois d'amour,
Gibecière, arsenal qu'on épuise en un jour :
Le roquet pourchassé dans le lointain aboie :
Il cesse de glapir, si l'assommoir le broie.
Quand on veut élever des muets et des serfs,
A quoi bon ces journaux qui nous crispent les nerfs ? —
Elle dit et bientôt la mégère, autour d'elle,
Groupant de ses romains la cohorte fidèle,
Ajoute : — la Montagne est en plein désarroi,
Comparses et meneurs tous sont glacés d'effroi ;

Mais la Presse est debout!.. quelque peu baillonnée,
Défaillante, mais non encore exterminée....
Les entraves au pied et les chaînes au cou
Elle se traîne... il faut l'écraser comme un pou!
Brisons, la hache en main, ses planches, ses machines,
Faisons de sa taverne un monceau de ruines.
Le Parlement tatonne ; à des ménagements
Il se croit engagé par de vieux serments :
D'une vieille amitié la France aime la Presse,
Dit-on !... Le temps usa cette sotte tendresse.
Le peuple dort, ou mieux, pour ma témérité,
Le vieux lion n'est plus qu'un lion édenté :
Forts de son apathie ou bien de sa faiblesse,
Demain, à l'assemblée, accusant sa mollesse,
Nous dirons : — comme nous frappez avec vigueur,
Sans péril il est doux de jouer au vainqueur. —
Tisiphone-Réac, par un regard, un signe,
De ses sbires ardents complète la consigne,
Et les uns de hurler, écumant de courroux ;
Chez Boulé ! chez Boulé !... Quelques autres : chez Proux !
Au centre de Paris, où de la ruche humaine
Chaque essaim qui travaille occupe son domaine,
Il est une Babel aux ternes escaliers,
Labyrinthe où Boulé dressa ses ateliers.
Là, près de la cellule — ô moderne prodige !
Du sanctuaire étroit où l'écrivain rédige,
Sont le prote à l'œil prompt, au doigt intelligent,
Et la presse-vapeur, mystérieux agent ;
De sorte que l'idée, oracle ou fantaisie,
En sortant du cerveau, palpitante est saisie,

Se reproduit et doit à la mobilité
Et sa diffusion et sa stabilité.

Puis, la feuille tirée à cent mille exemplaires,
Livrée, humide encore aux vendeurs populaires,
Se répand dans Paris, se lit dans tous les rangs,
Même par les valets, à la barbe des grands.
Ces feuilles, vers le soir, sous leurs bandes captives,
Au souffle de la brise et des locomotives,
S'en iront voyageant, de Paris à Boston,
Calcutta, Mexico, de Stamboul à Canton ;
En vain les policiers leur barrent le passage,
Elles vont se glisser, prophétique message,
Comme un tissu proscrit, se jouant des hasards,
Près du remords vengeur, sous l'oreiller des tzars !
Là, chez Boulé s'imprime, outre LA RÉPUBLIQUE,
LE PEUPLE de Proudhon, œuvre diabolique
Si j'en crois Loriquet, LA LIBERTÉ, journal...
Dumas en déflora le titre virginal.
Des presses de Boulé sort aussi l'ESTAFETTE :
Nul n'est à moins de frais, Aristarque ou prophète ;
En effet, il lui faut bien moins des rédacteurs
Qu'un découpeur habile ou des compilateurs.
Mais bast ! il s'agit bien de parler journalisme...
Vive la barbarie ! honneur au vandalisme !
Et place aux défenseurs de la propriété !!...
Pour dire vos exploits à la postérité,
De Rome et de Fribourg sublimes émissaires,
Augustes Tamerlans, valeureux janissaires,
Que n'ai-je de Veuillot l'agréable caquet,
Ou le flexible accent de Veron-Bilboquet !...

Sur le sein des pressiers, aux membres athlétiques
Mais désarmés, les uns de rage épileptiques,
Dirigent leur épée et suspendent la mort.
De merlins, de leviers, d'autres, à grand renfort,
Ébranlent les parois, pulvérisent les presses ;
Promenant au hasard leurs fureurs vengeresses
A la svelte *gaillarde,* au lourd *petit-romain,*
Tous demandent raison des vœux du genre humain,
Du bon sens de Pascal, de l'esprit de Voltaire ;
Afin d'anéantir les droits du prolétaire
Et des peuples entr'eux pour rompre les contrats,
Ils mutilent *la lettre,* ils brisent les cadrats !...
Pauvres fous !... Ce gamin qui pendant la tempête,
Se rit de vos fureurs en redressant la tête,
Ces protes, ces pressiers, artistes-travailleurs,
Qui, le mousquet en main, vous bravèrent ailleurs,
Ne vous disent-ils pas, en leur mâle réserve,
En leurs profonds dédains, que si le peuple observe,
Il ne recule pas !... Si parfois il attend,
C'est qu'il a deviné le piège qu'on lui tend ;
Provoqué, s'il balance entre ses mains la foudre,
C'est parce qu'il hésite à vous réduire en poudre !...
Quand chacun, tour à tour, tue ou brise ici-bas,
Chacun se venge, mais on ne reconstruit pas !
Oui, de vos passions a débordé la lie :
Paris n'est plus pour vous qu'une autre Kabylie :
Vous y faites, servant Bazile-Aliboron,
Des razzias parmi les Beni-Coq-Héron.
Omar incendia la lettre manuscrite,
Vous pulvérisez, vous que la lumière irrite,

La lettre métallique ; or, pas de quiproquo :
Bazile-Aliboron vous couronne *ex œquo.*
Dirai-je, historien d'une ignoble équipée,
Comment le second corps usa de son épée,
Qu'au sein du Phalanstère il fit des prisonniers,
Qu'il y saccagea tout de la cave aux greniers ;
Que maître Proux, absent de son imprimerie,
On ne respecta rien, rien de son industrie,
Ni meubles, ni papiers, oui qu'en le ruinant
On souilla, profana le foyer du manant ;
Que les fiers paladins, les preux de la famille,
Sans pitié pour la mère, effrayèrent la fille?...
Non, à chacun le droit d'illustrer ses amis :
Par les amis des rois le crime fut commis,
A vous donc, chroniqueurs, écrivains monarchiques
De chanter ces hauts-faits anti-démagogiques,
D'ajouter une page au livre des Routiers,
Malandrins et chauffeurs, forbans et flibustiers.
Toutefois, constatons — l'ivresse de la gloire,
Vous en êtes la preuve, obscurcit la mémoire —
Constatons que témoin des vieux gouvernements,
La police assistait à ces débordements.
Il faut un nom d'auteur au fronton des programmes,
Soit béni, soit maudit, un nom à tous les drames :
Écrivons qu'apparut, auprès d'un magistrat,
L'ordonnateur du sac, Erostrate-Veyrat !...
Mais nous sommes en France, où l'on trouve des juges,
Sans courir à Berlin, excusables transfuges,
En France où la justice, à toutes les hauteurs,
Instruit contre le crime et punit ses auteurs :

A l'œuvre, magistrats, citez à votre barre
Le vandale Veyrat et sa troupe barbare !
Tonnez, tonnez, ô vous qui, sous l'œil de Dupin,
Occupez au parquet le trône de Jupin !...
Vous vous taisez.... alors qu'une voix populaire,
Au sein de l'assemblée, éclate, en sa colère ;
Sachons devant le crime, effrontément commis,
S'il faut ou non voiler la face de Thémis !...
Quoi ! j'ai dit que Thémis devrait être voilée !...
J'ai menti !... Suivez-moi, creusons un mausolée ;
Femmes, hâtez-vous donc de tailler un linceul :
Dès-lors qu'un seul forfait, entendez-vous, un seul,
Reste impuni, je dis, et pourquoi donc me taire :
La justice a cessé d'exister sur la terre ! ! !...
Oh ! ne nous parlez plus, forts de vos arsenaux,
Orateurs de la Droite ou faiseurs de journaux,
De la propriété.... vous l'avez mutilée !
Du respect de la loi.... vous l'avez violée !
Dites qu'on ose tout, oui tout, impunément,
Quand on a pour complice un sien gouvernement !...
Eh bien, moi, transformant ma cellule en prétoire,
Et vous dardant les traits de mon réquisitoire,
Je vous cite à ma barre, ainsi que Juvénal
D'autres prétoriens devant son tribunal :
Détrousseurs, revêtus du masque politique,
Vous avez profané le foyer domestique ;
Ne pouvant la clouer, à grands coups de marteau,
Comme le Christ en croix, en personne, au poteau,
Vous avez, le dirai-je ! en une infâme orgie,
Horreur ! assassiné l'IDÉE en effigie !...

Je vous ajourne donc, hiboux, spectres hideux,
Aux assises du Peuple, EN L'AN CINQUANTE-DEUX !

ANNOTATIONS.

—

Gloire à vous, nos seigneurs, Tamerlans ou Vandales.

Sous le règne de Louis-Philippe on désignait familièrement sous le nom de *Tamerlans*, certains matamores de la garde nationale ; plus tard on les revit, et pour la dernière fois sans doute, menaçants et non terribles, apparaître sur la scène politico-militaire, lors de la fameuse démonstration dite des *Bonnets à poil.*

Les Vandales, peuple conquérant et ravageur, qui venu d'Afrique sous la conduite d'Alaric, sema partout son passage l'épouvante et la ruine.

Torquemadas du jour....

Torquemada fut, en Espagne, le premier des inquisiteurs généraux : né en 1420, il mourut en 1498. Il déploya dans l'exercice de ses abominables fonctions une abominable rigueur. Il conseilla l'expulsion des juifs, prononça 8,000 arrêts de mort et 100,000 condamnations !... Qui sait ! peut-être ce monstre du fanatisme est-il au nombre des saints !

..... Messaline est en rut !...

Messaline, impératrice romaine, femme de Claude, fameuse par ses débordements. Il y eut une autre Messaline, *Messalina valeria,* non moins libidineuse que la première ; elle devint la femme de Néron. *Il faut des époux assortis dans les liens de l'hyménée.*

> ..... La Liberté, journal ;
> Dumas en déflora le titre virginal.

Alexandre Dumas fut, après février 1848, le fondateur du journal *la Liberté*. Après le 10 décembre, devenue l'organe de l'Élysée, *la Liberté* répudia bientôt ce patronage abrutissant pour arborer la bannière de la démocratie-socialiste. Mais dès-lors, en butte aux coteries du parquet, cette feuille succomba sous le poids des condamnations multipliées.

> Vive la barbarie ! honneur au vandalisme !
> Et place aux défenseurs de la propriété !...

« Hier, à neuf heures du soir, dit *le Siècle* du 14 juin 1849, un bataillon de la garde nationale, 1re légion, commandé par le commandant Veyrat, et un bataillon de chasseurs de Vincennes, assistés d'un commissaire de police, ont envahi la maison de l'imprimerie Boulé, rue Coq-Héron, où s'impriment les journaux l'Estafette, la Liberté, la République ; sans exhiber de mandat des hommes sont entrés dans les ateliers !....

« Rien n'y existe plus !...

« Le dommage est évalué à une somme considérable: Voilà plus de 200 ouvriers sur le pavé !... »

Le même jour, *la Presse* publiait une lettre des rédacteurs de *la Démocratie pacifique*, où nous trouvons les paragraphes suivants :

« Le 13 juin, vers dix heures et demie du soir, un fort détachement de la 1re légion, a entouré nos bureaux. Les gardes nationaux avaient à leur tête un capitaine d'état-major. Plusieurs d'entr'eux ont pénétré dans l'appartement que nous occupons. Toutes les personnes présentes ont été arrêtées. Trois rédacteurs, un garçon de bureau, un commissionnaire et quatre compositeurs ont été conduits dans les caveaux des Tuileries, puis à la conciergerie, en dernier lieu à la Force. Ils ont traversé les rues, les mains attachées.

« La garde nationale a pénétré dans l'atelier d'imprimerie. Elle y a brisé les lampes, les cases, et détruit les caractères neufs, pour une valeur d'environ six à sept mille francs. »

Après avoir raconté les détails de l'invasion des bureaux de *la Démocratie pacifique* et du sac de l'imprimerie de ce journal, *le National* poursuit en ces termes :

« Un autre détachement de la 1re légion, conduit aussi par un officier d'état-major, et de plus accompagné d'un commissaire de police, est entré dans les ateliers de M. Proux, imprimeur, et y a commis les mêmes excès, sauf l'arrestation arbitraire qu'il n'a pas trouvé l'occasion de pratiquer. En un clin d'œil, tout le mobilier de l'imprimerie de M. Proux a été détruit Ses papiers, ses livres de commerce, ont été mis en pièces. M. Proux est ruiné si on ne l'indemnise. Il occupait soixante ouvriers qui sont, aujourd'hui, sans emploi.

« Il est à remarquer que pendant que l'établissement de M. Proux était le théâtre de ces violences stupides, il était, lui, à la tête de sa compagnie, car il est capitaine de la garde nationale, en station rue de la Paix, gardant les propriétés des gens qui dévastaient la sienne. »

Le Siècle ajoute :

« Quelques amis personnels de M. Proux ont en vain essayé de ramener leurs camarades à la modération et au respect de la propriété ; les mêmes hommes ont pénétré dans le domicile particulier de M. Proux, et devant des femmes et des enfants en pleurs, ils se seraient livrés à des violences coupables. »

Que n'ai-je de Veuillot l'agréable caquet !...

M. Veuillot, l'un des rédacteurs du journal obscurantiste l'*Univers*.

Du bon sens de Pascal....

Pascal, auteur des *Lettres provinciales*, un de ces livres où la compagnie de Jésus est démasquée, dévoilée, mise à nu avec ses fourberies, ses passions stupides et dominatrices, un de ces livres que les jésuites brûleraient encore de nos jours, s'ils l'osaient, en place publique !...

Des razzias parmi les Beni-Coq-Héron.

La plupart des tribus arabes de l'Afrique septentrionale, ont pour appellation des noms composés dans lesquels figure le mot *Beni*. Les *Beni-Amer*, les *Beni-Zoug-Zoug*, etc., etc..... Un jour le maréchal Bugeaud ayant demandé à un fantassin, qui avait revêtu l'accoutrement d'un arabe, de quel tribu il était, notre fantassin, qui était parisien d'origine, répondit : de la tribu des *Beni-Muphtar*, mon général. Cette réponse a donné au poète l'idée de la *razzia chez les Beni-Coq-Héron*.

Omar incendia la lettre manuscrite....

Voir sur l'incendie de la bibliothèque d'Alexandrie par le calife Omar, une note de la *Montagnarde* LE SABRE.

D'ajouter une page au livre des Routiers,
Malandrins et chauffeurs, forbans et flibustiers.

Les Routiers étaient des pillards qui, ayant fait partie des armées pendant la guerre, continuaient, pendant la paix, de vivre aux dépens des populations. Les rois de France, au douzième siècle, ne dédaignèrent pas de rappeler *les Routiers* à leur service. — On donnait le nom de *Malandrins* à des soldats anglais, licenciés par le roi Jean en 1360. Ils se réunissaient, eux aussi, pour piller et ravager ; Duguesclin en délivra la France en les emmenant, avec lui, en Espagne. *Les Chauffeurs* étaient des brigands qui, vers la fin du dix-huitième siècle et le commencement du dix-neuvième, se répandirent dans l'ouest et le nord de la France, dans la Belgique et sur les bords du Rhin. On sait que ces misérables suspendaient leurs victimes sur des charbons ardents, afin de leur faire avouer où était recelé l'argent qu'elles possédaient. — *Forbans* et *flibustiers*, synonymes de pirates.

Vous vous taisez.... alors qu'une voix populaire,
Au sein de l'assemblée, éclate, en sa colère.

Le ministère fut en effet interpellé sur le sac des imprimeries Boulé et
Proux ; sommé de s'expliquer, il rejeta sur l'initiative individuelle la respon-
sabilité de ces actions, de ces scènes infamantes, quand elles restent impu-
nies, pour tout un peuple civilisé ; le gouvernement promit une enquête ; elle ne
se fit pas, et sans doute le gouvernement avait de bonnes raisons pour ne pas
l'exiger... A la honte de la magistrature, disons qu'elle n'eut pas le courage
de rechercher, de punir les auteurs de ces attentats contre là propriété !...

LES ISOLÉS.

LES ISOLÉS.

XXII.

Silence ! entendez-vous les échos de la rue
Redire l'hymne saint à la foule accourue,
L'hymne démocratique ? Écoutéz ! écoutons !
Ou si nous sommes peuple, en avant! et chantons !...
Soit ! mais qui donc redit, en traversant la France,
Le chant de liberté, le chant de l'espérance,
L'hymne de l'avenir ou l'hymne des combats !...
Ce sont LES ISOLÉS, LES ISOLÉS-SOLDATS.
Isolés ! et pourquoi ?... Sans insignes, ni glaive,
A leur drapeau chéri quel décret les enlève ?...
Quel crime ont-ils commis ? ô tristesse ! ô malheur !
Dites, ont-ils forfait au devoir, à l'honneur ?...
Leur crime ! Non, ceux-là qu'avilit une faute,
Ne marchent point ainsi, l'œil fier, la tête haute....

Non ! ce n'est pas le vice, en son indignité
Que l'on poursuit, ici, non ! c'est la liberté !
Ce n'est point un forfait que le malheur expie,
C'est la vertu, qu'ici, persécute l'impie !
Ces hommes, leurs pareils, Antonelli-Nero
Les condamne, dans Rome, au *carcere duro,*
Le sbire autrichien les jette aux oubliettes,
Aux cachots du Spielberg, tapissés de squelettes,
Dans les mines du Pôle ou les flancs de l'Oural,
Nicolas les revêt du bandeau sépulcral !...
A défaut du Spielberg et de la Sibérie,
Du *carcere duro* vous avez l'Algérie,
Réacteurs apostats, Judas-républicains,
Assidus pourvoyeurs des chacals africains,
Vous avez le désert, fournaise, ardent cratère,
Bône avec ses palus, son climat délétère
Où se tient à l'affût la fille d'Atropos,
La fièvre qui nous glace et fait craquer les os....
Oui, vous avez l'Afrique... eh bien jetez au gouffre,
A l'océan de sable, à l'abîme de soufre,
Proconsuls des tyrans, Laubardemonts du roi,
Les héros, les martyrs de la nouvelle foi !...
Votre Afrique, pour vous, est une autre Cayenne,
Ou bien une Tauride où Réac la païenne
Exile — son amour tournant à la fureur —
Ceux à qui ses baisers n'inspirent que l'horreur.
Raisonnons : De quel droit décimez-vous l'armée
Qui, fille du pays et du peuple formée
Par l'épée et le vote, en vertu de nos lois,
Veut contre les tyrans nous défendre à la fois ?

Oui, le soldat n'est plus, à terre ou sur la flotte,
Comme au temps de vos rois, un esclave, un ilote,
Un automate en frac, un porte-pistolet,
Porte-fusil ou sabre, une cible à boulet,
Une machine à meurtre, un escabot à gloire,
Comme aux jours de Brumaire, après une victoire,
Un bras à coup-d'état, que dirai-je! un moyen,
Un instrument, un chiffre : il est roi-citoyen.
Il vote; eh quel scandale, il raisonne son vote!
Dût se signer d'horreur toute la gent dévote,
S'il demande un avis, c'est à son caporal,
Au sergent qu'il s'adresse et non au général;
Pour battre la Réac, en civique escarmouche,
S'il cherche un bulletin, sa nouvelle cartouche,
Il le veut, dédaignant le blanchâtre vélin,
Et le bleu sans éclat, couleur Ledru-Rollin.
Or, il faut tout conter : jusqu'à la frénésie,
La susdite Réac pousse la jalousie.
— Le soldat me dédaigne, a dit la Putiphar,
C'est qu'une autre aura su l'enlacer à son char....
Sus! alerte, ô ma duègne! ô ma vieille complice! —
A ces accents connus, a bondi la police,
La veuve de nos rois, aux appétits ardents,
Pour déchirer ou mordre ayant griffes et dents.
Bientôt, chaque quartier, bientôt, chaque caserne
A tout un bataillon d'espions qui le cerne,
Tandis que, pour surprendre un civique secret,
Au poste, à la chambrée, ainsi qu'au cabaret,
D'invisibles argus un autre essaim fourmille.
Puis les Sinons en frac, traîtres à la famille,

21

Judas du régiment, n'ont-ils pas, le matin,
Chez le Carlier du lieu, leur rapport clandestin?...
Ces mêmes délateurs, la ceinture replète,
De bassesse en bassesse atteignent l'épaulette,
Et souvent, quand l'honneur met chacun d'eux au ban,
Vils, de plus vils encore obtiennent un ruban!...
O vieil honneur français! honneur de l'uniforme,
Qui lorsque le pays ou l'Etat se transforme,
Ainsi que le drapeau devrait rester intact,
Honte à qui te flétrit de cet impur contact!...
Vainement les limiers se sont tous mis en quête,
La Presse les dépiste et fait mainte conquête;
Le soldat en raffole; ici, comme toujours,
La tyrannie ajoute au charme des amours.
Le fruit que l'on défend, quelle que soit sa tige,
N'étincelle-t-il pas d'un magique prestige
Et les attraits maudits des danseuses d'Ammon
N'ont-ils pas triomphé de Véron-Salomon?...
C'est vainement encor que les feuilles honnêtes,
De leurs plus beaux atours ont émaillé leurs têtes,
Qu'elles ont épuisé l'odontine et le fard,
Que leur regard est humble et leur accent cafard,
Le soldat leur préfère, ô le sot! ô le rustre!
Conspuant la finance et la noblesse illustre,
Les feuilles qu'enfanta, sur un grabat crotté,
L'hymen du prolétaire avec la Liberté!...
Fille de Delamarre et toi fière ASSEMBLÉE,
Sybille qu'un marquis de ses dons a comblée,
O fille de Véron, du grand Véron-Mimi,
Et toi chaste beauté dont Veuillot est l'ami,

Allez sous d'autres cieux, allez à d'autres races
Prodiguer les douceurs, les trésors de vos grâces :
Les Français de nos jours sont indignes de vous,
Il vous faut, pour amants, des crétins ou des fous !...
S'exiler ! émigrer comme les hirondelles !
Non, vous nous resterez au sentiment fidèles,
Pour prouver que l'amour dépouillant la pudeur,
Sait, en bien châtiant, exprimer son ardeur.
Vos fureurs, vos transports, ainsi que les Harpies
Epousaient de leurs sœurs les passions impies,
La Réac les partage, et fille des Nérons,
Nous apprendra comment on punit des affronts !...
Tout s'explique : voilà pourquoi ces militaires,
Cavaliers, fantassins, conscrits ou volontaires,
Beaux de jeunesse et d'âme, honneur des régiments,
Sont jetés en pâture à des cieux incléments.
Du sergent de planton esquivant l'œil oblique,
L'un d'eux introduisit, un jour, LA RÉPUBLIQUE
Dans les murs du quartier. L'autre, — pas de pardon !
Sous son frac, abrita la feuille de Proudhon.
Celui-là fut surpris, ô crime ! ô forfaiture !
Pris en flagrant délit d'anarchique lecture.
Celui-ci pérorait en faveur de Boichot,
Quand survint l'adjudant qui le mit au cachot.
Ce fourrier se jouant du courtier royaliste,
Des candidats de l'ordre a lacéré la liste,
Puis, en secret, armé *Dumanet* et *Jeanjean*
D'un bulletin hostile à Lahitte, à Bonjean.
Gardons-nous de jaser, tout haut, à la cantine :
Ce voltigeur alerte, à la mine mutine,

Y chanta les couplets, les odes de Dupont

Ou ce refrain : *L'écho du peuple vous répond ;*

Quant à cet artilleur, aux formes athlétiques,

Il cria, sur la foi des lois démocratiques,

Oubliant que le cri de *Vive l'empereur !*

Est le seul qu'on tolère en ces jours de terreur :

VIVE LA RÉPUBLIQUE ! et Changarnier l'exile ! !

Avec des citoyens, ce chasseur indocile

Osa fraterniser, une coupe à la main,

Et son ordre d'exil data du lendemain.

J'oubliais, entre tous, de citer un coupable,

Voué par l'UNIVERS aux pincettes du diable,

Ce jeune caporal.... Paris, grand électeur,

En aurait volontiers fait un législateur.

Daniel est son nom : comme à son homonyme,

Des suffrages publics nos grands lui font un crime,

Puis, avec leurs aînés, agissant de concert ,

Le jettent, noble apôtre, aux lions du désert.

Ainsi vivent en sœurs, castes et tyrannies,

Cruelles d'âge en âge et tour à tour punies,

Résoudant, renouant, couleuvres de l'enfer,

Leurs tronçons venimeux sous le tranchant du fer.

Halte ! suspends ta marche, ô civique cohorte !...

La geole est ton étape.... Or, en voici la porte.

Le guichet s'ouvre, trève aux fraternels concerts !

Le cri des ISOLÉS retentit dans les airs :

VIVE LA RÉPUBLIQUE ! et le guichet se ferme....

Dites, de vos fureurs, dites à quand le terme ?

Quoi ! ces hommes ont fait, dans leur virilité ,

Enfants d'un peuple libre, acte de liberté ;

Soldats, mais citoyens, chacun d'eux, à ce titre,
Au soleil de la France usa de son arbitre,
Et vous les arrachez à la France, au drapeau !...
Vous oser les bannir, ainsi qu'un vil troupeau,
Atteint de je ne sais quelle lèpre ou vermine....
Phalange qu'à tout prix il faut qu'on extermine,
De peur qu'à son contact ne soient électrisés
Nos régiments, déjà, républicanisés !...
Je l'ai dit : en Autriche, en Prusse, en Moscovie,
Aimer la liberté, c'est payer de sa vie
Un sentiment auguste; oui, mais au moins la loi,
Là, ne se raille point du peuple et de sa foi.
Une constitution ironique, inhumaine,
Là, ne dit point : Sois LIBRE ! à celui qu'on enchaîne.
La loi n'y dit pas : VOTE ! au soldat électeur,
A la condition de subir un tuteur,
Oui, qu'il acceptera, comme une autre consigne,
Le candidat, qu'à l'ordre, un commandant désigne.
Et que, républicain, il n'aura d'autres droits
Que le droit de voter pour les élus des rois.
Pitié ! dérision !... mensonge ! hypocrisie !...
Je me sens indigné jusqu'à la frénésie.
Ah ! tous soyez maudits, aspics, serpents ingrats,
Vous que la République a bercés dans ses bras !
En attendant l'époque où de nos jours de honte
Et de deuil nous aurons à vous demander compte,
Que la fraternité nous ouvre son écrin !...
Recueillons, au profit du soldat pélerin,
Le denier de nos sœurs, l'obole de nos frères !...
Le lest aide la lutte avec les vents contraires :

L'Afrique est loin, bien loin et le soleil ardent
Dessèche les poumons des fils de l'occident.
Nous disions et chacun nous donnait son obole,
Plus, pour la République, une bonne parole,
Puis quand, au point du jour, partaient LES ISOLÉS,
De la geole hideuse ils sortaient consolés.
Aux rudes cavaliers qui formaient leur escorte,
Nous nous mêlions, alors, amicale cohorte ;
Ainsi qu'à l'arrivée, à l'heure du départ,
Nos chants faisaient vibrer l'écho du vieux rempart.
Quand l'écho se taisait, une furtive larme
Humectait la paupière, et parfois le gendarme
Se laissant attendrir, redevenant humain,
Sur la table dressée, au revers du chemin,
Circulait, un moment, la coupe fraternelle.
Le vin de la Bourgogne anime la prunelle,
Il fait battre le cœur, on s'écriait : Espoir!...
Vive la République! Adieu! non au revoir!...
Ces jours étaient mauvais, hélas! il en vint d'autres
Plus rigoureux encor pour nos soldats-apôtres.
On les fit voyager, non le jour, mais la nuit :
Dans l'ombre, la Réac, d'un œil jaloux, les suit....
Plus de dons! La pitié surexcite les haines....
Plus de chants! mais, parfois, le cliquetis des chaînes
Vient frapper notre oreille, et l'on se dit tout bas :
Des martyrs! et pourquoi ne les vengeons-nous pas?...
Parce que la vengeance, au cœur du prolétaire,
Est un fruit qui mûrit, à l'ombre du mystère !
Longtemps, l'ardente nue a couvé, dans ses flancs,
La foudre qui s'échappe en tourbillons sanglants.

PATIENCE! à vous tous que la Réac arrache
A la mère-patrie, au vieux drapeau sans tache,
A vos grades futurs, à vos grades acquis,
Pour les amalgamer, — boucs galeux du pâquis,
Lépreux de notre armée, — en cette étrange troupe,
Où près du fantassin le cavalier se groupe,
Troupe sans numéro, sans guidons constellés,
Et qu'entr'eux les soldats nomment LES ISOLÉS,
PATIENCE! Bientôt, l'astre de délivrance,
Un moment obscurci, luira pour notre France....
La Réac vous bannit... oui, mais la liberté
Couronnera, plus tard, votre fidélité!
Quand vous nous reviendrez, la France tout entière,
Comme pour des héros vainqueurs à la frontière,
Glorifiant, en vous, de civiques douleurs,
Sèmera sur vos pas des palmes et des fleurs.
La France! Non! il faut que votre apothéose
Soit, ô soldats martyrs, complète, grandiose:
Les tyrans ont tenté de vous faire assassins;
Les peuples vous feront, tous, immortels et saints!...

ANNOTATIONS.

—

Ce sont LES ISOLÉS, LES ISOLÉS SOLDATS.

C'est dans les rangs de l'armée que la réaction a cherché ses premières victimes et frappé ses coups les plus rudes. Tout sous-officier, suspect de républicanisme, était cassé de son grade et envoyé en Afrique, non sans avoir subi plusieurs jours, parfois plusieurs semaines de séquestration à la prison du corps. On dirigeait également sur l'Algérie les soldats dont les opinions politiques avaient éveillé l'attention de la police militaire. Tous les martyrs de l'idée démocratique, avant d'être répartis dans les zouaves, dans les chasseurs d'Afrique et autres corps de l'armée d'occupation, étaient placés dans un cadre provisoire ou dépôt, que les soldats nommaient LES ISOLÉS.

Ces hommes, leurs pareils, Antonelli-Nero.

Le cardinal Antonelli, premier ministre de Pie IX; ses cruautés l'ont rendu exécrable à tous les patriotes italiens. Antonelli est le Néron, en camail, de la nouvelle persécution.

Les condamne, dans Rome, au *carcere-duro*.

Le carcere-duro! C'est, en Italie et en Autriche, l'emprisonnement, la séquestration dans toute sa rigueur, dans toute sa barbarie. Aujourd'hui, la réaction française n'a plus rien à apprendre, à ce sujet, de sa sœur l'autrichienne et de sa sœur la romaine : Doullens, Mazas et Belle-Isle n'ont-ils pas, comme le Spielberg et le château Saint-Ange, comme les plombs de Venise, leurs terribles légendes?

Aux cachots du Spielberg....

Le Spielberg est un château-fort de la Moravie ; nous venons de le dire, cette forteresse est la prison politique de l'Autriche. C'est au Spielberg que furent enfermés Silvio-Pellico, Andryane et des milliers d'autres prisonniers dont le seul crime était d'aimer la patrie et l'humanité !...

Dans les mines du pôle ou les flancs de l'Oural.

Les condamnés et suspects politiques, Polonais et Russes, sont envoyés : les uns en Sibérie, les autres dans les monts Ourals. Ils y sont employés à l'exploitation des mines. La plupart, après être entrés dans ces sépultures anticipées, ne revoient jamais la lumière du soleil.

Et les attraits maudits des danseuses d'Ammon
N'ont-ils pas triomphé de Véron-Salomon?...

On sait que Salomon, en dépit des prescriptions de la loi, avait un penchant très-prononcé pour les filles du pays d'Ammon. On sait aussi que M. Véron, avant d'être propriétaire, directeur et rédacteur du vertueux *Constitutionnel*, fut l'heureux directeur du Grand-Opéra.

Fille de Delamarre.

La Patrie a pour propriétaire et directeur le riche banquier Delamarre.

..... Et toi, fière *Assemblée*,
Sybille qu'un marquis de ses dons a comblée.

Le journal l'*Assemblée* compte, parmi ses patrons, M. le marquis de Pastoret.

Et toi, chaste beauté, dont Veuillot est l'ami.

M. Veuillot est le principal rédacteur du journal l'*Univers*, l'organe le plus fougueux du jésuitisme.

D'un bulletin hostile à Lahitte, à Bonjean.

Ce n'est qu'en 1850 que MM. Lahitte et Bonjean furent portés, par l'union électorale, candidats à la représentation, en opposition aux citoyens Deflotte et Eugène Sue. Si je ne me suis pas astreint ici, comme ailleurs, à l'ordre chronologique, c'est que je fais de la satire et non de l'histoire. Au reste, les faits que j'énumère dans ce martyrologe de l'armée sont tous exacts, tous de la plus poignante réalité. Sous chacun de ces épisodes, nous pourrions mettre vingt noms au lieu d'un !...

Daniel est son nom.....

La candidature du citoyen Daniel, caporal au 53e de ligne, obtint un grand nombre de voix au sein du conclave démocratique parisien. Peu de temps après avoir reçu ce glorieux témoignage de civisme, Daniel était proscrit en Algérie. Nous fûmes assez heureux pour lui presser la main sur la route de l'exil.

Vive la République! et le guichet se ferme.

Il faut avoir vu et entendu les nobles martyrs de la liberté, que la réaction condamnait aux sables de l'Afrique, alors qu'ils traversaient nos cités, chantant nos hymnes républicains, pour se faire une idée exacte de l'enthousiasme patriotique dont ils étaient animés. Avant d'entrer à la prison, chacun de ces énergiques citoyens, le détachement tout entier, se découvrait la tête et criait : *Vive la République!* Aussi de quelles ardentes sympathies les entouraient les populations de la Bourgogne et du midi!...

On les fit voyager, non le jour, mais la nuit!...

Les démonstrations fraternelles dont les soldats, expatriés pour opinions démocratiques, étaient l'objet de la part des populations, effrayèrent la réaction. Bientôt nous cessâmes de voir passer des détachements pour *les isolés;* mais l'épuration des régiments n'en continua pas moins sur une grande échelle. Aujourd'hui encore, on dirige sur l'Algérie, devenue la Sibérie française, tous les militaires dénoncés à leurs chefs supérieurs pour républicains. Est-ce à dire, pour cela, que l'armée compte dans ses rangs moins de démocrates?... Non. Le peuple, en France, est républicain, et l'armée, fille du peuple, est comme le peuple : républicaine — *quand même!...*

LA LIBERTÉ HONGROISE.

LA LIBERTÉ HONGROISE.

XXIII.

Quand la narine en feu, dix fois sur le rivage,
Ou dans la forêt vierge, un étalon sauvage
Se battit contre un loup, vieux Radetzki des bois
Moins brave que rusé, l'agresseur, aux abois,
Se présente, un matin, dans la sanglante lice,
Suivi d'un autre loup, son féroce complice :
Alors, seul contre deux, le superbe étalon
Succombe sous la dent d'un ennemi félon.
Ainsi l'Autrichien, en sa lâche furie,
Impuissant, à lui seul, à vaincre la Hongrie,
Appelle à son secours le carnassier du Nord,
Le cosaque affamé de butin et de mort ;
Et le cosaque arrive et le choc recommence
Sur vingt points, à la fois, impétueux, immense,

Des rives du Danube aux gorges du Bannat.

Est-ce une lutte? non ; c'est un assassinat

Que tolère l'Europe, au forfait endurcie....

Oui, car l'aigle d'Autriche et l'aigle de Russie

Entraînent, à leur suite, autant de bataillons

Que s'il fallait, ô France, envahir tes sillons !...

Quelle honte de voir vingt limiers, vingt molosses,

Traquer un noble daim !... deux états, deux colosses,

Deux empires géants assaillir, à la fois,

Un tout petit pays !... Ah ! de toutes ses voix

L'histoire flétrira la ligue Austro-Cosaque !...

Crions, en attendant : Honte ! honte à l'attaque !...

Et gloire à la défense !... En face des tyrans,

Que ce peuple et ses chefs soient proclamés tous grands !!...

Arrière, ô batteleurs de la terre où nous sommes,

Arrière, nos bavards et nos petits grands hommes,

De systèmes usés Démosthènes poussifs !...

Contre les étrangers guerriers inoffensifs,

Redoutables, s'il faut, restaurateurs du Pape ,

Faire jouer, à Rome, et la mine et la sape !...

Arrière ! faisons place aux géants, aux héros,

Qui se nomment Kossuth, Dembinski, Mezsaros,

Georgey, Bem ! à genoux, oui, devant la Hongrie,

Trois fois sainte, ici-bas, martyre et non flétrie !...

Quand nous les acceptons, c'est la honte et les fers

Qui nous flétrissent... non le deuil et les revers !

Soyez, soyez maudits, autant que la tempête,

Esprit de tyrannie, esprit de la conquête :

Hier, un peuple en paix, un peuple hospitalier,

Agronome, pasteur et surtout cavalier,

Travaillait au vallon ; puis, la moisson finie,
Aux brises de l'Oural ou de la Slavonnie,
Il disait la ballade où fillette, à vingt ans,
Accuse du guerrier les amours inconstants,
Et voilà que, soudain, un cri de mort s'élève,
Et ce peuple tressaille et ce peuple se lève.
Ah! c'est qu'un oppresseur a crié : — Plus de droits,
De vieilles libertés pour le peuple hongrois !
Que mon talon l'efface en passant sur la terre !... —
Le Hongrois, à ces mots, du sabre héréditaire
S'est armé ; du dolman il a vêtu ses reins,
Pressé, sous ses genoux, la cavale à tous crins.
Pour lui plus de repos, ni de labeur champêtre ;
Il fore des canons, triture le salpêtre ;
Il aiguise la hache ou, pour tout attirail,
Il prépare la faulx qui fendra le poitrail
Du coursier moscovite ou qui, dans la bataille,
Du grenadier viennois raccourcira la taille....
Partout la guerre, enfin, guerre de désespoir,
Guerre de résistance et partant belle à voir!...
Au joug autrichien, vieil objet de sa haine,
Le Maggyar tenait, par un débris de chaîne,
Il l'a rompu... Bravo !... Puis il s'est trouvé, là,
Sur le sol où l'on voit le tombeau d'Attila,
L'antique roi des Huns et de la Pannonie,
Un homme, un demi-dieu, Kossuth, ardent génie,
Comme l'ange El-Modhi chez les fils du désert,
Ou l'émir du Dahra, le marabout disert,
Abd-el-Kader le grand, sanctifiant le glaive
Qui, sur tout oppresseur, et retombe et se lève.

Ecoutez : dans la voix Kossuth a des accents
Qui, semblables au philtre, enivrent cœur et sens.
Puis il parle, Kossuth, à gens dont les poitrines
N'ont pas de nos rhéteurs aspiré les doctrines.
Ceux-là n'ont point bâti de temple au Capital,
A la paix, à tout prix, dressé de piédestal.
Chez les fiers Maggyars les lâches sont infâmes ;
Au départ, au retour, les amantes, les femmes
N'enlacent de leurs bras, ne pressent sur leur cœur
Que l'homme dont le sabre est demeuré vainqueur.
Moins d'épis en juillet miroitent sous la nue,
Que dans la steppe, hier, silencieuse et nue,
Ne brillent de hussards, tandis qu'à Debreczin,
A Comorn, à Presbourg veille le fantassin,
Et que mille canons, servis par la victoire,
Complètent de Kossuth le prestige oratoire.
Mémorable ouragan, grand choc dont les échos
Feront, mille ans après, surgir d'autres héros !
Celle qui du mirage est la reine, la fée,
Un jour, Delibaba, dans un pompeux trophée,
Comme Ruggieri le thême officiel,
Retracera ce drame aux régions du ciel.
A la grande stupeur de la diplomatie,
Dans ce drame chacun, peuple, aristocratie,
Généraux et soldats, ministres, dictateur,
Comprend, remplit son rôle, en admirable acteur.
Si les soldats sont forts, les chefs sont intrépides,
Si leurs calculs sont longs, leurs glaives sont rapides....
Brillante exception, ici, l'habileté
Marche de compagnie avec la liberté !

Sur ce lambeau de terre — héroïsme et démence ! —
Où l'Europe finit, où l'Orient commence,
Et le soleil entrant au signe du Lion,
D'hommes et de coursiers se heurte un million,
Fleuve, océan mouvant, où vont roulant leurs lames,
Aux éclats de la voix et du salpêtre en flammes,
Ces races dont le temps a voilé les destins,
Bâtardes des vieux Franks, des Slaves, des Latins,
Races d'alluvion, couches superposées
Qu'en leur flux et reflux, au soleil ont laissées
Et l'Europe et l'Asie à des âges divers.
Contemplons l'échiquier, les paris sont ouverts :
Au livre des destins bienheureux qui sait lire !
— Mes russes sont vainqueurs, hurle, dans son délire,
Nicolas le tartare. — Ah ! tu mens, par Brutus !
Lui réplique Georgey, tes russes sont battus. —
Fanfaron ! — Tu sauras qué jamais je ne raille,
A Waitzen j'ai tenu, trois jours, sous la mitraille,
Paschewitz haletant, ainsi qu'un vieux limier. —
Paschewitz de mes chefs, l'oracle, le premier !...
— Soit !... Puis voilant mon jeu d'un rideau de fumée,
Masquant de tirailleurs le front de mon armée,
J'ai rejoint Dembinski, sabrant, chemin faisant,
Deux de tes généraux... un avis en passant :
Paschewitz à Waitzen, ivre, non, non myope,
De ta sollicitude attend un télescope. —
Insolent ! si jamais !... — J'entends, à demi-mot :
Tu me pendras ou bien... non, bourreau, pas si sot !...
Trève aux discours, il faut des fusils aux recrues,
A la voix de Kossuth vers nos camps accourues...

Si j'allais de Kaschau visiter l'arsenal ?... —
Georgey dit et joua ce tour original
Dont, aux éclats, a ri notre démocratie.
— De mon fier Jellachich, du ban de Croatie
Qui, donc, nous donnera des nouvelles ? Parlez !...
Ici, chacun se tait, courtisans, vous tremblez !
Dit un jeune empereur. — Il entra dans l'arène,
Ajoute une beauté, princesse souveraine,
Emportant, avec lui, mon écharpe et mon cœur :
Gardons-nous d'en douter, Jellachich est vainqueur. —
Hélas ! madame, hélas !... Votre altesse se flatte,
Il est, de par le monde, un démon écarlate,
Bem... — Un chef de bandits ! avec mon paladin,
Qu'a de commun ce Bem ? — Le chasseur est au daim
Ce qu'est à Jellachich Bem, l'affreux anarchiste...
Il suit infatigable et sans quitter la piste,
Notre héros qui semble, aujourd'hui, rechercher
Le prix peu belliqueux de la course au clocher :
D'un chevalier fidèle on pouvait mieux attendre. —
Cet interlocuteur qui se rit d'un cœur tendre,
Nous dit vrai, car le Ban, de vallons en vallons,
Fuit, comme invulnérable, à l'endroit des talons,
Différent, — à chacun sa route sur la carte, —
D'Achille, qui jamais ne combattit en Parthe.
Bem, en cette épopée, est au Russe au Baskir,
Ce qu'à l'arabe était notre sultan Kébir.
On raconte de lui des exploits, des merveilles,
Qui des peuples du Nord enchanteront les veilles :
Bem, avec sa cravache, écarte les boulets,
Il se rit de l'obus comme des feux follets,

Ou devant l'ennemi, se posant en muraille,

Brave, les bras croisés, la foudre et la mitraille.

A la ligue Austro-Russe, aujourd'hui, Dembinski

Est ce qu'aux Ottomans jadis fut Sobieski ;

Au fer de l'étranger, pas à pas, il dispute

La forêt, la cité, les rocs, tantôt, culbute

Haynau l'autrichien, tantôt, donne au hussard

A sabrer, dans la steppe, un bataillon du Tzar.

Non, le Russe n'est pas ce que pense l'Europe,

Ce que le fait la peur, cet autre microscope

Qui transforme un Ciron en Hercule, en Titan.

Demandez au Caucase, aux pics du Daghestan,

Ce que Schamyl a fait des tyrans de l'Asie?...

De leur sang il a teint les rocs de Circassie,

Brisé, pulvérisé leurs crânes, sous ses coups,

Et gorgé de leur chair les corbeaux et les loups !

Eh bien ! dans la Hongrie, intrépide à combattre,

Il est plus d'un Schamyl : on en compte au moins quatre.

Sur des points différents, lions non muselés,

On les voit, aujourd'hui, triompher, isolés :

Peut-être que, demain, dans une grande affaire

Dont le choc troublera notre vieil hémisphère,

Verrons-nous ces héros, concentrant leur effort,

Ecraser, d'un seul coup, les potentats du Nord.

Peut-être, — et ce parti nous paraît le plus sage —

Ces chefs attendront-ils l'hiver, à son passage,

L'hiver, allié sûr, qui dit aux conquérants :

Halte-là ! comme l'ange aux fleuves délirants.

Quand un drame commence, il faut bien qu'il finisse :

Soit que le ciel délaisse ou que le ciel bénisse

La liberté hongroise, ô France, à tous les yeux
Il te faudra voiler ton passé glorieux!...
Car tu laisses, ô toi qu'on appelait l'auguste,
Lâchement, au soleil, assassiner le juste!...
Ici, l'inaction équivaut au forfait,
Et je te prends, hélas! coutumière du fait.
Écoute et maudissons la peur et l'égoïsme :
Lorsqu'en deux ou trois jours de fébrile héroïsme,
Secouant la torpeur, terrifiant les rois,
Pour les perdre, bientôt, tu recouvres tes droits,
Vers le septentrion une ligue barbare
Dans l'ombre, à petit bruit, aussitôt se prépare ;
Puis, la mine chargée et prête d'éclater,
Comme un mousquet, en l'air, nous la voyons rater.
Ah! c'est qu'à ton salut un peuple se dévoue,
C'est qu'à l'INVASION, se jetant sous la roue,
Du char qui va bientôt te broyer sans pitié,
Il dit, le glaive en main, martyr de l'amitié :
— Tu ne passeras pas sans fouler mon cadavre!... —
Hier, ah! de douleur ce souvenir me navre!
Pour nous, en holocauste, aux despotes du nord
La Pologne s'offrait ; bravant le même sort,
Avant-garde française, aujourd'hui la Hongrie
Dit, comme aux Turcs jadis : Halte à la barbarie!
Honte! honte et malheur! Hier, les Polonais
Quand ils mouraient pour toi, tu les abandonnais :
D'un double fratricide, oui, d'une double tache
Maculée, aujourd'hui, tu laisses, sous la hache,
Succomber les Hongrois!... Ah! survivre à ce prix,
Ce n'est pas vivre! non, c'est mourir de mépris!...

Je ne prétends pas, moi, buriner des oracles,
Mais je crois au progrès, au peuple, à ses miracles ;
Enfin, Liberté sainte, en tout temps, en tout lieu,
Je crois, j'espère en toi, comme l'on croit à Dieu.
Eh bien, qui sait du sol où, sublime transfuge,
On te vit, loin de nous, te créer un refuge,
Si de cet oasis de steppes et de monts,
Où tout homme à ton souffle entr'ouvre ses poumons,
Lorsque, partout ailleurs, il est esclave et lâche,
Ou, s'il veut s'affranchir, tombe, meurt à la tâche,
De la Hongrie, enfin, qui sait, ô Liberté,
Si du tombeau, pareille à Christ ressuscité,
Tu ne sortiras pas !... Alors, du haut des roches,
Titans qui du lac Vert protégent les approches,
Ainsi qu'au Sinaï jadis le Tout-Puissant,
Tu nous apparaîtras le front resplendissant.

ÉPILOGUE.

J'écrivais, je chantais une hymne à l'Espérance,
Et souriant, en songe, au réveil de la France,
L'oreille aux bruits lointains et l'œil à l'horizon,
J'attendais.... Tout-à-coup, le cri de trahison
Me glace ! mais qui donc a trahi la Hongrie ?
Chez nous, en France, hélas ! on trahit la patrie ;
C'est l'histoire d'hier, l'histoire d'aujourd'hui...
Celui-là s'est vendu, celui-ci s'est enfui ;
Un a trahi, ministre, un autre, chef d'armée....
Mais on ne salit pas sa haute renommée
Chez un peuple encor neuf !... Oh non ! mille fois non !
On n'y trafique pas du drapeau, du canon

Ou du peuple !... Le traître ?... on le cite, on le nomme ;

Le présent, l'avenir, passant devant cet homme,

Les vivants et les morts, défilant à leur rang,

Lui jetteront, au front, de la boue et du sang,

Des milliers de proscrits, de rivage en rivage,

Promenant leur misère et l'auguste veuvage

De leur noble patrie et de leurs libertés,

Maudiront cet infâme et les décapités

De Presbourg et de Pesth, les martyrs de Pologne,

Robert Blum et les saints de Milan, de Bologne,

Le maudiront, là-bas, dans l'éternelle nuit,

Ou causant sur leur tombe, à l'heure de minuit,

Et Satan sourira de son hideux sourire !...

Quant au nom du maudit, à l'instant de l'écrire,

Ma main tremble, s'arrête... ah ! c'est que, dans mon cœur,

J'idolâtrais Georgey, dix fois, vingt fois vainqueur,

Que j'inondais de fleurs cet admirable athlète....

Honte à Judas ! Soit, mais est-ce donc au poète

De flétrir qui vendit son pays à l'encan ?

Non, c'est au bourreau, seul, de le mettre au carcan.

ANNOTATIONS.

—

Des rives du Danube aux gorges du Bannat.

Le Bannat est une des subdivisions de la Croatie militaire qui comprend plusieurs généralats. Chacun d'eux fournit à l'Autriche un certain nombre de régiments.

Qui se nomment Kossuth, Dembinski, Mezsaros.

Kossuth a été, dans le drame héroïque et sanglant de la liberté hongroise aux prises avec l'Autriche et la Russie, ce que fut Mazzini dans la lutte sublime de la liberté romaine contre la réaction jésuitico-européenne, ayant pour instrument le glaive fratricide de l'Elysée : l'âme d'une grande épopée. En effet, la parole, le génie de Kossuth remuèrent le peuple hongrois jusque dans les tombeaux de ses ancêtres..... Dembinski, Bem, Mezsaros, Klapka, et tant d'autres héros furent les Garibaldi de la Hongrie... Et Georgey ! silence !...

Il disait la ballade où fillette, à vingt ans.

Hélas ! nous l'avons trop entendu redire cette ballade, lorsqu'en 1814 et 1815, les échos de notre France envahie répétaient les airs nationaux des peuples du Nord ! Qui ne se rappelle encore cette chansonnette d'un accent et d'une mélodie si naïfs, simplicité qui porte avec elle tout un drame : amour, séduction, abandon... puis... achevez !... C'est l'histoire de tant de jeunes filles, sur les bords du Danube, comme sur les rives de la Seine !

Ah ! que l'amour aurait pour moi de charmes,
Quoi ! j'ai quinze ans et pas encor d'amant...
Gentil hussard, viens essuyer mes larmes,
Mon cœur promet de t'aimer tendrement...

..... Du dolman il a vêtu ses reins.

Le dolman, vêtement, partie du costume national des Hongrois ; le dolman est orné de tresses, avec boutons bombés. C'est, sauf quelques modifications, la veste de nos hussards français.

Sur le sol où l'on voit le tombeau d'Attila.

Les Hongrois sont les descendants des Huns qui, sous la conduite d'Attila, fondirent au IVᵉ siècle sur l'occident et le midi de l'Europe. On montre, en Hongrie, un tumulus ou monticule que l'on dit être le tombeau d'Attila.

Au joug autrichien, vieil objet de sa haine,
Le Maggyar tenait, par un débris de chaine.

La Hongrie, monarchie longtemps élective, héréditaire, ensuite, par l'usurpation de la maison de Habsbourg, avait une constitution particulière ; l'empereur d'Autriche, roi de Hongrie, n'y jouissait pas d'un pouvoir absolu. Aucune loi d'impôt ne pouvait y être appliquée sans avoir été votée par les états. C'est parce que dans les derniers temps, la cour de Vienne jetant le masque, avait audacieusement empiété sur les vieilles franchises de la Hongrie, qu'éclata un mécontentement qui, plus tard, dégénéra en une insurrection. Les Maggyars ou Maggyares sont les descendants d'un peuple venu d'orient, qui, au Xᵉ siècle, s'établit dans la Hongrie et réduisit à l'état de serfs les habitants primitifs. Les Maggyars devinrent ensuite les seigneurs du pays ; mais, mieux inspirés que les nobles polonais, ils affranchirent les paysans lors de la dernière guerre. Aussi l'insurrection prit-elle, bientôt, un caractère national.

Comme l'ange El-Modhi, chez les fils du désert.

L'ange El-Modhi, espèce de messie dont la venue est annoncée dans le Coran aux fils de Mahomet. Lors de l'expédition française, en Egypte, un Arabe fanatique avait pris le nom d'El-Modhi pour entraîner à sa suite, dans la guerre sainte, les tribus du désert. Il fut défait, avec quinze ou vingt mille cavaliers et Fellahs, par le général Lanusse, sur les confins de la province de Bahhyreh.

Un jour, Delibaba, dans un pompeux trophée.

Delibaba est l'héroïne d'une antique légende hongroise. Princesse, ici-bas, et princesse malheureuse, car elle ne put s'unir au héros qu'elle aimait, les fils de l'orient lui ont donné pour apanage, après sa mort, les régions azurées. Elle y préside, en qualité de fée, aux merveilles du mirage.

A Waitzen, j'ai tenu, trois jours, sous la mitraille,
Paschewitz, haletant, ainsi qu'un vieux limier.

La bataille de Waitzen, commencée le 16 juillet 1849, dura plusieurs jours. Elle fut une des plus sanglantes de cette guerre. Paschewitz, un des plus vieux généraux de Nicolas, commandait les Russes, Georgey les Hongrois. Le troisième jour, ce dernier masqua son mouvement de retraite par un feu de mousqueterie et d'artillerie, manœuvrant de manière à s'emparer du passage de la Theiss, afin d'opérer sa jonction avec Dembinski. Après avoir habilement dérobé son mouvement à Paschewitz, Georgey exécuta une pointe hardie sur Kaschau dont il vida, au profit de l'insurrection, l'arsenal richement approvisionné en armes et équipements militaires.

De mon fier Jellachich, du ban de Croatie.

Le baron Jellachich, commandant en chef du ban de Croatie, était parvenu à passionner les Croates contre les Hongrois. Afin d'attacher Jellachich lui-même à la cause de l'empire, l'archiduchesse Sophie lui avait fait don d'une écharpe brodée par elle. Au reste, le fond de ce dialogue que nous supposons se tenir au palais entre le jeune empereur, François II, l'archiduchesse Sophie et quelques courtisans, est parfaitement exact. Bem, après avoir rallié une partie de la Transylvanie à l'insurrection hongroise, fit volte-face contre Jellachich, le battit et le poursuivit de telle sorte que, pendant quelque temps, on n'entendit plus parler ni du ban, ni de ses Croates.

Ce qu'à l'Arabe était notre sultan Kebir.

Les Arabes avaient surnommé Bonaparte, en Egypte, Kebir, le sultan Kebir... En Arabe, KEBIR signifie GRAND.

On raconte de lui des exploits, des merveilles.

Les Hongrois, comme tous les fils de l'Orient, sont amis du merveilleux ; aussi ne manquèrent-ils pas d'attribuer à des causes, à des dons surnaturels les prodiges de valeur opérés par Bem. Lorsqu'un peuple combat pour son indépendance, sa cause est si belle, si sainte, qu'il a bien le droit de se donner le ciel pour auxiliaire !

A sabrer, dans la steppe, un bataillon du Tzar.

Les steppes sont des plaines immenses. Elles seraient à l'Asie ce que l'immensité du désert est à l'Afrique si, moins arides, moins dénudées, elles n'offraient à l'œil des traces d'une abondante végétation, exploitée par des troupeaux d'animaux sauvages ou domestiques.

Ce que Schamyl a fait des tyrans de l'Asie.

Schamyl, bey de Circassie, un des héros les plus prodigieux de notre siècle, si fécond en prodiges. Enfant et captif des Russes, Schamyl fut élevé à l'école des cadets, et, plus tard, placé, comme officier, dans un des régiments envoyés contre les tribus du Caucase. Il déserta dès la première rencontre. Devenu, au bout de quelques années, le chef des Circassiens, il est parvenu, en déployant un courage et un génie surhumains, à prolonger une lutte où les Russes comptent aujourd'hui autant de défaites que de combats.

Ecraser d'un seul coup les despotes du Nord.

En effet, à l'époque où furent écrits ces vers, Georgey, Bem et Dembinski semblaient manœuvrer pour opérer leur jonction, afin de livrer aux impériaux une bataille décisive.

Ces chefs attendront-ils l'hiver, à son passage?

D'un autre côté, on se demandait s'il ne serait pas plus avantageux pour les défenseurs de la liberté hongroise, d'attendre que l'hiver contraignît les Russes et les Autrichiens à prendre leurs quartiers d'hiver? Pendant cette trève forcée, la résistance se fût de plus en plus organisée dans les rangs de l'insurrection ; peut-être aussi la diplomatie aurait-elle trouvé moyen d'intervenir si, toutefois, la démocratie en France avait gagné du terrain, au lieu d'en perdre, à l'Elysée et à l'Assemblée. On ne pouvait croire, en France, à l'abandon de la Hongrie, pas plus qu'on n'y crut sous Louis-Philippe à l'abandon de la Pologne! autre temps, même système !...

Titans qui du lac Vert défendent les approches.

Le lac Vert (*Grune-sée*) est situé dans les Karpathes, chaîne colossale de montagnes qui bornent la Hongrie au nord, au nord-ouest et au nord-est. Le lac Vert se trouve enchâssé, pour ainsi dire, entre des blocs de granit qui s'élèvent, à droite et à gauche, à 5,000 pieds de hauteur.

J'idolâtrais Georgey, Georgey dix fois vainqueur.

Eh! qui alors ne l'admirait, n'espérait en lui ! Son nom était dans toutes les bouches. Nous le croyions tous sur la route de nouvelles victoires, quand nous apprîmes que, le 11 août, Georgey s'était rendu sans conditions, lui et son armée, au général russe Rudiger... En dehors de toutes stipulations et avantages personnels qui pouvaient résulter pour Georgey d'une transaction avec l'Autriche et la Russie, on trouverait l'explication de la conduite de ce chef d'armée, si cette conduite pouvait être jamais expliquée, dans ce passage des mémoires de Klapka.

« Georgey était un soldat dans toute l'acception du mot : une éducation étroitement militaire, un stoïcisme inné qui dégénérait souvent en cynisme, une manière de penser positive, étrangère à tout idéal, à toute poésie, imprimaient à son caractère une prudence singulière qui se raidissait contre toutes les formes de l'étiquette, et lui inspiraient, en politique, une profonde répulsion contre les révolutionnaires et les mouvements desordonnés des masses. »

Si Georgey n'a pas vendu la Hongrie, il l'a livrée..... La trahison de Georgey amena bientôt la soumission ou la dispersion des forces de l'insurrection hongroise... Quelques-uns des chefs imitèrent l'exemple de Georgey, en faisant leur soumission; d'autres et des plus purs, parmi les patriotes hongrois, tels que Kossuth, Bathyany, Klapka, Bem et Dembinsky, se réfugièrent en Turquie. La généreuse et énergique hospitalité du sultan Abdul-Méjil ne leur a pas fait défaut.. ... Aujourd'hui, la liberté hongroise et la liberté romaine dorment donc leurs tombeaux, l'une à l'orient, l'autre au midi... elles se réveilleront !...

LA COCCINOPHOBIE.

LA COCCINOPHOBIE.

XXIV.

De même que Linnée, en tribus, en familles,
Les fleurs de nos jardins, les pampres des charmilles,
Les plantes qne l'on cueille au sein de nos vallons,
Ou qu'aux flancs des glaciers bercent les aquilons,
Les enfants d'Hypocrate, en classes, en séries,
En subdivisions, doctes catégories,
Ont rangé, réparti, le microscope en main,
Ou du scalpel armés, les maux du corps humain.
De ces maux le total — je le dis à la honte
De l'artiste immortel. — En Sorbonne, se compte
Par des centaines? bast! non, par plusieurs milliers,
Chacun ayant ses noms plus ou moins familiers.
Eh bien, moi, je prétends à leurs nomenclatures,
De l'innovation tentant les aventures,

Ajouter un sujet, et docteur Trissotin,

Le saluer d'un nom moitié grec et latin.

J'ai dit et te salue, ô Coccinophobie !

Toutefois, tu n'es point le jet d'une lubie,

Éclose en mon cerveau, ce sont, ce sont les Blancs,

Monstre, qui t'ont nourri, dorlotté dans leurs flancs ;

La Réac t'enfanta, moderne Mélusine !...

De mon néologisme, expliquons la racine :

Du rouge. — Ah ! chaque siècle enfanta son erreur. —

La Coccinophobie est la crainte, l'horreur.

Puis, ainsi que l'on dit sur le sphérique globe,

De quiconque craint l'eau : cet homme est hydrophobe ;

De qui hait l'écarlate, on dit, avec raison, ·

— Et le cas est encore, hélas ! sans guérison : —

C'est un coccinophobe !... Enfin, la politique,

Comme la médecine, ayant son diagnostique,

Esquissons, à grands traits, définissons le mal,

Dont souffre, de nos jours, maint bipède animal.

La Coccinophobie — il faut qu'on le proclame —

N'est point un des produits que le siècle réclame :

Elle est comme la peste, au fluide virus,

Comme le choléra, la rage ou l'acarus

— De la comparaison triple sot qui se blesse —

Comme la royauté, d'une ancienne noblesse.

Les valets, les prôneurs des princes et des grands,

Tous les Machiavels et tous les Talleyrands,

Les souteneurs des rois, tribu, race vénale,

Les verdets, les ligueurs du mal que je signale,

Persécuteurs en butte à de sombres terreurs,

Ont connu, ressenti les ardentes fureurs.

Donc. — Et sur la matière on écrirait dix tomes. —
Ce mal changea de nom sans changer de symptômes,
Sévissant plus où moins, en sa rigidité,
Selon les attributs que prend la liberté.
Allons, messieurs les Blancs, trève de pruderies !
Nous allons, pour vous peindre, évoquer les furies.
Les Denis, les Néron et les Pharisiens,
Antiques précurseurs de nos Malthusiens,
Les gens du Vatican, les gens du Saint-Office,
L'abbé qu'enluminait le vin du bénéfice,
Les sbires, les bourreaux et les Laubardemonts,
Allant, quêtant leur proie, et par vaux et par monts,
— Abusons de mon grec, — étaient libertophobes,
Et si leurs descendants sont tous coccinophobes,
C'est qu'aujourd'hui le peuple, en sa mâle fierté,
De la pourpre royale orne la liberté ;
C'est parce que sans tache et sans bariolage,
L'écarlate drapeau, déployé sur la plage,
Topaze, ardent rubis, sous les cieux miroitant,
Du pouvoir unitaire est l'emblême éclatant.
Chez le coccinophobe, à mon discours éclate
Un frénétique accès ; son regard se dilate,
Il grince des dents, puis, chose étrange, il rougit
Et pâlit tour-à-tour ; écoutez, il rugit :
Peste et damnation ! horreur ! horreur ! arrière !
Votre rouge étendard flottant dans la carrière,
C'est l'emblême hideux du sang, des échafauds,
Et de l'égalité qui promène sa faulx !...
Autour de ce drapeau, je vois marchant, ensemble,
Ainsi que les vautours que le carnage assemble,

23

Carrier, Fouquier-Thinville, et Saint-Just et Couthon,
Robespierre et Marat que précède Danton....
Je les vois entraînant la foule débraillée, —
Je l'espère, ah ! bientôt nous l'aurons mitraillée ! —
La foule qui mugit, brandit ses longs couteaux,
Et de ses mille voix hurle : guerre aux châteaux !...
Il dit, et tout-à-coup, par rencontre imprévue,
Si quelque rouge objet apparaît à sa vue,
Le malheureux écume, il s'élance, il bondit,
De pied en cap armé, contre l'objet maudit,
Le lacère, le broie, et, triomphant, s'écrie :
J'ai vaincu les démons, dompté la barbarie....
France, que je dispute à d'infâmes rêveurs,
Adore-moi, je suis un de tes dieux sauveurs ! —
Parfois, silencieux et la tête baissée,
Sans prologue ou harangue, indiquant sa pensée,
Notre coccinophobe, au regard furibond,
Sur l'objet écarlate arrive d'un seul bond,
Et de ses doigts crispés, l'étreint et le dépèce.
Ainsi, le ruminant de la plus grosse espèce,
Sur un lambeau d'étoffe, à l'œil éblouissant,
S'élance, et, sous ses pieds, l'écrase en mugissant.
— Point de mal sans remède — a dit l'adage antique!
L'adage est un docteur que dément la pratique.
En effet, pour tenter, ici, la guérison,
Vainement la science invoqua la raison.
A propos d'un tissu, bannière, voile ou robe,
Avons-nous dit, redit à maint coccinophobe :
Pourquoi donc sottement, Don Quichotte nouveau,
Contre moulins armé, s'exalter le cerveau?...

Le rouge, contre qui votre haine déborde,
Objet fort innocent de guerre, de discorde,
D'incessantes clameurs, de toute antiquité,
Par les rois, vos amis, fut assez bien porté.
Les bourgeois de Sidon, vos frères en négoce,
Trafiquaient de la pourpre, avec le sacerdoce,
Ainsi qu'avec le trône ; à Rome, le Sénat
Drapait sa majesté de la toge incarnat.
Mais pourquoi cet appel aux mœurs phéniciennes,
Au vieux Sénat romain, aux coutumes anciennes,
Lorsque nos magistrats, si riches en vertus,
De la robe de pourpre apparaissent vêtus,
Et quand, donnant la main à la magistrature,
Vos cardinaux, orgueil de la cléricature,
Vos princes de l'église, aux pieds des saints autels,
Se pavanent couverts de leurs rouges mantels !
Que de gens, enrôlés sous la blanche bannière,
De certain ruban rouge ornent leur boutonnière !...
Puis, voyez nos soldats, cavaliers, fantassins,
Contre le sans-culotte, au détriment des saints,
Nos dévotes en eux mettent leur espérance,
Et pourtant nos héros du pantalon garance
Sont porteurs.... Ajoutons, qu'au costume français,
Un jour on préféra le costume écossais.
La fashion au rouge a déclaré la guerre ·
Cependant, parmi nous, qui ne sait que, naguère,
Partout faisait fureur, sous le ciel des salons,
La couleur Cardoville, aux refflets plus que blonds ?...
Qu'elle pare le sein des vierges de la plaine,
Ou qu'elle brille au front de dame châtelaine,

Chaque fleur, au tissu plus ou moins transparent,
De sa corolle exhale un parfum différent :
Ainsi, chaque couleur qui miroite, chatoie,
Tantôt sur le velours et tantôt sur la soie,
Fille de la lumière, âme de l'univers,
Nous charme, nous séduit sous des reflets divers.
Amis, le Créateur, dont la main libérale
Du pompeux arc-en-ciel décrivit la spirale,
De la rose et du lys émaille le printemps,
Et du coquelicot, nos vallons et nos champs :
Sachons, membres égaux de la famille humaine,
Heureux usufruitiers d'un immense domaine,
Sachons donc, sans colère et surtout sans combats,
Savourer les produits, les trésors d'ici-bas !...
Je dis... mais c'est en vain que mon cœur argumente,
De mon sombre auditeur la rageuse tourmente
De ma douceur s'irrite, et fuyant son courroux,
Je vais traiter, ailleurs, des couleurs et des goûts.
Reprenons le scalpel : la Coccinophobie,
— Grâce pour mon audace, — est un mal amphibie.
A la ville, au hameau, promenant ses fureurs,
Rien n'échappe à ses coups ainsi qu'à ses erreurs ;
Au sein de la famille, au foyer domestique,
Elle excite, entretient l'orage politique,
Divise les époux, désunit les amants.
Ecoutez : au milieu de ces sites charmants,
Où captif du granit, en sa double muraille,
Court, bondit le Cousin, sur son lit de rocaille,
Il existe, au penchant de deux riants côteaux,
L'un à l'autre opposés, deux villas ou châteaux.

Dans l'un vivait Arthur et dans l'autre Giselle;
L'amour avait touché, de sa vive étincelle,
Leurs cœurs et l'hyménée allait, quelque matin,
D'une double guirlande enlacer leur destin.
Or, un matin aussi, l'amant, sur l'autre rive,
S'élance, et vers sa mie, en fredonnant arrive,
De plus, le frac orné d'un œillet cramoisi.
Quoi! vous osez, monsieur, nous aborder ainsi?...
Cette fleur.... — Est pour vous.... — Fi donc! poursuit la belle,
Je l'avais pressenti : vous êtes un rebelle,
Un ennemi des rois, parjure au droit divin,
Un homme de désordre, un anarchiste, enfin! —
Quoi! pour, un rouge œillet, si bouillante colère!...
Vous êtes, je le vois, d'humeur atrabilaire;
Vous souriez au blanc, moi j'aime le carmin...
Séparons-nous, de peur de discorde en chemin! —
Ce qui fut dit fut fait : c'était le parti sage.
Qui se querelle avant de se mettre en voyage,
Risque fort de se battre, en marchant vers le but;
Mieux vaut qu'un long scandale, un éclat au début.
La Coccinophobie est un mal endémique;
C'est-à-dire local. Elle est épidémique.
Contagieuse? Non. Ainsi de sa rigueur
Notre peuple se rit, en sa mâle vigueur;
A son invasion, au sein de la mansarde
Où l'usure le traque et que le vent lézarde,
Il échappe, tandis qu'aristos et préfets
Ressentent du fléau les bizarres effets.
Il est vrai qu'à côté de l'aristocratie,
La gent trotte-menu de la bureaucratie,

Abeilles, aux profits par frelons écornés,
Gendarmes et sergents, sbires entricornés,
Tous peuple en dépit d'eux, tous peuple d'origine,
De même qu'à la gorge on est pris par l'angine,
Par les griffes du monstre, issu de nos discords,
Se trouvent tiraillés, appréhendés au corps.
Mais chez ces blancs, mal teints, la crise est passagère :
Tourne la girouette, et la brise légère
Emporte leur accès, et — pauvre genre humain ! - -
Nous les voyons rougir du soir au lendemain.
En attendant, hélas ! que Pierrot s'enlumine,
Néron-Coccinophobe, en ce siècle, domine ;
Grâce à l'or du budget il trouve des flatteurs,
Et pour ses volontés de plats exécuteurs ;
De la force brutale au soleil il abuse ;
Si ce n'est plus le roi, c'est le blanc qui s'amuse.
Intermèdes princiers ! il jette, sans motifs,
D'honnêtes citoyens aux cachots préventifs ;
Le sbire, pour un mot, nous étreint à la gorge.
La geole est encombrée et le bagne regorge...
— Tuez, tuez toujours, égorgez sans remords,
Dieu saura retrouver les siens, parmi les morts ! —
C'est ainsi que parlait, répandant l'épouvante,
Un blanc du bon vieux temps que Loyola nous vante.
Nul ne dit, de nos jours, tuez, assassinez !
Qui l'oserait ? on dit : CHERCHEZ ! emprisonnez !
Qu'importe si l'enfant redemande son père !
Si l'épouse, sans pain, pleure, se désespère !
CHERCHEZ ! emprisonnez ! sans preuves, ni témoins !
Innocent ou coupable on n'en souffre pas moins.

Peut-être, en d'autres temps, pareils énergumènes
Chez les civilisés horribles phénomènes,
Auraient eu Charenton ou Bedlam pour hôtel...
Qu'ai-je dit? Non, le sort nous lançant un cartel,
Un bizarre défi, ces fous, ces maniaques,
Bons à loger — j'y tiens, — aux petites baraques,
Grâce à l'absurdité de certains électeurs,
Des intérêts publics sont les modérateurs!...
Quoiqu'en disent Malthus, ses disciples, ses scribes,
Le peuple est las d'attendre et de ronger des bribes...
Aux brises du progrès il ouvre ses poumons,
Comme un lion sa gorge à la brise des monts.
Or, que fait le pouvoir? En son ardeur sauvage,
Coccinophobe en rut, rôdant sur le rivage,
Il cherche s'il découvre, au sommet du rocher,
Du peuplier, ou bien aux créneaux du clocher,
Quelque insigne ou drapeau, démocratique emblême,
Qui fait trembler Basile et la royauté blême ;
S'il verra miroiter quelque pourpre ruban ;
Si quelque béret rouge, en guise de turban,
Ombrage un noble front ; puis, s'il rêve écarlate,
J'ai dit, il incarcère : A ton siége, Pilate !
Trente ans plus tôt, armé du royal couperet,
Il tranchait, d'un seul coup, la tête et le béret !...
A ces débordements si le destin se prête,
C'est qu'à faire un éclat, en secret il s'apprête ;
Avant de' le briser, qui ne sait que les Dieux
Frappent d'aveuglement le despote odieux ?
J'ai décrit, de nos blancs bravant les controverses,
La Coccinophobie, en ses phases diverses :

C'est que des maux du siècle, hélas ! fort innocent,
J'observai, dans son cours, le mal recrudescent.
Si le souffle empesté de l'infernal archange,
Poussa vers nos vallons le choléra du Gange,
Sous la tunique, ou sous le vieux tricorne noir
D'un jésuite, touriste armé d'un éteignoir,
— C'était, sinon Veuillot, Montalembert-Tobie —
Du Vatican nous vint la Coccinophobie.

L'ultramontain prétend — ah ! c'est peu nous flatter ! —
Que chez nous le fléau tend à s'acclimater....
Non ! de même que l'air, en temps d'épidémie,
S'épure, au frais contact de quelque brise amie,
De même nous verrons la France s'assainir,
Sous le rayonnement d'un prochain avenir.
Ainsi que l'ignorance, ainsi que la misère,
Qu'on ne veut pas guérir, parce que de l'ulcère
Vivent certains rongeurs, qu'enfin on connaîtra,
La Coccinophobie, un jour, disparaîtra.

La lèpre, disait-on, est un mal incurable !
Et le lépreux, jadis, languissait misérable :
A toi, Coccinophobe, à toi, la liberté
Sera ce qu'au lépreux fut la salubrité.

ANNOTATIONS.

———

De même que Linnée, en tribus, en familles.

Linné ou Linnée, célèbre naturaliste suédois, né à Rœshult, en 1707, mort en 1778. On lui doit la classification méthodique des plantes ; il créa en outre, pour la botanique, une langue commode, régulière ; ses définitions sont d'une clarté et d'une précision admirables.

Ajouter un sujet, et, docteur Trissotin,
Le saluer d'un nom moitié grec et latin.

Trissotin, personnage passablement ridicule des femmes savantes de Molière, au langage prétentieux, sachant son grec et son latin et ne manquant pas l'occasion de s'en servir. Fort heureusement, ce type devient infiniment rare ; de nos jours la science se fait modeste, et elle n'en est que plus aimable.

J'ai dit et te salue, ô Coccinophobie !

La politique, comme la science, a bien le droit de cultiver le néologisme. Toutefois, nous ne sommes pas l'auteur de celui que nous employons ici. Au citoyen Eugène O'ddoul, à l'auteur de la savante et spirituelle brochure intitulée RIEN, RIEN, RIEN, ou L'ENTIER DU THIERS, revient la paternité des mots *Coccinophobie* et *Coccinophobe*, tirés du grec *Coccinos* — couleur de cochenille, écarlate, rouge — et *phobos*, effroi. *Coccinophobie*, effroi du rouge ; *Coccinophobe*, qui ressent l'effroi du rouge.

La Réac t'enfanta, moderne Mélusine.

Mélusine, fée, personnage assez mal noté dans les histoires des enchanteurs et les contes de fées, jouant, à tous propos, des tours de méchanceté noire à la vertu et à l'innocence.

Un jour on préféra le costume écossais.

Les grenadiers écossais, *higlanders*, qui, en 1815, campaient aux Champs-Élysées, ne portaient ni culotte, ni pantalon, cette chose, enfin, que les dames anglaises nomment *une inexprimable* de peur de la nommer, mais bien une jacquette tombant au-dessous du genou. Cette abréviation ou simplification de costume n'empêchait pas les parisiennes de venir assister aux manœuvres des grenadiers écossais, nonobstant l'inconvénient qui pouvait résulter de la légèreté de leur uniforme dans certains mouvements de l'exercice, notamment dans la position à prendre pour celui de l'*arme à terre*.

La couleur Cardoville, aux refflets plus que blonds.

Mademoiselle de Cardoville, une des héroïnes favorites d'Eugène Sue, délicieuse création dans laquelle le célèbre romancier se complaît à réhabiliter la chevelure purpurine. Mais qui n'a lu le *Juif Errant* ?

Court, bondit le Cousin, sur son lit de rocaille.

Le Cousin, rivière, ou plutôt torrent qui prend sa source dans les rocs du Morvan, et qui, après un cours de quelques lieues, vient se jeter dans la Cure, au-dessous de Vézelay.

Si ce n'est plus le roi, c'est le blanc qui s'amuse.

Allusion à la pièce de Victor Hugo, qui a pour titre *le Roi s'amuse*.

Dieu saura retrouver les siens, parmi les morts.

Lors du sac horrible qui suivit la prise de Béziers par l'armée de Simon de Montfort, le 22 juillet 1209, pendant la guerre contre les Albigeois, on demandait à l'abbé de Citeaux quel moyen il fallait employer pour distinguer les hérétiques des orthodoxes : TUEZ, TUEZ-LES TOUS, RÉPONDIT LE MOINE, DIEU SAURA BIEN RECONNAITRE CEUX QUI SONT A LUI. Les ordres de ce démon enfroqué furent exécutés, et 60,000 cadavres, selon quelques historiens, 100,000 selon Césaire d'Heisterbac, furent ensevelis sous les ruines de la ville pillée et brûlée. Si l'on rapproche cet épouvantable massacre de la Saint-Barthélemy, des dragonnades et des incendies alimentés avec de la chair humaine, connus sous le nom d'auto-dafés, il faut bien avouer qu'aucune religion plus que le catholicisme ne fut cruellement prodigue du sang des hommes.

LE MARTYROLOGE.

LE MARTYROLOGE.

XXV.

Du sablier des ans qui, comme l'avalanche
Sur le val, vers nos fronts, du haut des cieux s'épanche,
Dix-huit mois sont tombés, depuis que s'écroula
Ce trône que le peuple, en Février, brûla.
Honte ! à l'explosion des sublimes colères,
A l'ivresse, à l'éclat des gloires populaires,
Succède — Eldorado des lâches et des sots —
La paix dans l'esclavage ou la paix des cachots !
Oui, des bords de la Seine au golfe de Bosnie,
Tout se courbe, se tait devant la tyrannie.
Arrière le bon droit ! c'est le sabre et le knout,
Le sbire et le bourreau qui triomphent partout.
Peuple, trois fois martyr, déchiré par les balles,
Haché par la mitraille, écris donc sur les dalles,

Ecris, avec ton sang, sur les laves de grès,
Quelques dates, jalons, étapes du progrès,
Certain rhéteur viendra, noir hibou, noir vampire,
Entremetteur des rois ou courtier de l'empire,
Qui te raturera ces dates et ces noms,
Apanage conquis sous le feu des canons!...
C'est l'histoire d'hier, celle de l'avant-veille,
L'histoire d'aujourd'hui; que le peuple s'éveille,
Ce que j'écris sera l'histoire de demain;
Le destin aux rhéteurs livra le genre humain!...
Oui, l'Europe se tait devant la tyrannie!

Tout se tait! Cependant, la fière Germanie,
Ainsi que la victime, après le coup mortel,
En ses convulsions ensanglante l'autel,
Se débat, mutilée, aux griffes de ses princes.
Un de ses membres, non, une de ses provinces,
La Souabe guerrière, en un suprême effort,
Contre l'ignoble joug se raidit et se tord.
Des rochers de Fribourg à l'oasis de Bade,
Où Satan-Benazet tente l'anglais nomade,
Comme au temps de Gesler, dans les gorges d'Uri,
De l'affranchissement retentit le long cri!
Amoureux de Carlsruhe, ainsi que de Versailles
Le Bourbon énervé, le grand duc, aux broussailles
Abandonne son sceptre, et la main du soldat
Ouvre à la Liberté les portes de Radstadt.
Ah! cette fois, au moins, l'occasion est belle;
Français, la nation qui, saintement rebelle,
Contre ses oppresseurs nous donne rendez-vous,
Qui nous crie : En avant!... n'est qu'à deux pas de nous!

Point de monts à franchir ! Un fleuve nous sépare,
Le Rhin helvétien, mais le pont qui le barre,
Annelide flottante, ainsi que deux jumeaux,
Unit Strasbourg à Kehl, assis au bord des eaux.
Non ! aux vautours du Nord, bande coalisée,
Quelque pacte enchaîna l'aiglon de l'Élysée,
Et l'aiglon hébèté — c'est le sort du captif —
Aux belliqueux accents demeure inattentif.
Des âges si je fends l'atmosphère brumeuse,
J'y vois, qu'au temps des preux, toute beauté fameuse
Avait ses paladins, ses féaux chevaliers
Qui, tous, de sa devise ornaient leurs boucliers :
Eh bien ! la liberté, moderne suzeraine,
Pour soutenir ses droits, elle aussi, dans l'arène,
A ses preux chevaliers, ses paladins errants,
Fiers redresseurs d'abus, pourfendeurs de tyrans.
Les uns, dans la bataille, Ajax de l'épopée,
Achilles et Bayards frappent avec l'épée ;
D'autres, avec la plume, ou le luth, ou la voix,
Trouvères de l'idée, illustrent ses tournois.
Au pied des vieux châteaux qui, védettes perdues,
Gardent le Rhin, du haut des montagnes ardues,
Quelques hommes d'élite, au cœur chaud, le bras fort,
Sont venus pour trouver la victoire ou la mort.
Contre le Prussien, le soldat automate,
Le fier Mieroslawski, l'héroïque Sarmate,
Et ses frères d'exil, luttent, donnant la main
Aux fils de l'Oberland, à Sigel le Germain.
Athlètes courageux, martyrs à la foi vive,
Ils pensent qu'aux lueurs du feu qui se ravive

Va s'embraser le monde, oui, que levant leur front,
A ce dernier appel les peuples répondront....
Chimère, ô [nobles cœurs! Le monde!... il est esclave...
Il dort, sous le talon du Croate, du Slave...
Lors même que, captifs, on vous fusillera,
C'est à peine, en sursaut, s'il se réveillera!...
Mais, je ne dors pas, moi, je veille, obscur rapsode,
Pour redire, à minuit, un lugubre épisode ;
Les morts m'écouteront, à défaut des vivants,
M'écouteront, debout, sur leurs tertres mouvants :
La révolte badoise est partout étouffée,
Mais il faut dans le sang cimenter le trophée,
Le tribunal de guerre à Radstadt tient conseil,
La nuit, et l'on fusille, au lever du soleil.
Sur le front de la place et le front de la troupe,
Le feu de peloton, isolés ou par groupe,
A déjà décimé, fauché les prisonniers ;
Un homme, au champ de mort, apparaît des derniers.
Cet homme, dont le crâne affronta seize lustres,
La Liberté le tient pour un des plus illustres ;
On le nomme Bonning ; Nestor républicain,
Si son siècle l'ignore, au sol américain
Washington l'a connu, car, avec Lafayette,
Il vit la Liberté grandir, en sa layette.
De retour, en Europe, et le front toujours haut,
Quand on prit la Bastille il gravit à l'assaut ;
Invoquant Witikind, la moderne Allemagne
Combat, vingt ans après, un autre Charlemagne ;
Elle appelle ses fils, d'un héroïque accent....
Au cri de Liberté, Bonning répond : Présent !

Contre ses vieux tyrans, la Grèce s'est armée ;
De l'Europe elle attend une flotte, une armée.
La Grèce rajeunit et Bonning se fait vieux...
Eh qu'importe ! il ira visiter les saints lieux,
Les lieux berceau des arts, des lettres, du génie ;
Il vit la Liberté naître, en Pensylvanie,
Ami de Canaris, ami de Washington,
Il la verra renaître aux champs de Marathon.
Juillet ! après juillet, Février ! Deux beaux songes ! !...
Bonning, comme nous tous, vécut de leurs mensonges :
De l'Allemagne éparse il rêva l'unité...
C'est son crime ! A vous seuls, ô rois, l'impunité !...
Ah ! c'est l'heure ou jamais de vous montrer sévères,
Tyrans, ce beau vieillard, dans les deux hémisphères,
Suivit la Liberté, soleil des nations ;
Frappez, frappez en lui, trois révolutions !...
Oui, mais héros taillé sur patron homérique,
Et pareil au guerrier de la vieille Amérique,
Fumant son calumet sur son bûcher de mort,
Bonning, mourant, se rit des Nérons et du sort.
De son dernier cigare aspirant la fumée,
Il dit, majestueux, devant la troupe armée :
Les rois m'ont condamné... Dieu m'absoudra là-haut !...
Il tombe... Un tertre vert est, ici, l'échafaud !...
Je ne suis, je l'ai dit, moi, qu'un obscur rapsode,
Toutefois, retenez, amis, cet épisode,
Afin que nos martyrs, nous manquant à l'appel,
Nous disions à Caïn : Qu'as-tu donc fait d'Abel ?...
La Souabe est vaincue, et de la Germanie
Cet effort convulsif termine l'agonie...

C'est ainsi que Venise ayant capitulé,
De l'Italie au ciel l'espoir s'est envolé !
Venise, qui longtemps, au flot qui t'environne,
Dictas des lois, duchesse, aujourd'hui sans couronne,
De même qu'en mourant se ranime un flambeau,
Se ravive ta gloire aux portes du tombeau.
Tu n'es plus la cité qui, lascive et fantasque,
Bondissait sous la soie et riait sous le masque,
Qui parsemait ses nuits, dont tu faisais tes jours,
De feux diamantés, phares de tes amours,
Non, pour toi plus de bals, ni de chants, ni d'orgies,
Les obus enflammés te servent de bougies ;
Aux créneaux de tes forts, près des vieux gonfanons,
Que le doge arbora, mugissent tes canons ;
Du lion de Saint-Marc, à la pointe des dunes,
Retentissent ces cris, à travers les lagunes :
Mort aux Autrichiens ! Vive la Liberté !...
L'esclave a revêtu son antique fierté....
Mais Venise, à l'appui de ses grandes colères,
N'a plus, comme jadis, quatre ou cinq cents galères,
Et Radetzki l'étreint d'une zône de feu.
Elle espère, elle cherche, au loin, sous le ciel bleu,
Sur le flot qui moutonne, ainsi que des étoiles,
Si d'une flotte amie étincellent les voiles,
Où fument les steamers.... Non, milord Palmerston
N'est que l'entremetteur des marchands de coton,
Et les guerriers français usent leurs épaulettes,
Au service piteux des marchands d'amulettes....
Ainsi, belle Venise, en vain s'arma ton bras,
Comme Pesth, Varsovie et Rome tu mourras ;

Et Manin, ton consul, quelque jour, par le monde,
Rencontrera pleurant ta valeur inféconde,
Kossuth et Mazzini, sublime trinité
Dont le malheur sacra la gloire et l'unité!
Las! elle est loin de nous cette époque, où, l'histoire
S'inspirant du principe et non de la victoire,
Réhabilitera nos frères de l'exil,
Victorieux en droit, vaincus par le fusil.
Jamais les durs tyrans ne signent d'armistice,
Et madame Réac tient son lit de justice!
Bourge a vu, dans ses murs, siéger la haute-cour,
Au même titre, il faut que Versaille ait son tour;
Les accusés de mai, sur les parquets de chêne,
Que foula Jacques Cœur, ont promené leur chaîne :
Dans le château des rois, les accusés de juin
Seront jugés... Hommage, honneur au droit divin!...
Jugés! non la justice est une vaine idole!
Guinard, Deville, André, Pilhes, Chipron, Fayolle,
Langlois, Schmitz, Dufélix, Daniel, Boch, Lebon,
Vauthier, Maigne, Paya, Commissaire et Gambon
— Ils sont dix-sept qui tous, dans leur poitrine d'homme,
Ont maudit l'attentat de nos soldats à Rome —
Ne seront pas jugés, n'étant pas défendus...
C'est à peine, aux débats, s'ils seront entendus.
Avocat et tribun, devant la cour suprême,
Michel a, tout d'abord, posé ce théorême,
Écrit en traits de sang sur nos pavés de grès,
Comme chez Balthazar, MANÈ, TECEL, PHARÈS :
De notre droit public la logique est fatale,
Quiconque a violé la loi fondamentale,

Comme l'aimant la foudre, en ébullition,
Fait éclater le droit à l'insurrection ! —
Que Michel argumente, appuyé sur ce thême,
Et de sa grande voix va jaillir l'anathême,
Et les accusateurs deviennent accusés :
Ils ont profané l'arche... ils sont pulvérisés !...
Oui, mais la cour proclame — on conjure la foudre —
Anarchique, le point que Michel veut résoudre,
Et le droit de défense, aux droits de l'homme écrit,
Comme tant d'autres droits, n'est plus qu'un droit proscrit.
Mettez la vérité dont l'éclat vous offense,
Au ban des tribunaux, mutilez la défense,
Jugeotez, condamnez le droit, ainsi que Dieu,
N'en est pas moins le droit, en tout âge, en tout lieu ;
Fée, il renaît et luit sous la main qui l'efface !
Vous avez, je l'ai dit, des apôtres en face,
Au livre des martyrs, c'est dix-sept noms de plus...
Le Christ fut condamné, c'est le Dieu des élus !...

J'eus, pour point de départ, un grand jour de victoire,
Et, depuis, à travers les landes de l'histoire,
J'ai progressé, heurtant, d'un pied ensanglanté,
Les cadavres du peuple et de la Liberté.
On glissait dans la honte, on glissait dans la boue :
J'ai vu nos apostats, le stigmate à la joue,
Les traîtres, les félons, valets du capital,
De la vénalité se faire un piédestal ;
Près d'eux, j'ai vu surgir et grandir, dans l'arène,
Dalila, la Réac, cauteleuse sirène,

Qui prodiguant au peuple, au géant le poison,
Pour le crétiniser a mutilé Samson....
Je pourrais, m'arrêtant à l'étape première,
Ainsi que le hibou qu'offusque la lumière,
Devant tant de forfaits, impunis sous les cieux,
Me chercher un refuge, ou me voiler les yeux.
Non ! j'aspire à franchir une deuxième étape.
Une voix me dit : Marche ! une voix me dit : Frappe !
Eh bien ! d'alexandrins, ainsi que de harpons,
Armé, dans la mêlée, avançons et frappons,
Acceptons, au besoin, la bataille rangée !...
Quand la Réaction est à son apogée,
Prise par le vertige, eh ! c'est le sort fatal !
Elle chancelle et choit du sanglant piédestal.
Infâme, je t'ai vue, en nos jours de détresse,
Te délecter de pleurs, onduleuse tigresse,
Te délecter de sang, eh bien je veux te voir,
A l'heure des revers, blême de désespoir,
Ramper en rugissant, puis, ravivant la lutte,
T'accrocher aux débris, aux lambeaux de ta chûte,
Râler, mourir, enfin, devant la Liberté,
Et le peuple, Lazare ou Christ ressuscité !...
Les sbires nonobstant, nonobstant les entraves,
Je vous crayonnerai Margraves et Burgraves,
De la paix et de l'ordre, amis désordonnés,
A force de ramper au genou couronnés ;
On me verra flétrir la haute turpitude,
Venger de ses affronts LA VILE MULTITUDE ;
Je dirai vos exploits, sur le dos des pékins,
Assommeurs brevetés, ô huit mille coquins,

Et de nos Ratapoils la bachique campagne,
Aux champs de Satory, panachés de champagne.
Puis nous verrons éclore, en de pompeux festins,
A défaut d'Austerlitz, les discours-bulletins ;
A maître Lucinet, le révisionniste,
J'opposerai Véron, l'abrogationniste ;
Dans ses essais divers, suivant la fusion,
Je dirai ses échecs et sa confusion ;
De Loyola bravant la phalange compacte,
Je dirai qui conclut et maintînt certain pacte,
Les procès à la presse et les républicains,
Traqués comme jaguars ou chacals africains ;
De nos frères captifs je peindrai les tortures
A Doullens, à Belle-Isle, immondes sépultures,
D'autres captifs rivés aux rocs de Nisida,
Le supplice, et quel roi, quel monstre y présida !
Je dirai tout, enfin, les vertus et les crimes,
Oui, si mes souscripteurs, souriant à mes rimes,
En ces jours de périls et d'instabilité,
Se piquent de constance et de fidélité.

ANNOTATIONS.

—

La Souabe guerrière, en un suprême effort.

La contrée qui, aujourd'hui, forme les états du grand-duc de Bade, portait autrefois le nom de Souabe. C'est en mai 1849, que les patriotes badois
arborèrent l'étendard de l'insurrection démocratique, à la suite de la proclamation de la République, à Offenbourg, le 13 mai.

Amoureux de Carlsruhe, ainsi que de Versailles
Le Bourbon énervé.

Carlsruhe, capitale du grand duché de Bade et résidence ordinaire du
chef de cette principauté, est une des plus jolies villes de l'Europe. Elle est
construite en forme d'éventail, toutes ses rues aboutissant au palais ducal.

Où Satan-Benazet tente l'Anglais nomade.

Bade. — *Baden,* comme la plupart des villes où existent, en Allemagne,
des eaux thermales, renferme une de ces tavernes dorées connues sous le
nom de maison de jeu. L'exploitation concédée, affermée de ces établisse-
sements forme une des branches les plus productives du revenu de quelques
princes ou principicules de la confédération germanique. Benazet, ex-fermier
des jeux de Paris, a tenu, pendant plusieurs années, la maison de jeu de
Bade, rendez-vous favori de tous les riches désœuvrés ou chevaliers d'industrie de l'aristocratie européenne.

Le fier Mieroslawski, l'héroïque Sarmate,
Et ses frères d'exil luttent, donnant la main
Aux fils de l'Oberland, à Sigel le Germain.

L'armée badoise insurrectionnelle eut d'abord pour chef le Polonais Mieroslawski ; il fut plus tard remplacé dans ce commandement par Sigel. — L'Oberland, contrée pittoresque de la Suisse, limitrophe du grand-duché de Bade, fournit à l'insurrection un nombreux contingent de volontaires. Au reste, ici, la partie est prise pour le tout ; car la Suisse tout entière contribua à grossir les rangs des insurgés badois, et si elle n'intervint pas officiellement par les armes, au moins elle offrit à l'insurrection vaincue une hospitalité sincère et inviolable.

Un homme, au champ de mort, apparaît des derniers.

Ce n'est point un personnage d'invention que nous mettons ici en scène. Bonning, né à Wiesbaden, duché de Nassau, et fils d'un horloger, était un des doyens parmi les défenseurs de la Liberté dans les deux mondes. Pendant l'insurrection badoise, il commandait le corps des proscrits des autres états allemands. Renfermé dans Radstadt, il se prononça jusqu'au dernier moment contre la reddition de la place. Condamné à mort par le conseil de guerre, le 16 août 1849, Bonning fut exécuté le lendemain. Ce vieillard héroïque, à la longue barbe blanche et dont les glorieux services commandaient le respect à tous, marcha vers le lieu de l'exécution en fumant sa pipe !...

Invoquant Vitikind, la moderne Allemagne.

Vitikind, héros saxon des premiers âges, tint, longtemps, en échec la puissance de Charlemagne. Pendant la guerre de l'indépendance allemande, de 1813 à 1815, les poètes dans leurs chants et les chefs d'armée dans leurs harangues, évoquaient le souvenir de Vitikind, contre Napoléon, le Charlemagne du siècle.

Et pareil au guerrier de la vieille Amérique.

On sait que les guerriers de l'Amérique du Nord avaient coutume de chanter et de fumer leur calumet au moment où leurs ennemis victorieux leur faisaient endurer les plus cruelles tortures.

Venise qui, longtemps, au flot qui t'environne.

Personne n'ignore que la république de Venise fut, pendant plusieurs siècles, une des plus grandes puissances maritimes de l'Europe. Déchue de sa splendeur et soumise par Napoléon, elle fut abandonnée à l'Autriche lors des traités de Vienne. En 1848, Venise leva fièrement l'étendard de l'indépendance et chassa les Autrichiens de son sein. Ils n'y rentrèrent qu'après une lutte sanglante à laquelle les gouvernements de l'Angleterre et de la France assistèrent, spectateurs indifférents. Quoiqu'il en soit, Venise vaincue a reconquis sa prépondérance morale parmi les cités héroïques et sa coopération ardente est acquise à la prochaine révolution, en faveur de la grande unité italienne.

Du lion de Saint-Marc, à la pointe des dunes.

La tour de Saint-Marc, à Venise, est surmontée d'un lion qui déploie des ailes d'airain.

Retentissent ces cris à travers les lagunes.

On appelle dunes les monticules de sable qui s'élèvent sur les bords de la mer, et lagunes les bas fonds de l'Adriatique qui séparent Venise de la terre ferme et de l'embouchure de la Brenta.

Et Manin, ton consul.

Manin.... était le chef du gouvernement révolutionnaire, à Venise, pendant le dernier siége qu'elle a soutenu contre les Autrichiens. Il y déploya une habileté égale à son courage; il fut, en deux mots, à Venise, ce que Mazzini fut à Rome et Kossuth en Hongrie. Il eut alors des millions à manipuler et aujourd'hui Manin donne, à Paris, des leçons de langue italienne. L'antiquité romaine n'eut pas de héros plus illustre et plus pur !...

Dans le château des rois, les accusés de juin.

On n'a point oublié que c'est à Versailles que se sont déroulés les débats du procès où comparurent les citoyens qui formaient la catégorie des accusés du 13 juin.

Michel a, tout d'abord, posé ce théorème.

Le 10 novembre, au moment où allaient commencer les plaidoiries devant la haute Cour de Versailles, le citoyen Michel de Bourges, avocat et représentant du peuple, déclara qu'il entendait soutenir devant la Cour la proposition suivante.

« Toute violation de la Constitution de la part d'un gouvernement, implique : 1° le droit d'insurrection; 2° le droit de résistance; subsidiairement le droit de protestation. » Le tribun courageux ajouta que dans le cas où il ne lui serait pas permis de développer cette proposition, il s'abstiendrait entièrement de plaider.

M. de Royer, avocat général, s'opposa aux développements des conclusions de l'illustre défenseur. Après une heure de délibération, la Cour rendit un arrêt conforme au réquisitoire du ministère public. Tous les défenseurs des accusés se refusèrent alors à plaider et les accusés unirent leurs énergiques protestations à celles de leurs avocats.

Comme chez Balthazar, *mané, thecel, pharès.*

Faut-il rappeler que, au moment où Balthazar, roi de Babylone, présidait un de ces festins, comme les rois et tyrans de l'ancienne Asie seuls en donnèrent dans le monde, apparut une main qui écrivit, en caractères inconnus, ces trois mots dont le prophète Daniel donna ainsi l'interprétation : *Manè,* Dieu a compté les jours de votre règne et ils sont accomplis ; *Thecel,* vous avez été pesé dans la balance et vous avez été trouvé trop léger ; *Pharès,* votre royaume a été divisé et il a été donné aux Mèdes et aux Perses. Cette prédiction, dont peut-être Daniel lui-même connaissait particulièrement l'auteur ou les auteurs, se réalisa. Les Mèdes et les Perses pénétrèrent dans Babylone ; Balthazar fut tué et son royaume devint la proie de Darius le Mède, ou Cyaxare. Le festin de Balthazar a fourni à Martinn, peintre anglais, le sujet d'un splendide tableau, où il a reproduit, comme sur plusieurs autres de ses admirables toiles, la civilisation et l'architecture antiques en de sublimes et féériques proportions.

Ils ont profané l'arche, ils sont pulvérisés.

La Bible cite plusieurs exemples d'hébreux atteints par le feu du ciel, pour avoir osé effleurer l'arche de leurs doigts. Il est encore vraisemblable que les prêtres juifs étaient pour quelque chose dans ces prodiges terrifiants. Comme en ce temps-là, il n'y avait pas de presse anarchique, on pouvait opérer beaucoup plus de miracles que de nos jours. Il s'en fait encore, il est vrai, parmi nous et de très-productifs pour la caisse des jésuites, mais, au moins, on connaît les auteurs et les compères de ces prodiges empruntés à la magie blanche.

J'eus, pour point de départ, un grand jour de victoire.

Le poète rappelle, ici, qu'il a daté sa première *montagnarde* du 24 février.

Dalila, la Réac, cauteleuse sirène.

Samson, l'hercule de la légende hébraïque, comme l'hercule de la légende grecque, cédait trop facilement aux charmes de la beauté. Une lorette du pays d'Ammon, nommée Dalila, dépouilla, pendant son sommeil, Samson, ivre d'amour et de vin, de sa chevelure enchantée. De même la Réac a dépouillé le peuple de son prestige victorieux en l'énivrant des poisons de la calomnie.

Assommeurs brevetés.

Allusion à l'épisode fameux de la place du Hâvre, où la société du Dix-Décembre fit ses premières armes contre les citoyens inoffensifs, en les assommant, sur le passage de M. Louis Bonaparte.

...... O huit mille coquins !

Le mot est historique, M. Jules de Lasteyrie ayant dit, en pleine tribune, que la société du Dix-Décembre était composée de sept à huit mille coquins.

Et de nos Ratapoils la bachique campagne.

Ratapoil, personnage ridicule, incarnation du Bonapartisme décembraillard, une des créations les plus spirituelles du *Charivari*, si fécond en créations de ce genre.

A maître Lucinet, le révisionniste.

Lucinet, juge de paix de je ne sais plus quel canton du midi, illustré dans les colonnes du *Charivari*, pour certaine circulaire en faveur de la révision et dont l'excentricité fit rire, aux éclats, tous les contemporains.

J'opposerai Véron, l'abrogationniste.

La loi du 31 mai n'a pas eu, dans ces derniers temps, de plus farouche adversaire que le docteur Véron.

D'autres captifs aux rocs de Nisida.

Nisida, île du golfe de Naples. Le Néron napolitain, Ferdinand *Bomba*, a établi, sur ce roc, un des bagnes homicides où les captifs politiques y sont accouplés aux assassins !...

TABLE DES MATIÈRES.

—

TROYES, TYPOGRAPHIE CARDON.

www.ingramcontent.com/pod-product-compliance
Lightning Source LLC
Chambersburg PA
CBHW050316030726
47505CB00003B/739